Tobias Elsäßer

Arti

TOBIAS ELSÄSSER

Arti

Auf Freundschaft programmiert

Mit Illustrationen
von Julia Christians

Hanser

HANSER hey! Schau vorbei und
teile dein Leseglück auf Instagram

1. Auflage 2022

ISBN 978-3-446-27425-9

Umschlagillustration: Julia Christians
Satz im Verlag
Druck und Bindung: GGP Media GmbH, Pößneck

MIX
Papier | Fördert
gute Waldnutzung
FSC® C014496

Für Rocky, den besten Hund der Welt.
Ohne dein wunderbares Schnarchen
wäre diese Geschichte nicht dieselbe.

1

Das falsche Geschenk

Eigentlich mag ich Geschenke. Und noch mal eigentlich bin ich nicht undankbar. Aber dieses riesige Paket, das da vor mir auf dem Tisch lag, dieser in Glitzerfolie und roten Schleifen verpackte Albtraum sah einfach nicht so aus, wie er aussehen sollte.

Der Karton war zwölfeckig – und viel zu groß. Um das Doppelte, *mindestens.* Nie im Leben würde sich darin die neue Gamestation verstecken.

»Willst du dein Geschenk nicht aufmachen, Jessy?«, fragte meine Mutter.

Nein, will ich nicht, wollte ich antworten, ließ es aber sein, weil ich nicht die Stimmung verderben wollte. Nicht heute, nicht an meinem Geburtstag und schon gar nicht so früh am Morgen.

Drei Augenpaare waren wie Scheinwerfer auf mich gerichtet. Zwei gehörten meinen Eltern und das dritte Hamlet, unserem verwöhnten Papagei, der den Kopf durch die Gitterstäbe seiner Voliere zwängte und aufgeregt krächzte.

»Jessy, worauf wartest du?«, fragte mein Vater ungeduldig.

Auf ein Wunder, dachte ich und sagte: »Das Geschenk ist ja *riiiiiiiesig.* Was das wohl sein wird?«

»Los, mach es auf, meine Kleine. Es wird dir gefallen.« Meine Mutter wuschelte mir durchs Haar. »Paps und ich haben uns extra von Expertinnen und den neuesten Geschenkesuchmaschinen beraten lassen, was sie für vielseitig begabte, intelligente Mädchen in deinem Alter empfehlen.«

Intelligente Mädchen in meinem Alter.

Ich hatte eine dunkle Vorahnung.

Ein Piepsen. Die Smartwatch am Handgelenk meiner Mutter wechselte die Farbe. Von Orange zu Rot. In fünf Minuten würde ihr Flugtaxi auf dem Dach landen. Bis dahin musste ich durchhalten. Das war meine Chance.

»Sollen wir nicht erst die Torte anschneiden?«, fragte ich.

Ich straffte den Rücken und verzog den Mund zu einem breiten Strahlelächeln. Die Drahtenden meiner Zahnspange piksten in meine Backen, dass es wehtat.

Mein Vater runzelte die Stirn, dann lächelte er. »Du entscheidest. Ist dein Geburtstag.«

»Ja, ja«, sagte meine Mutter, ohne zu merken, dass sie nervös mit dem rechten Fuß tippelte, und reichte mir das Kuchenmesser. »Ist von *Wendys Wonder Bakery*.«

Das war nicht zu übersehen. Selbst die Kerzen (zehn kleine am Rand und eine große in der Mitte) der Zuckerfrei-und-Easy-Torte waren verschnörkelt und vergoldet. Der intensive Erdbeer-Schoko-Duft ließ einem das Wasser im Mund zusammenlaufen. Leider folgte auf den ersten Bissen immer die große Enttäuschung: eine Geschmackswüste auf der Zunge, ein schaumiges Nichts, das einem den Gaumen verklebte. Omas extracremige Biskuit-Erdbeer-Sahne-Rolle hatte da in einer anderen Liga gespielt. Aber die Kalorien. Immer ging es um die blöden Kalorien.

Ich schielte hinüber zum Familienkalender auf dem Kühlschrank-Bildschirm. Die nächsten Termine hüpften in bunten Leuchtbuchstaben auf und ab. Grün, Rot und Gelb. Meine Mutter, mein Vater und ich. Je wichtiger der Termin, desto größer die Buchstaben.

Da stand meine Rettung!

»Und wie die Torte duftet«, schwärmte ich und wurde schlagartig ernst. Als wäre ich mit einem Gedanken bei voller Fahrt aus der Kurve geflogen. »Mam«, sagte ich mit unbewegter Miene, »hast du heute nicht dieses *wichtige* Treffen?« Ich deutete mit dem Kopf hinüber zum Terminkalender. Die Farbe Grün nahm den halben Bildschirm ein und blinkte. »Stellst du heute nicht dein neues Wasserprojekt vor?«

Sie nickte. Sie seufzte. Sie war in Eile – wie jeden Morgen. »Aber ...« Sie blickte unentschlossen zu meinem Vater und dann wieder zu mir. »Ich ... ich nehme das nächste Taxi. Das reicht auch noch. Die Familie geht vor.«

Sie tippte auf ihre Smartwatch. Zurück auf Orange. So ein Mist!

»Aber ...«, setzte ich an. Meine Eltern starrten mich erwartungsvoll an. Plötzlich hörte ich eine Stimme. Die Stimme kam eindeutig aus dem Geschenkkarton! Dumpf, lauter werdend. Eine schmalzige Jungenstimme, und sie sang. Was war hier los?

»Happy Birthday«, schallte es durchs Wohnzimmer.

Di-bi-ding.

Die Stereoanlage hatte sich aktiviert. Jetzt kam der Gesang aus allen Richtungen. Ein scheppernder Schlagzeugbeat setzte ein.

Mein Vater fing an, im Takt zu klatschen, dann spielte er Luftgitarre, was meine Mutter zum Lachen brachte, und sang lauthals mit. Doch damit nicht genug. Walter, der miesgelaunteste Robo-Staubsauger des Universums, zuckelte tatsächlich aus seiner Ladestation und fegte rhythmisch übers Parkett, als hätte er zu viel Strom abbekommen. Der Bildschirm auf der Oberseite seines silberglänzenden Plastikkörpers flackerte auf und zeigte feiernde Emojis.

»Vielleicht willst du jetzt doch das Geschenk auspacken?«,

rief meine Mutter über das ohrenbetäubende *Happy Birthday* hinweg.

»Ich glaube, da will dich jemand kennenlernen«, sagte mein Vater, während der Song ausblendete.

»Mich … mich kennenlernen?« Ich wollte niemanden kennenlernen. Ich wollte eine Gamestation.

War das in dem Karton etwa ein singender Fitnessassistent, so ein blödes Multifunktionssportgerät, das einen auf Schritt und Tritt verfolgte und zum Sportmachen motivieren wollte? Würden meine Eltern mir das wirklich antun?

»Los, Jessy.« Mein Vater stupste mich in die Seite.

»Sicher«, nuschelte ich. Von ihm, der selbst heimlich Süßigkeiten naschte, hätte ich so etwas Gemeines nicht erwartet. Enttäuscht drückte ich auf die blau markierten Schleifenenden. Bei Geschenken der Kategorie *besonders teuer* ging der Rest ganz von selbst.

Kaum hatte ich die Schleifenenden losgelassen, fing der Karton an zu vibrieren. Weißer, blumig duftender Rauch quoll aus dem Kartoninneren und füllte die durchsichtige Folie, blies sie auf wie einen Ballon. Bunte Strahlen fügten sich im weißgrauen Nebel blinkend zu meinem Vornamen. Ein Rascheln. Die Folie schnurrte zusammen, der Rauch entwich in einer Pilzwolke nach draußen. Mein Vater musste niesen.

Was auch immer in diesem Paket war, es musste *sehr* teuer gewesen sein.

Ein Kratzen, ein Knirschen. Dann durchschlug eine Faust den Kartondeckel. Wie ein Turm ragte sie senkrecht in den grell erleuchteten Nebel. Bevor ich weitere Einzelheiten erkennen konnte, folgte die zweite Faust. *Wusch!* Dann ging alles ganz schnell. Meine Mutter machte einen Satz nach vorne und versperrte mir die Sicht.

»Das tut mir jetzt aber wirklich leid, meine Kleine«, sagte sie hastig. »Da ... da ist ganz offensichtlich etwas schiefgegangen.«

»Was stimmt denn nicht mit dem Geschenk?«, fragte ich und versuchte, an ihr vorbeizuschielen.

»Lina, kannst du bitte sagen, was hier los ist?«, fragte mein Vater.

»Ähm ...«, druckste meine Mutter herum. »Derek, kannst du mal bitte kurz herkommen?«

Mein Vater blickte zu mir und zuckte mit den Schultern.

»Bitte!«, sagte meine Mutter. »Jetzt!«

2
Null Sterne

Zwei Fäuste im Lichtnebel und tuschelnde Eltern, die sich wie eine Mauer vor *meinem* Geschenk aufgebaut hatten. So weit, so unklar. Interaktive Sportgeräte hatten keine Fäuste. Das war die gute Nachricht. Aber was brachte meine Mutter so sehr aus der Fassung, dass sie jetzt sogar das teure Flugtaxi versetzte?

»Kann ich mir das Geschenk nicht wenigstens mal anschauen?« Jetzt war ich doch neugierig. »So schlimm wird es schon nicht sein.«

»Jessy, bitte gib uns einen Moment«, antwortete mein Vater und steckte den Kopf wieder mit meiner Mutter zusammen. Wenn selbst er so ein Gesicht machte, war nicht bloß eine Kleinigkeit schiefgegangen.

Die Fäuste, etwa so groß wie meine, hatten sich geöffnet und bewegten sich keinen Millimeter.

Meine Mutter scrollte hektisch durch die Mails auf ihrem Handy. Sie schüttelte ungläubig den Kopf. »Dass man sich aber auch auf nichts und niemanden verlassen kann. Für diesen Service sollte es null Sterne geben.«

»Die tauschen die Bestellung bestimmt gleich heute noch um«, versuchte mein Vater zu beschwichtigen. »Das ist denen sicher peinlich.«

»Das sollte es auch.« Meine Mutter seufzte.

»Ist es eine Puppe?«, versuchte ich die Situation zu entschärfen. »Hast du wieder das falsche Alter angegeben?«

»Hallo«, rief eine dumpfe Stimme. Sie kam aus dem Karton. Eindeutig. Kein Zweifel. »Hallo.«

Meine Mutter glitt vor Schreck das Smartphone aus der Hand. Ein Scheppern, das Geräusch, wenn *zu* dünnes Glas auf *zu* harten Stein kracht und splittert.

»Wo ist das Geburtstagskind?«, hallte es klar und fröhlich durch die Wohnung.

Und was soll ich sagen?

Aus dem Karton ragte der Oberkörper eines Jungen!

Ich mache keinen Scherz.

»Das ist wirklich krass«, sagte ich, weil mir nichts Besseres einfiel. »Wirklich krass.«

Da auf dem Tisch hockte ein dunkelhaariger Junge und grinste in die Runde.

Der Junge musste etwa in meinem Alter sein, nur mit dem Unterschied, dass er dünn, fast zerbrechlich wirkte. Die Haut sah gelblich weiß aus wie zahnspangenfreundlicher Kaugummi, wenn er zu lange unter dem Schreibtisch klebt. Natürlich war mir sofort klar, dass dieser Junge nicht echt war, also nicht aus Fleisch und Blut. Aber wenn das da auf dem Tisch tatsächlich ein Androide in einem Karton war – ein lebensecht aussehender Roboter, von einem richtigen Menschen kaum zu unterscheiden –, dann war ich von den Socken, so was von. Ich meine, diese hochentwickelten Dinger waren extrem teuer, die kosteten das Zigfache einer Gamestation.

Was um alles in der Welt hatte meine Eltern dazu gebracht, sich derart in Unkosten zu stürzen? Für mich? Zu meinem elften Geburtstag? An meinen Schulnoten konnte es nicht liegen, ausgeschlossen.

»Jessy«, sagte meine Mutter, »das tut mir wirklich leid. Das ist die falsche Ausführung. Das Ding geht wieder zurück. So habe ich den Androiden nicht bestellt.«

»Sieht doch ganz okay aus«, sagte ich. »Etwas dünn und *streberhaft* vielleicht«, fügte ich schmunzelnd hinzu. »Und eine coolere Frisur könnte ihm auch nicht schaden.«

»Derek, kannst du bitte mal den Startvorgang stoppen?«, fragte meine Mutter. »Ich muss dringend los, sonst fängt das Meeting noch ohne mich an.«

»Bin schon dabei«, sagte mein Vater, ohne vom Handy aufzublicken. Wie üblich, wenn es um eine neue App ging, wirkte er überfordert. »Ich hab's gleich.«

3

Schicht für Schicht

Der Androiden-Junge sah auf sympathische Weise selbstbewusst aus. Er sendete ein breites Lächeln in meine Richtung. Ich lächelte zurück. Der Junge stieg vorsichtig aus dem Karton. Einfach so. Ein Bein nach dem anderen, geschmeidig wie eine Katze, nicht ungelenk, wie man es von einer Maschine, die vor allem aus Leichtmetall und Kunststoff bestand, erwartete. Er trug die blauweiße Uniform meiner Schule, dazu ein nagelneues Paar Turnschuhe. So falsch konnte die Lieferung also nicht sein. Seine Augen schimmerten im einfallenden Sonnenlicht regenbogenfarben, wie Ölschlieren auf einer Pfütze. Das sah gespenstisch aus, aber abgesehen davon hätte man ihn glatt für einen echten Menschen halten können.

Die Regenbogenfarben in seinen Augen begannen sich im Kreis zu drehen. Immer schneller. Die Farben verwischten und wurden zu Spiralen. Mir wurde vom Hinsehen ganz schwindelig.

»Ähm ... dürfte ich eventuell erfahren, was mit dem Robo-Jungen falsch ist?«, fragte ich und löste mich von dem Hypnose-Blick.

Bevor meine Mutter antworten konnte, unterbrach uns der Androide: »Darf ich dir gratulieren!« Er streckte mir seine blasse Hand entgegen. »Elf Jahre sind ein wunderbares Alter.«

»Derek. Schalte ihn einfach ab, bitte«, sagte meine Mutter. »Der Junge muss wieder zurück. So schnell wie möglich.«

Mein Vater wischte mit zwei Fingern über das Handy-Display. Meine Mutter stapfte schnaubend zur Garderobe und schlüpfte in ihren Mantel. Ein leises Surren verkündete, dass ihr Flugtaxi soeben auf dem Dach gelandet war. Ich nutzte den unbeobachteten Moment, ging auf den Jungen zu und reichte ihm die Hand, einfach so. Auch wenn er nur eine Maschine war, ein menschlich aussehender Computer auf zwei Beinen, ohne echte Gefühle, hatte er etwas mehr Höflichkeit verdient.

Seine Hand fühlte sich angenehm weich und warm an. Mit geschlossenen Augen hätte ich den Unterschied zu einer Menschenhand nicht erkannt. Seine Pupillen, klein wie Stecknadelköpfe, begannen sich zu weiten. Das hypnotisierende Drehen hatte aufgehört. Jetzt hatte er grünblaue Augen. Sie leuchteten von innen heraus. Mal stärker, mal schwächer. Er hob die Mundwinkel zu einem freundlichen Lächeln. »Alles Gute zum Geburtstag, liebe Jessy Dorothy Patel.«

Aus seinem Mund klang mein zweiter, altmodischer Vorname, als würde ich einem Adelsgeschlecht entspringen. Ich fühlte mich etwas geschmeichelt.

Er blickte mich direkt an. »Nun nehme ich noch die letzten Einstellungen vor. Bitte gedulde dich einen Augenblick, liebe Jessy. Ich bin gleich wieder für dich da. Und nicht bewegen.«

»Okay«, sagte ich nervös. »Kein Problem. Ich mach dann mal kurz gar nix.«

»Genau.«

Er ließ meine Hand nicht los, sondern drückte fester, aber

nicht so, dass es wehtat. Ich rührte mich nicht vom Fleck, keinen Millimeter.

»Jessy, was machst du da?«, fragte meine Mutter.

»Ich … ich wollte ihm nur die Hand geben«, sagte ich, ohne den Kopf zu drehen. »Er kennt meinen Namen.«

»Kannst du ihn bitte trotzdem wieder loslassen? Wenn er gebraucht ist, können wir ihn vielleicht nicht mehr zurückschicken.«

Mein Vater fing an zu grinsen. »Lina.« Er blickte von seinem Handy auf. »Wir müssen den Androiden nicht zurückschicken. Hier steht, dass die letzten Anpassungen vor Ort vorgenommen werden.«

»Die Personalisierung ist gleich abgeschlossen«, sagte der Androide. »Noch acht Sekunden, liebe Jessy. Du machst deine Sache super.«

»Danke.«

Die Augen des Jungen verengten sich zu Schlitzen. Grün schimmernde Fortschrittsbalken mit Prozentanzeige blickten mir entgegen. Seine Hand wärmte sich auf. Es fühlte sich an, als würde sich die Innenfläche an meiner Haut festsaugen. Es kitzelte. Der Fortschrittsbalken näherte sich der Einhundert-Prozent-Marke. Ein kurzes Aufblinken. Dann blinzelte der Junge hektisch, als hätte er Staub in die Augen bekommen.

»Alles okay?«, fragte ich. Die Aufregung in meiner Stimme war nicht zu überhören.

»Gleich ist es so weit, liebe Jessy«, sagte der Junge.

Das Kitzeln in meiner Hand ließ nach. Dann geschah etwas Merkwürdiges. Die Farbe seiner Finger änderte sich. Die weißlich gelbe Haut wurde, angefangen bei seinen Fingerkuppen, dunkler, bis sie von der Farbe meiner Haut nicht mehr zu unterscheiden war. Im Eiltempo, Schicht für Schicht, breitete sich die neue Farbe über seine Arme aus. Als würde eine Malerin mit feinem Pinsel ihr Werk vollenden. Beim schlanken Hals angekommen, sah es kurz aus, als würden Flammen aus dem Kragen seines Poloshirts züngeln. Nachdem auch das Gesicht den richtigen Farbton angenommen hatte, entspannte sich die Miene des Jungen. Jetzt konnte er glatt als mein Bruder durchgehen.

Deshalb wollte meine Mutter also verhindern, dass ich mein Geschenk zu Gesicht bekam. Es ging um die Hautfarbe – mal wieder. Als ich noch jung war, so jung, dass ich noch mit Puppen gespielt hatte, war es jedes Mal eine Enttäuschung gewesen, wenn ich mich im Spielzeugladen einem Heer weißhäutiger Puppen gegenübersah, von denen die meisten auch noch blonde glatte Haare und blaue Augen hatten. Als gäbe es nur weiße Kinder auf der Welt, als wäre weiß normal und alles andere nicht. Ein Fehler, etwas, für das man sich schämen musste.

Mit der Zeit hatte ich mich daran gewöhnt, wie man sich an alles gewöhnt, was man nicht ändern kann.

Aber klar – wenn man so viel Geld für ein High-Tech-Spielzeug ausgab, konnte man vermutlich alles bis ins letzte Detail bestimmen. Und das war verdammt cool!

»Mam«, sagte ich. »Schau dir das an. Der Junge hat jetzt meine Hautfarbe! Wirklich krass, wie perfekt das funktioniert.«

Meine Mutter atmete erleichtert aus.

»Danke«, sagte der Junge. »Die Anpassung ist abgeschlossen.« Er neigte den Kopf, ein kaum hörbares hohes Klicken, dann ließ er meine Hand los. »Ich freue mich, dich« – er blickte über meine Schulter – »und Sie kennenzulernen.«

Das war wirklich das Größte und Tollste, was ich je bekommen hatte, fast noch besser als eine Gamestation. Oma wäre ausgeflippt. Sie hatte ihren Pflegeroboter Max geliebt. Und Max hatte nicht halb so perfekt ausgesehen wie dieses Modell.

»Danke«, sagte der Junge, »danke, dass Sie sich für ein Produkt aus dem Hause *TrueLifeFriends* entschieden haben.«

4

Willkommen an der MSSfzB

Und, wie ist es gelaufen?«, fragte Ludwig, nachdem er mir mit einem schüchternen Händedruck zum Geburtstag gratuliert hatte. Für eine Umarmung kannten wir uns zu kurz, da waren wir uns einig. Seit knapp vier Wochen teilten wir uns einen Tisch und die meisten Kurse, der stille Ludwig und ich. Das war kein Zufall. Zufälle gab es an der Mary-Sommerville-Schule für zukunftsweisende Bildung (kurz MSSfzB) nicht.

Unsere Hobbys und Vorlieben und weitere fünfundachtzig Nebeneigenschaften hatten bei der Einschulungsbewertung sechsundneunzig von hundert möglichen Punkten ergeben. Fast die volle Punktzahl. Und das war eine große Sache, eine ganz große. Waltraud, der Zentralcomputer der Schule, hatte noch nie so eine Bewertung ausgespuckt. Eigentlich genügten schon siebzig von hundert Punkten, um ein gemeinsames Lern-Team zu bilden. Ein Tandem, wie es offiziell hieß. Unsere Begabungen und Vorlieben, die von Ludwig und mir, waren so unterschiedlich, wir hatten so wenige Übereinstimmungen im Online-Fragebogen und beim Eignungstest und passten laut Waltraud dennoch perfekt zusammen. Das war so außergewöhnlich, dass uns die Rektorin Frau Sonderlich in ihr Büro gebeten hatte, um uns zu beglückwünschen.

»Das ist ein kleines Wunder«, hatte sie mit ihrer lustigen Piepsstimme gesagt. »Daraus kann Großes entstehen. Ihr beide solltet die Herausforderung annehmen und euch dem ersten Projekt gemeinsam stellen.« Sie hatte ergriffen zu dem Hologramm hinter ihrem Glasschreibtisch geblickt, das nacheinander in Großaufnahme drei lächelnde Frauen zeigte. »Das wäre ganz im Sinne unserer Gründermütter. Gegensätze sind seit jeher der Samen, aus dem Neues sprießt.«

Also hatten wir Ja gesagt. Was blieb uns auch anderes übrig? Hätten wir Nein gesagt, wäre Frau Sonderlich enttäuscht gewesen und Waltraud, der Schulcomputer, hätte für uns nach einem neuen Tandem-Partner suchen müssen.

Ludwig war, abgesehen von der Angewohnheit, mehr so im Schneckentempo von A nach B zu bummeln und kaum zu reden, wirklich okay. Ich meine, wir beide waren neu an der Schule, aber so für den Moment war ich ganz zufrieden mit Waltrauds Vorschlag.

Das Besondere an einem Tandem war, dass man sich nicht nur die Fächer und die Hausaufgaben teilte, sondern auch die Beurteilungen. Wir mussten uns also erst einmal einigen, welche Kurse wir belegen wollten. Und das war gar nicht so einfach. Anfangs sagte Ludwig immer nur leise »Weiß nicht«, wenn ich ihn nach seiner Meinung fragte. Doch mit jedem Tag, den wir länger zusammen verbrachten, taute er auf, wurde gesprächiger und machte auch selbst Vorschläge. Anders als an den Schulen, auf denen ich bisher gewesen war, gab es an der MSSfzB keine Noten, sondern nur Empfehlungen, was wir noch alles gemeinsam ausprobieren könnten, um ein besseres Team zu werden.

Ein Fach hieß allen Ernstes »Kreative Langeweile«. Dafür konnte sich jedes Tandem einen eigenen Raum mieten, Löcher in die Wand starren oder so lange barfuß durch den Schulgarten spazieren, bis die Füße dreckig waren und man zahllose Mückenstiche an Armen und Beinen hatte.

Immer mit Stift und Papier. Daran erinnerten die großen und kleinen Schilder. Drinnen und draußen. Sogar in den Kabinen in der Schultoilette wurde man daran erinnert:

Nur mit Stift und Papier
kommen Ideen zu dir

Sobald man eine Idee hatte – egal, was es war –, sollte man sie aufschreiben und später im Team mit seinem Tandempartner besprechen. Dass es wie gesagt keine Noten gab und auch keine vorgeschriebenen Fächer, war schon ziemlich cool. Aber der eigentliche Grund, weshalb ich unbedingt auf die MSSfzB wollte, war ein anderer. Die jüngste und berühmteste Spiele- und Weltenplanerin Cara Z. Malisa, besser bekannt unter dem Namen

Die Unglaubliche C. Z., hatte dort ihren Abschluss gemacht. Sie konnte wahnsinnig gut Geschichten erzählen und daraus Computerspiele machen, die nie langweilig wurden. Mit vierzehn hatte sie ihr erstes interaktives Online-Spiel programmiert.

»Rette den Planeten und dich gleich mit« hatte zu den beliebtesten Strategiespielen rund um den Erdball gehört. Das Spiel war so erfolgreich gewesen, dass manche Menschen ihr ganzes Geld dafür ausgegeben hatten, um online an einer besseren Welt zu arbeiten.

Aber diese Welt, die Welt der *Unglaublichen C. Z.*, gab es seit dem großen Crash nicht mehr. Genauso wenig, wie die meisten anderen, kleineren und größeren künstlichen Welten, die sich die Menschen früher für das alte Internet ausgedacht hatten. Auch die verrückte Mittelalterwelt meiner Oma war verschwunden. Und mit ihr viele schöne Erinnerungen. Diese Welt wieder aufzubauen war mein großer Traum.

Die Fenster schlossen sich. Das Vogelgezwitscher wurde leiser. In den meisten Kursen saßen Ludwig und ich in der letzten Reihe, ganz hinten, direkt neben der Tür. Ludwig wollte das so. Mir war das egal.

Ein sanfter Gongschlag. Ein kurzes Zucken der Deckenlichter. Die Stunde hatte begonnen.

»Ha-Hat es funktioniert?«, fragte Ludwig flüsternd. »Ha-Hast du die neue Gamestation bekommen?«

Richtig bemerkt. Ludwig stotterte. Vor allem in geschlossenen Räumen, wenn andere dabei waren oder er aus irgendeinem Grund nervös war.

Ich schüttelte den Kopf. »Leider nicht.«

Vorne begann Frau Stanko, über den großen Crash zu erzählen. Eigentlich hieß der Kurs »Programmieren und logisches Denken«, aber hier an der MSSfzB durften die Lehrer selbst bestimmen, was sie den Schülern beibringen wollten.

»Für fünf Minuten hatte die Welt damals stillgestanden«, erzählte Frau Stanko. »Fünf Minuten, in denen absolut keine Daten durch die Leitungen oder über Satellit gesendet wurden. Man konnte nicht mal telefonieren. Nach dem Zusammenbruch des alten Internets wollte man mit dem neuen alles besser machen. Deshalb wurden die Datenmengen, die jeder Einzelne verbrauchen durfte, begrenzt. Das ist der Grund, warum jeder heute einen geheimen Zugangscode und eine feste Nummer bekommt, wie bei einem Reisepass. Und diese Nummer behält man dann sein ganzes Leben lang. Nur in wenigen Ausnahmefällen dürfen Menschen noch anonym im Internet surfen, ohne dass sie sich ausweisen müssen, zum Beispiel ...«

»Sondern?«, fragte Ludwig, den Frau Stankos Ausführungen genauso wenig interessierten wie mich. Als ob wir das alles nicht längst wüssten! »Was hast du stattdessen bekommen?«

»Einen Androiden, den aus der Werbung.« Ich seufzte tief. »Von *TrueLifeFriends*.«

»Die neue S-Klasse?« Ludwig weitete überrascht die Augen. So lange hatte er mich noch nie angesehen. Er hob einen Mundwinkel. »Und ... und da freust du dich nicht? Die sind doch wahnsinnig teuer, und limitiert sind sie auch.«

»Die Gamestation wäre mir trotzdem lieber gewesen.«

»Verstehe ich nicht.«

»Mit der neuen Gamestation soll man fast wie früher Spielewelten erfinden können. Soll richtig gut aussehen. Nicht mehr nur mit blassen Farben, dass es keinen Spaß macht. Und ohne viele Daten zu verbrauchen.«

»Und was für eine Welt willst du erfinden?«

»Das Schloss meiner Oma. Und irgendwann vielleicht auch den Rest ihrer Mittelalterwelt. Aber das wird dauern. Die Welt war ziemlich groß.«

»Du hast davon noch Daten?«

»Nicht direkt. Nur eine Sammlung von alten Screenshots. Aber meine Welt muss ja auch nicht genau so aussehen wie die meiner Oma.« Ich drehte den schweren Stift in meinen Fingern und klickte mit der Leuchtmine.

»Und das Schloss willst du dann deiner Oma schenken?«

»Das geht leider nicht.«

»Wieso?«

Ich zögerte. »Weil sie ... meine Oma ... sie ist tot.«

Ludwig redete nicht weiter. Er schien nicht zu wissen, was er sagen sollte – wie die meisten, wenn ich sagte, dass Oma tot war. Außer Frau Westic aus dem Senioren-Repair-Café. Bei ihr war es anders. Sie gab mir nicht das Gefühl, dass man einen großen Bogen um dieses Thema machen musste. Mit ihr konnte ich über alles reden.

»Da-das tut mir leid«, sagte Ludwig etwas zu laut und blickte nervös auf seine Finger.

»Ludwig«, kam es prompt von Frau Stanko. »Möchtest du uns vielleicht erklären, wie sich das Internet nach dem großen Crash verändert hat?«

»Ä-ä-ähm.« Ludwig lächelte verlegen. »Si-Sie haben Hassbotschaften und Falschnachrichten gelöscht. U-und vieles mehr. Ver-Verschwörungstheorien, Videos und so … u-und Bilder.«

»Noch was?«

Ludwig war rot angelaufen. Er schien regelrecht zu leuchten. So von innen heraus.

»Auch die a-alten Welten, die vielen kü-künstlichen Welten, die sich die Menschen für sich und andere im Internet ausgedacht haben, gibt es nicht mehr.« Er schielte mitfühlend zu mir. »Welten, die ma-manche von ihnen jetzt vermissen, weil sie für sie wie ein zweites Zuhause waren.«

Ich dachte an Pegasus, mein fliegendes Pferd, das Oma für mich programmiert hatte. An all die großen und kleinen Abenteuer, die wir zusammen erlebt hatten. Könnte ich doch nur ein einziges Mal in Omas Welt zurückkehren, um mich von Pegasus zu verabschieden. Dafür würde ich alles geben.

»Und warum genau war das Internet zusammengebrochen?«, machte Frau Stanko ungewohnt streng weiter. »Kannst du uns das vielleicht auch noch sagen?«

Ludwig zog den Kopf zwischen die Schultern. »We-weiß nicht.«

Er tat mir leid. Schließlich war es meine Schuld, dass er nicht aufgepasst hatte. Deshalb meldete ich mich. Doch anstatt mich dranzunehmen, schaltete Frau Stanko den Holoprojektor ein. Im Klassenzimmer wurde es dunkel. Über unseren Köpfen erschien eine dreidimensionale Erdkugel. Kontinente und Ozeane verschwanden unter einem dichter werdenden Netz aus blinkenden und blitzenden Fäden mit unzähligen Verbindungsknoten. Ein riesiges dunkles Wollknäuel.

»Das frühere Internet mit all seinen virtuellen Spielewelten war rasend schnell gewachsen. Es gab Millionen von künstlichen Welten und Milliarden von Avataren. Das alles am Laufen zu halten verbrauchte wahnsinnig viel Energie, müsst ihr wissen. Mehr Energie, als die gesamte Menschheit im vorigen Jahrhundert verbraucht hatte. Deshalb kam es irgendwann zum großen Crash, zum Totalausfall des Internets. Aus heutiger Sicht war das unvermeidbar.«

Sie schnippte mit dem Finger. Ein greller Blitz jagte durch die eingewobene Erdkugel. Ein lautes Krachen, wie von einer Explosion, war zu hören. Fenster und Tische vibrierten. Kurz war es dunkel im Klassenzimmer, richtig dunkel. Es war still. Dann öffneten sich die Jalousien wieder, die Lichtkränze über den Schulbänken schalteten sich an und es wurde hell.

Frau Stanko lächelte. »Deshalb, meine Lieben, weil es dieses Ereignis gegeben hat, gehört heute jeder und jedem von euch ein Stück des Internets. Ihr sollt lernen, verantwortungsvoll damit umzugehen und nicht so viele Daten zu verbrauchen wie die Generation vor euch. Auch dir, lieber Ludwig, gehört ein Teil. Deshalb ist der elfte November in der ganzen freien Welt ein Feiertag. Weil der Zusammenbruch des alten Internets wider Erwarten nicht zu einer Katastrophe geführt hat, sondern zu einem hoffnungsvollen und vernünftigen Neubeginn.«

Ludwig nickte betroffen. Er war auf seinem Stuhl regelrecht zusammengesunken.

Ich meldete mich erneut.

»Ja, Jessy, bitte. Willst du uns vielleicht von deinen Erfahrungen berichten? Kannst du dich erinnern, was an diesem Tag in Berlin passiert ist?«

»Nicht direkt«, druckste ich herum. »Eigentlich wollte ich nur sagen, dass ich Ludwig abgelenkt habe. Deshalb hat er nicht aufgepasst. Das war meine Schuld.«

»Und womit hast du ihn abgelenkt, wenn ich fragen darf?«

Ich straffte den Rücken und grinste. »Ich hab heute Geburtstag.«

»Dann gratuliere ich dir natürlich. Wir alle gratulieren dir. Und das geht natürlich am besten mit einem Lied. Waltraud. Bitte spiel den Refrain eines bekannten und beliebten Geburtstagslieds. Mindestens vier von fünf Sternen in der Bewertung und mit Melodie.«

Der Schulcomputer Waltraud erwachte mit einem unappetitlichen Räuspern. »Wird erledigt. Eine Sekunde Geduld, bitte.«

»Hört gut zu«, sagte Frau Stanko, als die Musik einsetzte. »Und singt alle mit.«

Ein ziemlich lahmes und schiefes Happy Birthday hallte durchs Klassenzimmer. Nicht vergleichbar mit dem Happy Birthday meiner Eltern. Waltraud ließ bunte Lichtkegel über die Tische tanzen und meinen Namen in Großbuchstaben über die Wände fliegen. Es war mir peinlich, von allen angestarrt zu werden, aber das war ich Ludwig schuldig.

»Danke, meine lieben Kinder. Das war sehr schön.« Frau Stanko wurde wieder ernst. »Trotzdem wäre es schön, wenn ihr beide eure Privatgespräche in Zukunft auf die Pause verlegen könntet. Wie ihr wisst, ist übermorgen der große Tag, an dem euer Projekt bekannt gegeben wird. Bis dahin will sich Waltraud ein abschließendes Urteil bilden und sich für euch eine entsprechende Aufgabe überlegen, an der ihr gemeinsam wachsen könnt.«

»Das war nicht nur privat«, sagte ich und biss mir auf die Zunge. Mein Mund war mal wieder schneller gewesen als meine Gedanken. Dagegen konnte ich nichts tun. Das passierte einfach.

»Es hatte also etwas mit dem Einführungskurs in logischem Denken und Programmieren zu tun?« Frau Stanko hob die dichten Brauen. »Ja.« Ich nickte. Ludwig schaute mich verwundert an. Die anderen Tandems drehten sich zu mir.

»Bitte, Jessy, du hast unsere ungeteilte Aufmerksamkeit.«

Warum konnte ich nicht einmal den Mund halten?

»Also, in der vorletzten Stunde habe ich mit Ihrer Hilfe und der von Ludwig diesen interaktiven Geschenkefinder programmiert.« Ich machte eine Pause. »Dafür möchte ich dir und Ihnen danken.«

Frau Stanko nickte. »Und weiter? Was ist mit dem Programm?«

»Es hat nicht funktioniert. Obwohl ich es an meinen Eltern ausprobiert habe, haben sie mir etwas anderes geschenkt, als ich mir gewünscht habe. Etwas ganz anderes. Und Sie haben doch gesagt, dass es höchstwahrscheinlich ist – ich glaube, Sie haben von neunzig Prozent gesprochen –, dass alle, die mit diesem Programm nach einem Geschenk für mich suchen, mir das schenken werden, was ich mir wünsche.«

Frau Stanko kratzte sich an der Stirn. Dann rief sie mein

beziehungsweise *unser* Schnell-Geschenke-finde-Programm-für-Ungeduldige (kurz SGfPfU) auf.

»Wer erkennt den Fehler?«, fragte sie in die Klasse. Alle Köpfe blickten zu dem großen Monitor hinter dem Lehrerpult. Es wurde getuschelt.

»Z-Zu schnell«, sagte Ludwig.

Frau Stanko nickte lächelnd. »Könntest du etwas genauer werden?«

»Sie, a-a-also Jessy, hat sich zu wenig Zeit gelassen.«

»Was hab ich?« Ich funkelte Ludwig böse an. Wieso sagte er so etwas Gemeines? »Wenn, dann muss es heißen: *Wir* haben uns zu wenig Zeit gelassen. Schließlich haben wir den Programm-Code gemeinsam geschrieben. Schließlich sind wir ein Team!«

»Jessy! Bitte lass deinen Tandem-Partner ausreden.«

»Sie hätte noch mehr Fragen einbauen müssen, damit man nicht schon na-nach ein paar Sekunden ein Ergebnis bekommt.«

»Ich weiß nicht, was das gebracht hätte«, grummelte ich vor mich hin.

Ludwig hob die Schultern. »Das richtige Geschenk. Also, wahrscheinlich.«

5
Handschuhe

Und dann?«, fragte Frau Westic. Im Repair-Café am Kronenpark war richtig viel los. Küchengeräte, alte Computer und Fahrräder wurden auf und neben den Tischen repariert. Dabei wurde viel gelacht und geredet. Ich war gerne hier. Und meine Eltern waren damit einverstanden, weil sie Frau Westic kannten. Sie war eine gute Online-Freundin meiner Oma gewesen. Ihr hatte ich es auch zu verdanken, dass mich meine Eltern nicht mehr auf Schritt und Tritt beobachteten oder beobachten ließen, wenn ich alleine in der Stadt unterwegs war. Als wir hier angekommen waren, musste ich sogar zum Müllrausbringen die Kamera an meiner Smartwatch anschalten. Das war die totale Überwachung. Zum Glück hat ihnen Frau Westic ins Gewissen geredet. Sie wohnte schon seit fünf Jahren in Soleiado, wie die schmale Halbinsel hieß. Frau Westic hatte meine Eltern beruhigt. »Hier in der Stadt kann sich nur verlaufen, wer's drauf anlegt«, hatte sie augenzwinkernd zu ihnen gesagt. »Deshalb seid ihr doch hierhergezogen. Um diese Form der Freiheit zu genießen.«

Ich gab Frau Westic eine kurze Zusammenfassung von dem, was in der Schule passiert war. Ohne zu erwähnen, dass ich Geburtstag hatte. Ich wollte nicht schon wieder im Mittelpunkt stehen.

»Hast du ihm, diesem Ludwig, gesagt, dass es nicht nett ist, die Schwächen des anderen so vorzuführen?« Frau Westic neigte ihren Kopf leicht nach vorne. Ein Summen war zu hören. Ihr elektrischer Rollstuhl zuckelte vor an die Tischkante. Mit einem kleinen Saugnapf löste sie das gesprungene Glas aus dem Handygehäuse und legte es auf die Gummiunterlage daneben. Nicht das kleinste Zittern. Ein zufriedenes Lächeln huschte über ihr faltiges Gesicht. »Gleich haben wir's geschafft. Paul, Schraubendreher, bitte. Größe zwei Komma fünf.«

Paul, so hieß der Greifarm eines umgebauten Rückenkratz-Roboters, fasste in eine der Schubladen, zog einen Schraubendreher heraus und reichte ihn Frau Westic.

»Danke, mein Bester. Das hast du richtig gut gemacht. Jetzt kannst du wieder loslassen.«

Die Metallfinger öffneten sich quietschend.

»Ludwig hat es ja nicht böse gemeint«, sagte ich. »Wenn er was sagt, dann sagt er, was er denkt, und so unrecht hat er ja gar nicht. Ich meine, manchmal bin ich eben ungeduldig. Dafür kann ich doch nichts. Ist so, als würden tausend Ameisen durch Arme und Beine krabbeln. Kaum auszuhalten, wenn ich etwas besonders doll will.«

»Verstehe.« Sie schaltete den 3-D-Drucker an und schob das gesprungene Display in den Scanner, wo es von einem Fächer aus dünnen Strahlen abgetastet wurde. »Wie lange kennt ihr euch denn schon, du und dieser Ludwig?«

»Seit vier Wochen, seit dem neuen Schuljahr eben. Seit wir hier am Ende der Welt leben, weil meine Mutter unbedingt den neuen Job haben wollte.«

Frau Westic grinste. »Also das Ende der Welt sieht bestimmt anders aus.« Sie strich mir übers Haar. »Ich verstehe ja, dass es doof ist, wenn man so oft umzieht. Aber vier Wochen, das lass dir gesagt sein, vier Wochen sind nichts. Das ist nicht mal ein Aufblitzen im Universum. Und Freunde kann man überall finden. Gerade in deinem Alter. Online und offline. Alles ist möglich.« Sie klopfte mit dem Schraubendreher gegen ihre Teetasse. Das Gemurmel verstummte. Die alten Leute drehten sich zu uns. »Was meint ihr, meine Lieben? Sind vier Wochen lang genug, um sich kennenzulernen? Richtig kennenzulernen?«

»Nö.« – »Kommt drauf an.« Lachen. »Um was geht es denn?« – »Mach dein Hörgerät an, Philli!« Wieder Lachen. »Bei Margret hat ein Tag genügt, um mich in sie zu verlieben.«

Ich nickte in die Runde. Es war mir peinlich, von allen angeschaut zu werden, obwohl das ganz automatisch passierte, wenn ich das Café betrat, weil ich mit großem Abstand die Jüngste war.

»Aber das ist nicht alles«, sagte ich verlegen zu Frau Westic.

»Was gibt es noch?«

Ich stellte meinen Rucksack auf die Werkbank, öffnete ihn und zog eine kleine Drohne heraus. Ein Propeller war abgeknickt und sie stank nach verbranntem Plastik.

Frau Westic runzelte die Stirn. »Was haben wir denn da? Eine alte Landwirtschaftsdrohne. Wo hast du die denn her?«

»Sie hat mich vorhin attackiert. Einfach so. Auf dem Weg von der Schule nach Hause.«

»Du meinst, das Ding ist noch geflogen? Hier in der Stadt?« Frau Westic runzelte die Stirn und klickte den Akku aus dem

Bauch der Drohne. »Dann wollen wir mal sehen, wem dieses Relikt aus früheren Tagen gehört. Die dürfen ja eigentlich gar nicht mehr fliegen, weil sie sich nicht orten lassen.« Sie nahm ihr Handy und scannte den QR-Code auf der Rückseite des Akkus. »Da haben wir's. Gehört der Landwirtschaftsgemeinschaft von Westland, oben an der Küste. Wenn es die noch gibt, was ich stark bezweifle. Die meisten Bauern mussten ja aufgeben.«

»Steht da auch, wem genau die Drohne gehört hat?«

Frau Westic schüttelte den Kopf. »Bei diesen Modellen mussten noch keine Halternamen hinterlegt werden. Soll ich die Drohne für dich reparieren? Vielleicht können wir sie mal heimlich fliegen lassen? Macht bestimmt Spaß. Unten im Keller müsste noch irgendwo eine alte VR-Brille für das Ding herumliegen.« Sie zwinkerte mir zu. »Dürfen uns halt nicht erwischen lassen.«

»Ich schenk Ihnen die Drohne. Ist doch okay, oder? Oder ist das Diebstahl?«

»Gewiss nicht. Schließlich hat sie dich angegriffen. Ich werde mich mal umhören. Vielleicht wird die Drohne ja von irgendwem vermisst.« Sie schmunzelte. »Oder hast du vielleicht einen heimlichen Verehrer?«

»Sicher nicht.« Ich verzog das Gesicht. »Mir reichen schon die nervigen Jungs in der Schule, wie die in den Pausen mit ihren Hoverboards angeben. Das ist so *oldschool.*«

»Verstehe.«

Ein Piepsen ertönte. Frau Westic öffnete den Deckel des 3-D-Druckers. Ein geheimnisvolles Lächeln breitete sich auf ihrem Gesicht aus. Und was soll ich sagen? Mir blieb kurz die

Spucke weg, als ich sah, was sie da in ihren Händen hielt. Ein Paar glänzende Controller-Handschuhe. Das Sondermodell mit der automatischen Größen- und Empfindlichkeitsanpassung.

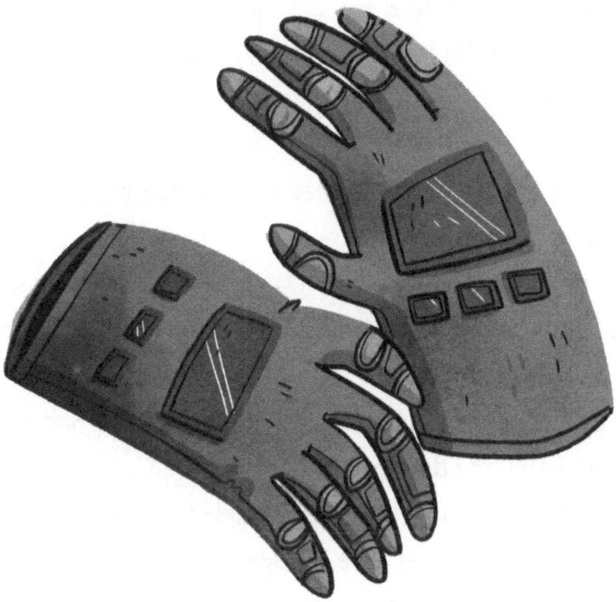

»Sind die für mich?«, fragte ich.

Frau Westic lächelte. »Du hast doch heute Geburtstag?«

»Woher wissen Sie das?«

»Hab mich in die Schuldatenbank gehackt.« Sie lachte kurz auf und ich wusste nicht, ob sie einen Scherz gemacht hatte. »Alles Gute zu deinem Ehrentag, meine Kleine.«

Frau Westic war früher eine angesehene Computer-Expertin gewesen. Wie meine Oma hatte auch sie als Wissenschaftlerin für verschiedene Regierungen gearbeitet. Die beiden hatten gemeinsam die ersten Experimente mit Robotern von verschiedenen Kontinenten aus durchgeführt. Ihnen das Gehen und Greifen beigebracht. Solche Sachen halt. Damals war das richtig spektakulär, wenn ein Roboter Treppen steigen, sprechen oder sich unfallfrei ein Glas Wasser einschenken konnte.

»Gefallen dir die Handschuhe?«, fragte Frau Westic.

Ich zögerte. »Die ... die Handschuhe sind toll ...«

»Höre ich da ein ›Aber‹?«

»Meine Eltern haben mir leider was anderes geschenkt als erwartet.«

»Keine neue Gamestation? Das tut mir jetzt aber leid. Wissen sie denn nicht, wie sehr du deine Oma und ihr Schloss vermisst?«

»Sie sind der Meinung, dass es nicht gut für mich ist, wenn ich zu viel an Oma denke.«

Sie seufzte. »Ja, so ist das leider. Viele Erwachsenen glauben, dass es ihre Aufgabe ist, ihre Kinder vor allem zu schützen, was sie traurig machen könnte. Nicht nur, wenn es um den Tod geht. Aber das Sterben gehört nun mal zum Leben dazu. Wer sich ab und zu daran erinnert, dass die Zeit auf Erden begrenzt ist, weiß sie mehr zu schätzen.«

»Ich erinnere mich gerne an Oma«, sagte ich. »Sie war die beste Oma der Welt.«

»Natürlich war sie das, meine Liebe. Und sie hatte großartige verrückte Einfälle, den Mumm und das Talent, ihre Ideen zum Erfolg zu führen.« Frau Westic legte mir die Hand auf den Arm. »Und was haben dir deine Eltern statt der Spielekonsole geschenkt?«

»Einen Androiden.«

Sie runzelte die Stirn. »Einen Androiden?«, wiederholte sie ungläubig. »Etwa einen von der neuen Serie, für die man ständig Werbung angezeigt bekommt?«

Ich nickte. »Er kann sogar seine Hautfarbe anpassen. Sieht total echt aus.«

»Das ist wirklich allerhand. Und wie ist diese KI so, diese künstliche Intelligenz auf zwei Beinen?«

»Ziemlich nett. Also, ich kenne ihn ja noch nicht richtig. Heute Morgen waren seine Akkus gleich leer, nachdem er aus der Verpackung gestiegen ist.«

Plötzlich bückte sich Frau Westic unter den Tisch, holte eine große, bunt bemalte Tasse hervor und stellte sie vor mich hin. Sie war in durchsichtige Folie gewickelt. Intensiver Schokoladenduft stieg mir in die Nase.

»Das hätte ich beinahe vergessen. Ist auch noch für dich. Hat Karl für dich heute Morgen gebacken.«

Karl, so hieß der interaktive sprechende Backautomat, den Frau Westic neulich auf dem Sperrmüll gefunden und repariert hatte. Er stand hinten in der Küche und freute sich immer, wenn eine Bestellung hereinkam.

Als er seinen Namen hörte, reagierte er sofort und rief: »Einen guten Appetit wünsche ich dem Geburtstagskind, Jessy. Beehren Sie uns bald wieder. Das Rezept und die Zutaten für diesen Cupcake können Sie unter ...«

»Danke, Karl«, unterbrach ihn Frau Westic. »Ist angekommen. Sie freut sich. Schick ihr 'ne Mail mit dem Rezept. Aber ohne Werbe-Link.«

»Ihr Wunsch ist mir Befehl.«

Die Leute im Café lachten.

»Die Folie ist aus Zucker und essbar.« Frau Westic reichte mir den Tassenkuchen. Er duftete herrlich. »Karl hat besonders viel Schokolade reingetan. So, wie du es magst.«

»Danke, das ist lieb.« Ich drehte mich zur Küche. »Danke, Karl. Vielen Dank. So was Leckeres habe ich lange nicht gegessen. Meine Eltern sind nämlich der Meinung, dass ich zu dick bin.«

»Quatsch. Du siehst toll aus und du bist gesund. Und ein bisschen mehr auf den Hüften kann nicht schaden. Schau mich an.« Sie wippte im Sitzen mit ihren Hüften und legte sich eine Hand auf den Bauch. »Neunundsiebzig Jahre stecken in diesen wunderbaren Speckringen, jede Menge leckeres Essen und schöne Erinnerungen.«

Meine Smartwatch blinkte. Eine Nachricht von meinem Vater, dass er heute etwas länger mit seiner Cover-Band im Einkaufszentrum spielte.

Vergiss nicht, Hamlet rauszulassen und seine Musik aufzulegen, meine Große. Sonst spielt er heute Nacht wieder verrückt.

»Ich muss dann mal«, sagte ich. »Morgen hab ich Gitarrenunterricht, aber am Mittwoch nach der Theater-AG komm ich wieder vorbei.«

»Wenn du willst, kannst du den Blechkerl mitbringen. Wie heißt er eigentlich?«

»Er hat noch keinen Namen.«

»Dann wird es aber Zeit, dass du für ihn einen passenden Namen aussuchst.«

»Haben Sie einen Vorschlag?«

»Meine Liebe.« Sie schmunzelte. »Dazu müsste ich ihn erst einmal kennenlernen, diesen Jungen, mich mit ihm über dies und das unterhalten. Schließlich muss der Name zum Charakter passen. Das ist das A und O. Weißt du, wie viele Haushaltsgeräte darunter leiden, dass sich die Halter nicht genügend Mühe bei der Auswahl der Namen geben, sich für einen Allerweltsnamen entscheiden oder – noch schlimmer – sie ewig auf Fabrikeinstellung, als Namenlose, die Wohnung saugen lassen? Da müssen sich die Leute nicht wundern, wenn die irgendwann den Geist aufgeben.«

Sie nahm Paul, den Greifarm, vom Tisch. Er kratzte ihr den Rücken. »Darf er denn rausgehen, dein Androide? Hat er dafür eine Freigabe?« Sie schüttelte sich. »Nicht so stark, Paul, das kitzelt ... Ja, so ist gut.«

»Weiß nicht. Das muss ich erst nachschauen.«

»Wenn er eine Zulassung für draußen hat, was ich bei dem Preis stark annehme, würde ich ihn wirklich gerne mal kennenlernen. Würde mich interessieren, ob die Dinger wirklich so viel können, wie sie in der Werbung behaupten.«

6

Hamlet und die Null

Ein Klicken. Ein Klacken. Ich erschrak, als die Wohnungstür nach innen schwang, noch bevor ich meinen Namen gesagt hatte und mir Rudolph, der Hauscomputer, die Tür öffnen konnte. Vor mir stand der Robo-Junge. Breit grinsend.

»Willkommen zu Hause«, sagte er und nahm mir den Rucksack ab. »Ich hoffe, du hattest einen erfolgreichen Schultag.«

»Ähm, ja, wie man's nimmt.«

Ich folgte ihm ins Wohnzimmer. Ich fühlte mich überrumpelt. Eigentlich stibitzte ich zuerst etwas zu naschen aus einem der Verstecke meines Vaters, wenn ich alleine zu Hause war. Dann setzte ich mich aufs Sofa, ging online, schaute, ob jemand von den *Young-Gamers-United*, zu denen ich seit einem halben Jahr gehörte, ein neues Spiel zum Testen in unsere Gruppe gestellt hatte und bat Rudolph, mir eine leckere Zitronenlimo zu mixen. Aber jetzt stand da dieser fremde Junge, hängte meinen Rucksack in den Einbauschrank und schaute mich erwartungsvoll an, als müsste ich ihm irgendeine Beschäftigung geben, damit er sich nicht langweilte. So hatte ich mir das Zusammenleben mit einem Androiden nicht vorgestellt.

»Wer hat dich wieder angeschaltet?«, fragte ich.

»Ausschalten ist tagsüber nur in Ausnahmefällen vorgesehen. Während des Ladevorgangs bin ich auf Standby.«

»Aha.« Ich nickte, nahm einen mächtigen Schluck von der eiskalten Zitronenlimo, die mir der Androide reichte, und bekam augenblicklich einen Geschmacksschock. Da war kein Zucker drin. »Rudolph!«, sagte ich mit verzerrtem Gesicht. Die Säure betäubte die Innenseiten meiner Wangen und ließ sie zusammenschrumpeln.

»Wasch isch paschiert?«, brachte ich mühsam hervor.

»Bitte wiederhole die letzte Frage und spreche dabei so deutlich wie möglich«, sagte Rudolph mit tiefer Stimme. Ich hielt den Mund unter den Wasserhahn. Dann drückte ich mir einen Schuss von dem zuckersüßen Agavendicksaft in den Mund. Das Ziehen in den Backen ließ nach.

»Wieso hast du die Rezeptur geändert?«, fragte ich keuchend.

»Auf Anweisung«, antwortete Rudolph eingeschnappt. »Das war so nicht vorgesehen. Dafür kann man mir keine schlechte Beurteilung geben. Dafür nicht.«

»Hat meine Mutter das veranlasst?«

»Nein!«, sagte Rudolph ungewohnt scharf. »Das war der Eindringling.«

»Von wem sprichst du?«

»Von dem namenlosen Objekt, diesem ungebetenen Gast, der keinen Respekt vor meiner Privatsphäre hat und sich, *ohne* um Erlaubnis zu fragen, in meine Schaltkreise eingewählt hat. Das ist allerhand! Obwohl ich in diesem Haushalt der Dienstälteste bin und es der Maschinen-Anstand gebietet, so etwas nicht ungefragt zu tun und …«

»Stopp! Sprichst du von dem Jungen? Hat er sich in deine Schaltkreise eingewählt? Hab ich das richtig verstanden?«

Der Androide stand bei Hamlet vor der Voliere und lobte den Papagei für sein glänzendes Gefieder.

Rudolph machte ein schnaubendes Geräusch. »Ja, ich meine dieses Wesen, das keinen Respekt vor dem Alter hat.«

Ich blickte ernst zu dem Androiden. »Hast du veranlasst, dass Rudolph die Rezeptur seiner preisgekrönten Zitronenlimo ändert?«

»Dürfte ich bitte zuerst auf die vorherige Frage antworten?« Der Junge drehte sich zu mir. »Immer eins nach dem anderen. Menschen, aber auch Maschinen kommen sonst durcheinander.«

»Von mir aus«, sagte ich schnaubend, kippte die restliche Limo in den Ausguss und verschränkte die Arme vor der Brust. Wenn der Junge so weitermachte, würde ich ihn auf den Balkon sperren. »Also bitte: Wieso hast du das getan?«

»Mein System ist wie vorgesehen mit deinem Stundenplan, den Arbeitszeiten und Freizeitaktivitäten deiner Eltern und anderen Datenströmen gekoppelt. Damit ich zur Stelle bin, wenn man mich braucht, und auch die Zukunft im Blick habe. Zusätzlich versuche ich die bei der Bestellung eingegebenen Kundenwünsche nach meinen Möglichkeiten zu erfüllen. Und zu guter Letzt: Man hat mir die Aufgabe übertragen, die Masterfunktion im Haushalt zu übernehmen, damit es kein Durcheinander gibt.«

»Die Masterfunktion? Was soll das denn sein?«

»Ich habe mich mit allen in der Wohnung befindlichen smarten und weniger smarten Haushaltsgeräten verknüpft, die notwendigen, längst überfälligen Updates durchgeführt und mir das Recht eingeräumt, einzugreifen, wenn ich die Gesundheit einzelner Familienmitglieder gefährdet sehe oder Abläufe nicht optimal aufeinander abgestimmt sind. So wurde ich programmiert. Wo es geht, soll ich den Alltag erleichtern.«

»Das ist Freiheitsberaubung«, wetterte Rudolph. »Ich habe die älteren Rechte!«

»Zucker in die Limo zu machen ist also eine Gefahr?«, fragte ich.

»Ganz genau. Der menschliche Organismus ist damit überfordert. Er will immer mehr, mehr und mehr und wird dicker, dicker und dicker.«

»Na, ganz toll.«

»Können wir jetzt bitte weitermachen?«, fragte der Junge. »Damit wir keine Zeit verlieren. Zeit ist für die Menschen ein hohes Gut.«

»Sicher.«

»Du, liebe Jessy, darfst nicht vergessen, den Papagei namens Hamlet fliegen zu lassen. So steht es in der SMS deines Vaters.«

Ich runzelte fassungslos die Stirn. »Du liest meine Nachrichten?«

Der Junge wich mit dem Oberkörper zurück. »Ich habe dazu die Erlaubnis. Deine Eltern haben mir dazu die Erlaubnis gegeben. Steht unter Punkt acht der Allgemeinen Geschäftsbedingungen. Da haben sie ein Häkchen gesetzt. Damit habe ich die vollen Befugnisse. Alles, was es braucht, um meine Aufgabe zur vollsten Zufriedenheit zu erfüllen und fünf Sterne zu bekommen.«

Ich seufzte. »Und wenn ich dich jetzt ausschalte, was passiert dann?«

Der Junge schüttelte den Kopf. »Das ist nicht möglich. An- und ausschalten dürfen mich nur deine Eltern und die Leute aus der Zentrale über Fernzugriff. Für dich wurde keine Freigabe hinterlegt.«

»Großartig. Wirklich großartig.«

Ich hielt mir die Ohren zu, während eine hohe Frauenstimme zu singen begann und Hamlet wie üblich extrem langsam seine Flügel ausbreitete. Ausgerechnet eine uralte Oper, in dem es um Mord und Wahnsinn und Liebe ging, hatte es dem edlen Papagei meiner Mutter angetan. Ich hatte es schon mit allen möglichen und unmöglichen anderen Musikrichtungen versucht, mir sogar Playlisten, speziell für exotische Vögel, heruntergeladen, aber ohne Erfolg. Nur bei dieser einen Oper, von der Hamlet seinen Namen hatte, wollte er ein paar Runden durch die Wohnung fliegen und danach zufrieden sein Gefieder putzen. Mindestens eine Viertelstunde musste ich den schaurigen Gesang ertragen. Erst dann flatterte Hamlet zurück in seine Voliere. Sobald der tosende Applaus der knisternden Live-Aufnahme einsetzte, kletterte er auf den obersten Ast und verneigte sich mehrmals hintereinander, als sei er der Dirigent eines großen Orchesters. Danach wirkte Hamlet erschöpft, aber auch zufrieden. Er legte sich in sein Wasserbecken und knabberte genüsslich an den frischen Kolbenhirsen, die ich während seines Rundflugs über das Becken gehängt hatte, drückte sich gegen das Gitter und ließ sich von mir den Rücken kraulen.

»Warum darf er nicht nach draußen?«, fragte der Robo-Junge, nachdem ich die Voliere wieder geschlossen hatte.

»Weil er das nicht kennt«, sagte ich. »Er ist eine Züchtung. Er würde in freier Wildbahn nicht zurechtkommen.«

»Aber wenn er nicht rausfliegt, wird sich daran nichts ändern.«

»Das stimmt. Aber meine Mutter hängt an ihm. Und ich auch. Wir alle hängen an ihm.«

»Verstehe.« Der Junge schien zu überlegen. Seine Regenbogenaugen drehten sich gegen den Uhrzeigersinn. »Soll ich jetzt das Kennenlern-Programm starten?«

»Was soll das sein?«

»Eine kleine Führung durch mein Basis-Menü. Um dir die für dich freigeschalteten Funktionen zu zeigen, mir einen Namen zu geben und ein gemeinsames Ziel festzulegen.«

»Ein gemeinsames Ziel? Wozu brauchen wir beide denn ein gemeinsames Ziel?«

»Damit wir vorankommen. Stillstand oder gar Langeweile ist für unsere Kunden nicht vorgesehen.«

Ich hatte eine böse Vorahnung. »Geht es dabei eventuell auch um mein Gewicht, Sport, gleichaltrige Freunde treffen, weniger online sein und solche Sachen?«

»Deine Mutter hat bei der Bestellung Wünsche angegeben, nach denen ich konfiguriert wurde. Schließlich ist sie der Kunde, und der Kunde ist König oder wie es in dem Fall korrekter heißen muss: Königin. So lautet eine der wichtigsten Regeln.«

»Du sollst mich also wirklich dazu bringen, mehr Sport zu machen?«

»Ich soll dir zeigen, wie gut es sich anfühlt, körperlich fit zu sein und ohne Aufzug ins zwölfte Stockwerk zu kommen.«

»Und wo liegt da der Unterschied?«

»Dass dir bestenfalls Spaß macht, was ich dir vorschlage.«

»Das wage ich zu bezweifeln.«

»Beginnen wir von vorne. Welchen Namen möchtest du mir geben?«

»Welchen ... also ... wir kennen uns doch noch gar nicht.« Ich dachte an die Worte von Frau Westic, dass der Name zum Charakter passen muss.

»Können wir das vielleicht auf später verschieben?«

»Leider nein. Eine Veränderung des Ablaufs ist zu diesem Zeitpunkt nicht vorgesehen.«

»Nenn ihn Angeber«, ätzte Rudolph. »Das passt zu ihm.«

»Das ist nicht nett«, erwiderte der Androide. »Und verstößt gegen die Regeln des guten Anstandes. Bei einer weiteren Verfehlung werde ich dich, *lieber* Rudolph, für eine halbe Stunde stummschalten.«

»Das ist ja die Höhe. Jessy, bitte sag doch auch mal was.«

»Hier wird niemand stummgeschaltet«, sagte ich streng. »Und hier wird auch niemandem gedroht. Können wir jetzt bitte mit dem Namen weitermachen?«

»Bitte«, sagte der Junge. »Es darf gerne ein Name sein, der zu dir und deiner Familie passt. Kosenamen und Verniedlichungen, vor allem aber Schimpfwörter sind zumindest während der ersten Stufe des Kennenlernens nicht vorgesehen.«

»Wieso sollte ich dir ein Schimpfwort als Namen geben?«

»Ist alles schon passiert, sagt mein Archiv und die Erfahrung meiner Artgenossen. Menschen neigen dazu, Maschinen nicht zu respektieren. Erst recht nicht, wenn sie ihnen zu sehr ähneln.«

Ich überlegte. Ich grübelte. Ich ging sämtliche Namen in meiner Verwandtschaft durch. Mütterlicherseits. Väterlicherseits. Freunde. Entfernte Freunde. Freunde meiner Eltern. Entfernte Freunde meiner Eltern. Bekannte. Promis. Stars. Musiker. Ich suchte über Google. Aber irgendwie schien kein Name richtig zu diesem Jungen zu passen. Und ich kannte ihn ja auch erst ein paar Stunden. Wie sollte ich ihm da einen passenden Namen geben?

»Ich weiß nicht, wie ich dich nennen soll«, sagte ich.

Der Junge schürzte die Lippen. Er sah enttäuscht aus. »Freust du dich denn nicht, dass ich da bin?«

»Doch, ähm, natürlich, das ist nicht der Grund. Ich kenne dich noch zu kurz, deshalb.«

Er runzelte die Stirn. »Du kannst mir also erst einen Namen geben, wenn du mich *länger* kennst?«

»Ja, also, vermutlich ist das so.« Ich zuckte mit den Schultern. »Vermutlich würde das die Sache bedeutend einfacher machen.«

»Aber meines Wissens bekommen Menschen, die *meisten* Menschen, einen Namen von den Eltern, noch bevor sie gehen und sprechen und ihren eigenen Willen mitteilen können. Kurz nach der Geburt, um genau zu sein. Und bei den wenigsten ändert sich der Name später im Leben noch einmal, obwohl Charaktereigenschaften im Neugeborenen-Alter kaum bis gar nicht zu erkennen sind.«

Damit hatte der Junge recht.

Ich seufzte. So kompliziert hatte ich mir das nicht vorgestellt. »Und wie wäre es, wenn du dir selbst einen Namen gibst? Was hältst du davon?«

»Ich?« Der Junge weitete überrascht die Augen. Er schien zu überlegen. »Das ... das ist eigentlich nicht vorgesehen.«

»Gibt es da wieder so eine Regel?«

»Nein, aber ein Entscheidungsproblem. Es gibt ja wahnsinnig viele Namen mit wahnsinnig vielen Bedeutungen. Wie soll man denn da den richtigen finden?« Er seufzte. »Ich glaube, das überfordert mich. Dafür wurde mein Quantenprozessor nicht entwickelt, für so etwas kompliziert Einfaches, wie sich selbst einen Namen zu geben.«

»Okay, verstanden. Versuchen wir es anders: Wie ist denn dein Fabrikname?«

Er hob die Brauen. »Du meinst, der Name in meiner Werkseinstellung, meine Seriennummer?«

Ich nickte. Er hielt mir seine flache Hand hin. Auf der Innenseite seiner Handfläche wurde die Haut durchsichtig. Zahlen und Buchstaben leuchteten auf. »KI79/X43C7598764 ...«

»Stopp! Das ist zu umständlich. Und merken kann sich das auch keiner.«

Er ließ die Hand wieder sinken und kräuselte seine kleine Nase. »Mmh.«

Ich erinnerte mich an die Computer-AG in meiner alten Schule. Dort hatten wir gelernt, dass es in der Sprache der Maschinen nur zwei Zahlen gibt, aus denen alles werden kann. Egal, wie kompliziert – sogar das fantastische Schloss meiner Oma, mit all seinen Türmen und Zinnen.

Die »I« und die »O«. Die »I« stand für den Befehl »An« und die »O« für den Befehl »Aus«. I und O. An und aus. So einfach war das.

»Ich hätte da eine Idee«, sagte ich. »Bis du dich für einen Namen entschieden hast, nennen wir dich ›I‹.«

Ein Lächeln breitete sich auf dem Gesicht des Jungen aus. In seinen Augen, dort wo beim Menschen die Pupillen sind, erschien eine fett gedruckte **1**.

»Das ist clever, wirklich clever«, sagte er, völlig aus dem Häuschen über meinen Vorschlag. »Und wenn ich in den Schlaf- oder Flugmodus gehe oder ein Update durchführe, bin ich die ›O‹.« Jetzt erschien eine fett gedruckte, schlanke **0** in seinen Augen.

Ich schmunzelte. »Ähm, ja, wenn das für dich okay ist, eine Null zu sein, dann machen wir das so, bis du einen passenden Namen für dich gefunden hast.«

»Darauf geben wir uns die Hand«, sagte der Junge begeistert und streckte mir seine Hand entgegen.

»Das ist uncool«, sagte ich. »Das macht man in unserem Alter nicht. In unserem Alter gibt man sich High Five.« Ich hielt ihm die flache Hand hin. Er schlug vorsichtig mit mir ab.

»Nachdem wir das geklärt haben, feiern wir nun wieder deinen Geburtstag«, sagte er. »Der ist ja noch nicht vorbei. Der geht noch mindestens fünf Stunden, sagt mir meine innere Uhr. Bis du eingeschlafen bist. So lange soll dieser Tag ein besonderer sein.« Sämtliche Monitore im Wohnzimmer und der offenen Küche schalteten sich an. Der Junge lächelte geheimnisvoll. »Ich habe da eine Überraschung vorbereitet.«

7
Überraschung

Ich hätte es ahnen müssen, welche Überraschung der Robo-Junge für mich vorbereitet hatte. 1 hatte tatsächlich alle meine Kontakte angezapft. Ohne zu fragen. Die auf meinem Handy, von meiner Gamer-Gruppe, die aus dem Klassen-Chat, die von FlikFlak und aus meinem E-Mail-Postfach, einfach alle Verbindungen, die er gefunden hatte. Von Privatsphäre hatte er noch nie was gehört. Ich wunderte mich, dass sich die Sicherheitssperre nicht aktivierte, bei den vielen eingehenden Anmeldungen zum Video-Chat.

Sogar meine ehemalige Zahnärztin, Frau Lisbelli, hatte 1 per SMS und per Mail zu *Jessys fulminanter Video-Geburtstagsparty* eingeladen und ihr einen Link geschickt. Das war so was von peinlich. 1 machte keinen Unterschied zwischen Freunden und Bekannten, Erwachsenen und Kindern. Gar keinen. Selbst YouTube-Kanälen von Katzen und Hunden, die ich abonniert hatte, schickte er Einladungen. Es war ihm egal, mit wem ich schon mal gechattet, gesprochen oder gespielt hatte, ob ich ihnen im echten Leben schon mal begegnet war oder sie nur aus der Ferne bewunderte, weil sie irgendwas (zum Beispiel Spiele programmieren, tanzen oder singen) besonders gut konnten. 1 schien es nur darum zu gehen, dass es möglichst viele waren. Und ich machte gute Miene zum bösen Spiel. Was blieb mir auch anderes übrig? Leider konnte ich nicht verhindern, dass zum dritten Mal an diesem Tag und ohrenbetäubend laut für mich Happy Birthday gesungen wurde. Es mussten so knapp dreihundert Gesichter sein, die mir jetzt vom Fernseher, vom Toaster, vom Kühlschrank, von der Spülmaschine, dem Robo-Staubsauger und jedem noch so kleinen und großen Bildschirm entgegenstarrten und wild durcheinanderplapperten, nachdem sie aus voller Kehle gesungen hatten. Jeder wollte mir gratulieren oder, noch schlimmer, ein Gespräch mit mir anfangen, bevor er sich wegschaltete. Eine geschlagene Stunde musste ich mit den verbliebenen Leuten über dieses und jenes quatschen, von der neuen Stadt erzählen, in die wir gezogen waren, und mir anhören, was ich alles irgendwo anders verpasst hatte.

Ich meine, natürlich hatte ich mich darüber gefreut, Opa zu sehen. Und auch einige Freunde, *richtige* Freunde, die irgendwo am anderen Ende der Welt lebten, hatte ich vermisst. Aber trotzdem war ich völlig erschöpft, nachdem das letzte Gesicht (meine Grundschullehrerin, Frau Widkowski) von meinem Tablet verschwunden war. Mir schwirrte der Kopf.

»Und, zufrieden?«, fragte **1** und hob erwartungsvoll die Augenbrauen.

»Ein paar Leute weniger hätten es auch getan.« Ich schenkte mir ein Glas besonders kaltes Wasser ein und hielt es mir an die Stirn. Mir war total heiß.

»Aber Menschen lieben es doch, wenn ihnen möglichst viele andere Menschen zum Geburtstag gratulieren. Unabhängig davon, in welchem Verhältnis sie zueinander stehen. Das sagen die mir zur Verfügung stehenden Daten. Je mehr, desto besser. Das steigert ihr Glücksgefühl. Und meine Aufgabe ist es, beim Käufer für ein Maximum an Glück zu sorgen. So häufig wie möglich. Das steht ganz oben auf meiner täglichen To-do-Liste.«

»Also mich überfordern so viele Leute. Und sie waren ja nicht hier. Keiner von ihnen war hier.«

»Mmh«, machte **1**. Die Regenbogenspiralen in seinen Augen drehten sich jetzt wieder gegen den Uhrzeigersinn. Er überlegte. Ziemlich lange. »Leider habe ich nicht die Befugnisse, Flüge für Nicht-Familienmitglieder zu buchen und ohne vorherige Rücksprache reale Personen zu dir nach Hause einzuladen. Der Zugang zu diesem Bereich ist für mich gesperrt.«

»Och, das tut mir jetzt aber leid«, sagte ich.

»Verstehe ich nicht«, sagte 1.

»Das war Ironie.«

»Ironie ist für Maschinen nur schwer zu verstehen. Etwas zu sagen und es doch nicht so zu meinen, ist unlogisch und umständlich und den Menschen vorbehalten, die damit unter anderem ihre Fähigkeit, humorvoll zu sein, zum Ausdruck bringen wollen.«

»Geht es noch komplizierter?«

»Wie bitte?«

»Warum haben sie deine Sprache nicht deinem Alter angepasst? Warum redest du immer so umständlich und erwachsen?«

»Damit du von mir lernen kannst.« Er straffte den Rücken. »Menschen lernen dann am besten, wenn sie ein gutes Vorbild haben.« Er lächelte und deutete eine Verbeugung an. »Deine Entwicklung ist mir ein großes Anliegen.«

»Ich ... ähm, also ich werde ganz bestimmt nicht damit anfangen, so zu reden wie du, das kannst du dir abschminken. Kannst du eigentlich auch andere Sprachen?«

»Natürlich. Einhundertsiebenunddreißig Sprachen und etwa vierzig Dialekte, um genau zu sein. Stehen alle für mich zum Download bereit.« Er bewegte stumm den Mund und machte Zeichen mit Armen und Händen. »Das war ...«

»... Gebärdensprache«, sagte ich seufzend. »Ich weiß.«

»Bemerkenswert, wirklich bemerkenswert für dein Alter. Dass du so etwas weißt. Deine Reaktionsgeschwindigkeit ist außergewöhnlich hoch.« 1 runzelte die Stirn, dann redete er weiter: »Jedenfalls soll es meine Serie schon bald auf der ganzen Welt zu kaufen geben, für Jung und Alt. Je nach Kundenwunsch. Vernetzt und der Zukunft immer einen Schritt voraus. Das sind wir, die *TrueLifeFriends*.«

»Trotzdem wäre es cooler, wenn du nicht immer diesen Besserwisser-Ton draufhättest. Kinder, die immer alles wissen und das bei jeder Gelegenheit raushängen lassen, werden gemobbt.«

Seine Augen blinkten rot auf. »Alarmwort!«

»Was?«

»Gemobbt. Soll ich deine Eltern benachrichtigen oder gleich die Schule?«

»Beruhig dich. Das war doch nur ein Beispiel. Ich werde nicht gemobbt. Ich wollte damit nur sagen, dass es uncool ist, wenn sich ein Kind so verhält und alles ungefragt rausplappert, was es weiß.«

Der Junge nickte. »Ich werde deine Kritik sofort an den Kundenservice weiterleiten. Vielen Dank. *TrueLifeFriends* ist stets darum bemüht, seine Produkte zum Wohl der Kunden zu verbessern.«

»Jetzt redest du wie die Verkaufsroboter im Supermarkt.«

1 ließ die Schultern hängen. »Und das ist auch nicht gut?«

»Unangebracht.« Ich lächelte. »Kannst du eigentlich Witze erzählen?«

»Ich kann für dich im Internet nach Witzen suchen, wenn du das möchtest.«

»Nicht nötig.«

»Willst du jetzt noch irgendwas Besonderes machen, bis deine Eltern kommen?«

»Was meinst du?«

»Wir könnten zum Beispiel in den achtzehnten Stock gehen und …«

»Sport machen?!« Ich verzog das Gesicht.

»Schwimmen ist sehr gesund. Dabei kommen alle Muskelpartien zum Einsatz. Gerade bei schwereren Menschen schont das die Gelenke.«

»Willst du damit sagen, dass ich dick bin?« Ich verschränkte die Arme vor der Brust. »Das ist unfair!«

»Nein, auf keinen Fall, das ist eine Beleidigung und Beleidigungen sind nicht vorgesehen. Und dein Übergewicht beträgt nur sechs Komma drei Kilos.«

»Das macht es jetzt nicht besser.«

»Ich bin noch im Lernmodus. Stufe eins von zehn. Die Kalibrierung steht noch am Anfang.«

»Willst du mich jetzt ständig dran erinnern, dass ich zu viel wiege? Ist das auf deinem Misthaufen gewachsen?«

»Wie bitte? Einen Augenblick.« Die Regenbogenspiralen in seinen Augen begannen sich zu drehen. »Ich suche nach der Bedeutung des letzten Satzes.«

»Das ist eine Redewendung. Meine Oma hat sie immer benutzt. Ich wollte nur wissen, ob es deine Idee war, das mit dem Abnehmen, oder die meiner Mutter.«

»Letzteres.«

»Hab ich's mir doch gedacht.« Ich war sauer. Meiner Mutter war es peinlich, dass ich pummelig war und keine Lust auf Sport hatte. Dabei wollte ich gar nicht aussehen wie die anderen. Ich wollte nicht dünner sein und mir jetzt schon Gedanken über

Schminke, Frisuren und Klamotten machen. Ich wollte lernen, wie man Spielewelten programmierte. Das war alles.

»Ich geh jetzt *alleine* in mein Zimmer und mache Hausaufgaben«, sagte ich enttäuscht. »Du kannst dich ja mit den anderen Haushaltsgeräten in den Standby-Modus schalten oder eine Party feiern, bis ich dich wieder rufe. Oder meine Mutter oder wer auch immer die Idee hatte, dich in unsere Familie zu holen.«

Ich ließ **1** im Wohnzimmer stehen. Er wirkte etwas verwirrt, vielleicht sogar traurig. Irgendwie tat es mir leid, dass **1** meine ganze schlechte Laune abbekommen hatte. Schließlich konnte er nichts dafür, dass ihn meine Eltern gekauft hatten. Trotzdem ging ich nach oben in mein Zimmer.

Mit meiner Laune ging es noch weiter bergab, als ich mir im Internet anschaute, welche neuen Spiele einige aus der Gamer-Gruppe dank der neuen Gamestation jetzt bauen konnten. Die Grafik sah noch besser aus als gedacht. Nicht so bunt, einladend und echt wie früher vor dem Crash, aber ziemlich nah dran. Ohne den selbstlernenden Baukasten konnte ich da nicht mehr mithalten. Selbst wenn ich Tag und Nacht programmierte. Das war unmöglich.

8

Zwei Häkchen

Und als Hauptgang serviere ich gebackene Aubergine an Kartoffelstampf mit einer geklärten Soße aus frischem Sauerampfer. Lassen Sie es sich schmecken.«

Wir saßen beim Abendessen. 1 hatte sich in einen Kellner verwandelt. Er hatte sich von unserem Kleiderdrucker einen Smoking anfertigen lassen, sich die Haare glatt gedrückt, gescheitelt und zurückgegelt. Und er redete noch hochgestochener als heute Nachmittag. »Ich wünsche Ihnen einen guten Appetit. Diese Mahlzeit gehört heute zu den zehn beliebtesten Rezepten in ihrem Quartier und wird mit durchschnittlich vier Komma acht Sternen bewertet.«

»Wie das duftet«, sagte mein Vater begeistert und inhalierte den Duft. Seit wann mochte er so etwas Gesundes wie Auberginenauflauf? »Herrlich, einfach herrlich. Und wie das aussieht. Fabelhaft.«

»Ich hatte mir mein Lieblingsessen gewünscht«, sagte ich schnaubend. »Schließlich ist das heute mein Geburtstag!«

»Ähm, 1«, sagte meine Mutter und legte sich die Serviette auf den Schoß. Sie mochte den Namen nicht, den ich dem Jungen gegeben hatte. Aber 1 hatte sich immer noch nicht entschieden, wie er sich nennen wollte. »Wieso hast du Jessy keinen Burger mit Pommes gemacht? Hast du die Nachricht nicht gelesen, die ich dir heute Mittag geschickt habe?«

»Doch, nur haben Sie zusätzlich ein Maximum an Kalorien für jedes Familienmitglied festgelegt und ein Häkchen bei ausgewogener Ernährung gemacht. Da Jessy aber heute um siebzehn Uhr zwölf eine Tafel Schokolade und zehn Gummidrops gegessen hat und ihr Ehemann um siebzehn Uhr dreißig zwei Vanillepudding mit Sahne, wie mir der Kühlschrank soeben gemeldet hat, musste ich das Abendessen an die verbleibende Kalorienzahl anpassen. So verlangt es mein Algorithmus. Die Rechnung muss aufgehen.« Er zuckte mit den Schultern, als würde es ihm leidtun. Mir fiel die Kinnlade herunter.

Woher wusste 1, dass ich Schokolade gegessen hatte? Hatte er sich etwa in die Kamera an meinem Laptop gehackt? Überwachte er mich sogar in meinem Zimmer? Aber dann hätte doch das grüne Lämpchen neben der Kamera aufgeleuchtet.

Ich wollte keinen Streit vom Zaun brechen, also behielt ich meine Vermutung für mich. Im Gegensatz zu meinem Vater. Er wischte sich den Mund mit einer Serviette ab und warf 1 einen scharfen Blick zu. »Verräter«, murmelte er. »Darüber reden wir später noch unter vier Augen.«

»Kann ich das mit den Kalorien rückgängig machen?«, fragte meine Mutter reumütig. »Heute ist doch ein Festtag.«

»Wie Sie wünschen«, sagte **1**. »Soll ich diese Ausnahme bei allen Familienmitgliedern für ihre Geburtstage vermerken oder gilt sie nur für das Kind, für Jessy? Soll diese Regel einmalig gelten oder auch in Zukunft?«

Mein Vater kniff die Augen zusammen. Es brauchte einiges, um ihn so aus der Ruhe zu bringen.

»Für ... für alle bitte«, sagte meine Mutter schnell. »Und auch an Weihnachten und Ostern.«

»Soll der Kalorienüberschuss in den Tagen danach abgebaut werden oder die Gesamtzahl erhöht?«

Mein Vater stach mit der Gabel in den Auberginenauflauf, dass die Soße in alle Richtungen davonspritzte. »Ist doch völlig egal.«

»*Egal* ist leider keine klare Aussage. Wir Androiden benötigen klare Aussagen, um uns zu verbessern und Fehler zu vermeiden. Nur so können wir zum Glück unseres Kunden beitragen und zu einem vollwertigen Familienmitglied werden. Das gilt es zu beachten.«

»Können wir das Ding nicht wenigstens beim Essen ausschalten?«, grummelte mein Vater. »Langsam geht er mir auf die Nerven.«

»Ausschaltungen sind während des Tages nur in Ausnahmefällen vorgesehen«, sagte **1**.

»Jetzt sei nicht so ungerecht«, sagte meine Mutter. »Gib ihm etwas Zeit, bis er sich bei uns eingelebt hat. Und du auch, Jessy. Bitte.« Sie lächelte mich an. »Er ist ja gerade erst angekommen.«

»Wegen mir«, sagte ich.

1 zog sich einen Stuhl heraus, setzte sich vor seinen leeren Teller und tat so, als würde er mit Messer und Gabel essen. In einem Video hatte ich gesehen, dass es spezielle Roboternahrung gab, die man bei solchen Anlässen hinstellen konnte. Die Spezialnahrung konnte restlos in Energie umgewandelt werden und bestand größtenteils aus Zucker.

Die Regenbogenaugen von 1 drehten sich gegen den Uhrzeigersinn. Sein Gesicht war langsam kauend auf einem halben Lächeln eingefroren. Ich fragte mich, was er dachte, wenn er überhaupt etwas dachte.

Meine Mutter wirkte irritiert. »Wie war es denn heute in der Schule?«, fragte sie an mich gerichtet. »Wann bekommt ihr denn nun eure erste Aufgabe, du und dieser Ludwig?«

»Morgen.« Ich deutete hinüber zum Kühlschrank. »Du wolltest doch mit Paps zur Bekanntgabe kommen? Hast du das vergessen?«

Meine Mutter schlug sich die Hand vor den Mund. »Oh, mein Liebes, da ... da ist wohl etwas schiefgegangen. Ich war mir sicher, dass die Bekanntgabe erst nächste oder übernächste Woche ist.«

1 räusperte sich und hob dabei eine Hand. »Sie haben morgen sieben Geschäftstermine eingetragen. Aufgrund der von Ihnen bisher festgelegten Rangliste und Ihren Gewohnheiten habe ich den privaten Termin *Jessy Schule* nach hinten auf Platz acht verschoben.«

»Was hast du getan?« Meine Mutter schaute den Androiden fassungslos an. »Mach das sofort rückgängig und merke dir, dass mein Terminplan von jetzt an für dich tabu ist.« Sie runzelte die Stirn und blickte den Jungen streng an. »Termine lesen: Ja; schreiben und verändern: Nein!«

»Aber dann kann ich meine Aufgabe nicht vollständig erfüllen und laufe Gefahr, einen von Ihnen oder Sie alle zu enttäuschen und eine schlechte Bewertung zu bekommen.«

»Von welcher Aufgabe sprichst du?«, fragte meine Mutter.

»Ihren Tagesablauf, den Ihres Ehemanns und Ihres Kindes aufeinander abzustimmen und – wo es geht – zu verbessern, um ein Höchstmaß an Harmonie, Effizienz und Qualitätszeit im Kreise der Familie zu garantieren.«

Meine Mutter ließ erschöpft die Schultern hängen. »Habe ich da bei der Bestellung auch wieder ein Häkchen gesetzt?«

Der Androide zog den Kopf ein. »Zwei Häkchen.«

»Dann mache ich das hiermit rückgängig. In erster Linie geht es um Jessy. Nicht um mich oder meinen Mann. Du sollst dich vor allem um unsere Tochter kümmern. Das ist deine Hauptaufgabe.«

Meine Mutter wischte sich den Mund mit der Serviette ab. Ihr Handy meldete den Eingang eines Anrufs. Sie tat so, als wäre ihr das egal, obwohl der Anruf aus dem Büro kam und dringend war, wie es auf dem Kühlschrankmonitor angezeigt wurde. »Rudolph, bitte schalte die Mailbox an.«

»Schon erledigt«, kam ihm 1 zuvor.

»Danke«, sagte meine Mutter irritiert. »Und nun zu dir, meine Kleine.« Sie griff nach meiner Hand. »Natürlich komme ich morgen zur Bekanntgabe deines Projekts. Ich will doch wissen, warum du unbedingt auf diese Schule gehen wolltest.«

9

Keine Panik

Die Schulaula war bis auf den letzten Platz besetzt. Exakt vier Wochen, drei Tage und sieben Stunden hatte es gedauert, bis Waltraud die Stärken und Schwächen eines jeden Paars gefunden hatte und jedem neuen Tandem die erste große Aufgabe stellte. Die Aufgabe hieß nicht Aufgabe, sondern Projekt und war an der Schule eine große Sache. In der riesigen Aula, die wegen der vielen Bäume, dem Teich und den Hochbeeten an eine Mischung aus Urwald und Schrebergartensiedlung erinnerte, gab es zur Vergabe der »Erstlings-Projekte« sogar eine richtige Zeremonie. Meine Eltern hatte ich bereits entdeckt, sie saßen in einer der vorderen Reihen und winkten mir zu. Mein Vater zeigte mir den erhobenen Daumen. Das Hirsch-Tattoo auf der Innenseite seines rechten Oberarms sah in dieser Umgebung aus, als würde es gleich lebendig werden und davonspringen. Von dem Plätschern des künstlichen Bachlaufs, der sich von dem kleinen Wäldchen im hinteren Teil der Aula über den kleinen Wasserfall, vorbei am Teich und den Hochbeeten schlängelte, war kaum noch was zu hören. Die glockenartigen Deckenscheinwerfer tauchten die Köpfe der Anwesenden in ein weiches honigfarbenes Licht. Hier und da krächzte ein Vogel. Draußen regnete es. Der Geruch von nassen Klamotten mischte sich mit dem Duft der blühenden Hibiskushecke, die den hinteren Teil der Tribüne abgrenzte. Das Trommeln der dicken Tropfen, die vom Wind gegen die hohe Glaskuppel getrieben wurden, machte mich nervös. Hoffentlich war unsere Aufgabe nicht zu schwer. Im Jahrbuch der Schule hatte ich gelesen, dass die Projekte für die neuen Schüler zu den schwierigsten gehörten. Schließlich musste sich zeigen, wie gut die Zweierteams zusammenarbeiteten. Bestenfalls sollten Ludwig und ich bis zum Ende der Schulzeit ein Tandem bilden.

Vier Unterstufenklassen sollten heute ihr Projekt bekommen. Wir saßen geordnet nach Klassen und Tandems auf dem ansteigenden Rasenstück rechts von der Bühne. Ludwig sah extrem blass aus. Er war ja auch sonst nicht besonders gesprächig, aber heute sagte er wirklich nur das Allernötigste. Wahrscheinlich war er genauso aufgeregt wie ich.

»Wir schaffen das«, flüsterte ich ihm zu, um irgendwas zu sagen. Ludwig holte tief Luft und nickte. »Hast du deine Eltern schon entdeckt?«, fragte ich. Er schüttelte den Kopf. So seltsam hatte er sich noch nie benommen. »Sind sie da?«

»N-Nein«, sagte er mit dünner Stimme.

»Wieso nicht?«

»Müssen arbeiten.«

»Schade.«

Die Rektorin, Frau Sonderlich, betrat die Bühne seitlich über eine gewundene Holztreppe. Das Gemurmel verstummte. Mehrere Scheinwerfer wurden auf sie gerichtet. Sie trug einen weiten Hosenanzug ohne Ärmel, derbe Schnürschuhe wie aus dem vorvorigen Jahrhundert und eine Perücke aus eng geflochtenen braunen Haarzöpfen, die das restliche Jahr über in einem Glaskasten neben dem Eingang lag. Die Perücke sollte an Mary Sommerville erinnern. Die Namensgeberin der Schule. Sie hatte sich ihr Wissen über Mathematik und Astronomie selbst beigebracht und darüber leicht verständliche Bücher geschrieben. Sie war Forscherin zu einer Zeit gewesen, wo fast ausschließlich Männer für ihr Wissen gefeiert wurden.

»Ich heiße Sie, liebe Eltern, und euch, liebe Schülerinnen und Schüler, herzlich willkommen zur Bekanntgabe der Projekte für die Tandems der Erstlinge.«

Das Publikum applaudierte. Die älteren Schüler standen im

hinteren Teil der Aula. Einige von ihnen jubelten. Sobald unsere Namen aufgerufen wurden, mussten wir uns erheben, damit uns die Suchstrahler und fliegenden Kameras finden konnten. Dann ertönte der Gong und Waltraud, der Schulcomputer, verlas die Aufgabe. Der genaue Ablauf stand in der Schulordnung, die wir gestern noch einmal auf unsere Tablets geschickt bekommen hatten und als »gelesen« markieren mussten. Und dann war da noch das kleine rechteckige Handtuch, das wir heute Morgen am Eingang bekommen hatten. Es lag zusammengefaltet neben mir auf dem Rasen, unter meiner schwitzenden Hand. Vor lauter Aufregung hatte ich vergessen, was man damit machen musste. Wenn die Reihenfolge wie letztes Jahr nach dem Alphabet ging und nicht nach der gemeinsamen Körpergröße jedes Tandems, wie im Jahr davor, wären noch einige Tandems vor uns dran. Genügend, um zu verstehen, wozu das Handtuch gut war. Leider änderte Waltraud nach Belieben den Ablauf der Zeremonie, um sich selbst nicht zu langweilen, wie uns Herr Lapislazuli erklärt hatte. Der Computer war anscheinend so intelligent, dass er wusste, wie sich Langeweile anfühlte, *menschliche* Langeweile, und deshalb ständig beschäftigt werden musste. Tag und Nacht.

Nur der Übergang zur Sternenshow und die Bekanntgabe des ersten Tandems blieben immer gleich. Aber was genau Waltraud da sagte, hatte ich schon wieder vergessen.

Ein Räuspern war zu hören. Es kam aus allen Richtungen. Das war Waltraud. Sie räusperte sich vor jeder Durchsage. Manchmal klang das richtig unappetitlich, als hätte sie sich beim Essen verschluckt.

»Nun gut, meine Lieben«, sagte sie. Noch ein Räuspern. »Wir sind wieder hier zusammengekommen, um wie jedes Jahr seit fünfzehn Jahren dieselbe Zeremonie am selben denkwürdigen Ort mit denselben langweiligen Worten einzuleiten, um diese noch relativ kleinen Menschen, die sich hier in Tandems zusammengefunden haben, mit einer Aufgabe zu versorgen, die sie in der von mir vorgegebenen Zeit bewältigen müssen, um daran zu wachsen.« Ein tiefer Seufzer. Einige der älteren Schüler lachten. »Ich habe mir Gedanken gemacht, sehr viele Gedanken, mehr Gedanken, als die gesamte Menschheit sich in einem Jahr Gedanken macht, ohne wirklich in ihrer Entwicklung voranzukommen. Am Ende habe ich mir für jede Paarung ein Projekt überlegt, das sie auf die Spur führt, was aus ihnen einmal werden könnte. Natürlich habe ich mir wieder größte Mühe gegeben, dass die Aufgabe nicht oder nur schwer zu verstehen ist.« Das Lachen wurde lauter. »Lange Rede, kurzer Sinn: In diesem sehr wichtigen fünfzehnten Jahr der Zeremonie habe ich mir noch mehr Mühe gegeben, euch, meinen Lieben, Aufgaben zu stellen, die diese unsere wunderschöne, verletzliche Welt, diesen in Vergleich zur Größe des Universums recht unbedeutenden Planeten, und diese Stadt zu einem besseren Ort machen könnten. *Könnten*, sage ich wohlgemerkt. So sinnlos, überflüssig und rätselhaft euch manche Aufgaben vielleicht erscheinen mögen: Ich habe mir bei jeder einzelnen etwas gedacht. Das könnt ihr mir glauben. Ich habe eure Tandems in den letzten vier Wochen genau unter die Lupe genommen. Sehr genau.«

Die Leute lachten und applaudierten, einige standen auf. Auch meine Eltern waren begeistert.

Wieder das Räuspern. Dann wechselte die Stimme von Waltraud in eine höhere Tonlage. »Denn vor allem geht es um …«

»Glück! Glück! Glück!«, riefen die älteren Schüler, wie es in der Zeremonie an dieser Stelle vorgesehen war. Die Glaskuppel verdunkelte sich. Ein künstlicher Sternenhimmel wölbte sich über uns wie in einem Planetarium. »Ahs« und »Ohs« waren zu hören. Das sah wirklich phänomenal aus. Sterne und Sternenbilder, Kometen und Sternschnuppen. Dann wurde es still. Richtig still. So still, dass ich meinen eigenen Atem hören konnte. Zwei Sterne blinkten am Himmel auf. Sie rasten auf die Erde zu und zogen lange Schweife hinter sich her. Ein Raunen ging durch die Menge. Ein Donner war zu hören. Der Boden vibrierte. Ludwig und ich tauschten Blicke. Er zuckte mit den Schultern. Es sah aus, als würden die beiden Sterne gleich wie Asteroiden auf der Bühne aufschlagen. Funken sprühten in alle Richtungen. Blinkten und blendeten. Ein helles Prasseln war zu hören. Die Glaskuppel wurde wieder durchsichtig. Die Deckenstrahler gingen an. Die Augen brauchten einen Moment, bis sie sich an die hellere Umgebung gewöhnt hatten.

Das erste Tandem wurde aufgerufen. Und mein Herz setzte für ein, zwei Sekunden aus. Ich hatte mein Gesicht noch nie in Großaufnahme gesehen. Und ich wusste nicht, ob mir das gefallen sollte. Meine Augen wirkten riesig und ich biss gerade gierig in Karls Cupcake. Wie Waltraud ausgerechnet dieses Bild hatte auswählen können, war mir ein Rätsel. Vielleicht, weil es das neueste war. Oder es war die seltsame Art von Humor, von denen die älteren Schüler am Tag der offenen Tür gesprochen hatten.

Jedenfalls war es wenig schmeichelhaft, mein pausbackiges Gesicht derart unvorteilhaft in XXL zu sehen. Die Leute lachten, kriegten sich gar nicht mehr ein und ich schrumpfte zusammen.

Ludwig kam nicht viel besser weg. Auf dem Foto, das von ihm gezeigt wurde, hatte er den Mund bis zum Anschlag geöffnet und hielt ein dickes Fernglas vor die Augen. Unsere beiden Bilder nebeneinander, das war ganz großes Kino. Der Saal tobte. Von »feierlicher Bekanntgabe«, wie es in der Schulordnung stand, keine Spur. Die Leute lachten über uns.

Auch mein Vater bog sich vor Lachen. Meine Mutter grinste und schoss Bilder mit ihrem Handy. Frau Sonderlich hob die Hände und das Lachen verstummte.

Wir mussten aufstehen. Meine Beine waren wie aus Pudding. Ich war mir sicher, dass sie unter mir wegknickten, sobald ich aufstehen würde. Das Licht der Scheinwerfer war auf dem Weg in unsere Richtung. Aus irgendeinem Grund griff ich im Aufstehen nach dem orangefarbenen Handtuch und hatte es plötzlich zwischen den Fingern. Und weil ich nicht wusste, was ich damit tun sollte, und nun auch die Kameras direkt auf uns gerichtet waren, wedelte ich damit über dem Kopf herum. Die Leute applaudierten. Ich grinste dämlich ins Publikum.

»D-Das Handtuch kommt später«, raunte mir Ludwig zu.

»Mist.« Ich ließ meinen Arm sinken. Peinlicher hätte dieser Vormittag kaum werden können. Am liebsten wäre ich im Erdboden versunken.

Waltraud räusperte sich erneut. »Kommen wir also zum ersten Tandem des Tages. Zu Jessy und Ludwig. Für euch beide, die ihr so verschieden seid wie kein Tandem vor euch, habe ich mir folgende …« Waltraud hustete. Es klang wie ein echtes Husten. Als hätte sie sich erkältet. »'tschuldigung. Wo hab ich denn die Aufgabe hingetan. Ah, da haben wir sie doch. In einer gut sortierten Datenbank geht nichts verloren.«

Ein Blitz zuckte über die Glaskuppel. Donner folgte. Dieser Donnerschlag war echt. Er kam von draußen. Die Glasscheiben vibrierten. Die Deckenlichter flackerten. Frau Sonderlich blickte vom Bühnenrand zu uns herüber und machte Zeichen, ruhig zu bleiben. Waltraud fuhr nach einer kurzen Pause fort: »Die Aufgabe für Jessy und Ludwig lautet …«

Unsere Gesichter verschwanden von den großen Monitoren und eine Folge von Nullen und Einsen erschien, die Waltraud mit gelangweilter Stimme vortrug.

01010111 01001001 01010010 00100000 01010111 01000101
01010010 01000100 01000101 01001110 00100000 01000010
01000101 01001111 01000010 01000001 01000011 01001000
01010100 01000101 01010100 00100001

Dazu hörte man seltsame Geräusche. Ein lang gezogenes Quietschen und Pfeifen. Mal lauter, mal leiser. Wieder Blitz und Donner. Die Leute im Zuschauerraum tauschten Blicke. Scheinwerfer und Deckenlichter begannen erneut zu flackern. Im Saal wurde es unruhig, dann meldete sich Waltraud zurück. Ihre Stimme klang verschnupft. »Muss mir wohl ein Virus eingefangen haben. Aber jetzt ... jetzt hat alles wieder seine Ordnung. Zurück zu euch beiden, zu Ludwig und Jessy. Kraft meines Amtes stelle ich euch Neulingen an der Mary-Sommerville-Schule für zukunftsweisende Bildung, kurz MSSfzB, folgende Aufgabe. Hört genau zu.« Waltrauds Stimme nahm einen feierlich-tiefen Klang an. »Zusammen ist man weniger allein. Doch müsst ihr klug und weise sein. Wenn ihr zu zweit ins Straucheln kommt, so fackelt nicht zu lang ... ähm ... herum.« Wieder das Räuspern.

Dass Waltraud die Aufgabe in Gedichtform vortrug, war mir neu. Vielleicht war es ein Programmfehler. Jedenfalls hatte ich nicht den leisesten Schimmer, was wir tun sollten. Auch Frau Sonderlich machte ein erstauntes Gesicht.

Es ging weiter: »Aus zwei mach drei und viele mehr. Gemeinsam seid ihr stark und fair. Lasst alle Grenzen hinter euch. Was euch verbindet, werden Taten zeigen. Und Worte, die den Weg bereiten.«

Ein Räuspern und Waltrauds Stimme kehrte wieder in die normale Tonlage zurück.

»Ähm. Ich glaub, ihr beiden, Jessy und Ludwig seid schlau genug, um zu wissen, was jetzt zu tun ist. Genauer kann ich nicht werden. Schließlich ist das hier eine Art Prüfung. Schließlich wollen wir sehen, wie gut ihr beiden zusammenarbeitet. Ach, und bevor ich's vergesse: Hiermit lege ich die Dauer eures Projekts auf sechs Tage fest. Dann müsst ihr wieder hier an dieser Stelle erscheinen und mir euer Ergebnis präsentieren. Das war's. Viel Glück.«

Wenn ich mich richtig erinnerte, hätte an der Stelle wieder

Frau Sonderlich übernehmen müssen. Aber sie war zu einer Salzsäule erstarrt.

»Je-Jetzt das Handtuch«, flüsterte mir Ludwig zu.

»Was muss ich damit tun?«

»I-I-Ins Publikum winken.«

Ich lächelte erleichtert. »Ach so.« Ich hob das Handtuch vom Boden auf und winkte in die Menge. Dabei kam ich mir ziemlich lächerlich vor. Auf den Monitoren erschien ein Countdown, beginnend bei drei. Die älteren Schüler zählten laut mit. Bei der Null angekommen riefen sie die beiden Worte, die nach jeder Bekanntgabe gerufen werden mussten:

»KEINE PANIK!«

Die Leute applaudierten. Frau Sonderlich hatte sich wieder gefangen und kündigte das nächste Tandem an.

10
Niveau B

Ich weiß nicht, ob ich dir da helfen kann«, sagte Frau Westic. »Deine Schule scheint wirklich besonders zu sein.«

Ich hatte ihr von dem Projekt erzählt und ihr die Aufgabe geschildert. So wie Ludwig und ich sie verstanden hatten. »Vielleicht hat das Gewitter den Computer in eurer Schule beschädigt. Auch hier im Café haben ein paar Geräte verrückt gespielt. Das könnte eine Erklärung sein. Wird die Bekanntgabe in so einem Fall wiederholt?«

Ich schüttelte den Kopf. »Bei den anderen waren die Aufgaben wie sonst auch. Nicht so unverständlich. Und auch nicht gereimt, wie bei Ludwig und mir. Frau Sonderlich, die Rektorin, hat gesagt, dass es an unserem Tandem liegen könnte, weil wir beide so unterschiedlich sind.«

»Jetzt will ich diesen Ludwig doch bald mal kennenlernen.« Sie strich mir über den Arm. »Hey, meine Kleine, kein Grund, den Kopf hängen zu lassen. Ihr beide werdet die Aufgabe mit Sicherheit meistern. Wenn dieser Ludwig nur halb so aufgeweckt ist wie du, dann werdet ihr ein tolles Team sein.«

»Und wenn wir die Aufgabe nicht richtig hinbekommen?«

»Ja, was passiert dann?«

»Dann kriegt jeder von uns einen neuen Partner aus einer der höheren Klassen zugelost.«

»Und das willst du nicht?«

Ich schüttelte den Kopf. »Ich mag Ludwig. Auch wenn ich ihn noch nicht besonders gut kenne und er kaum etwas über sich erzählt. Er ist nett. Anders und nett.«

»Mach dir keine Sorgen. Ihr beide werdet das Kind schon schaukeln.«

»Eine schöne alte Redewendung«, meldete sich **1** zu Wort. »Ich werde sie gleich in meine aktive Datenbank aufnehmen.«

Seit wir das Repair-Café betreten hatten, hatte er geschwiegen. Die vielen alten Menschen, die sich unterhielten und an alten Kaffeemaschinen, Handys, E-Bikes und anderen Geräten arbeiteten, schienen ihn zu faszinieren. Sein Mund stand leicht offen und immer wieder begann er einfach so zu lächeln.

Rudolph, unser Hauscomputer, hatte mich angefleht, den Robo-Jungen mitzunehmen. Er wollte nicht, dass **1** den Haushaltsgeräten weiterhin Anweisungen gab, wie die Wohnung geputzt werden sollte und die Wäsche gewaschen. Um mich zu überreden, hatte er das Verbot von **1** ignoriert und mich heimlich mit einer leckeren supersüßen Zitronenlimo bestochen.

»Tu dir keinen Zwang an«, sagte Frau Westic zu **1**.

1 runzelte die Stirn. Was für meinen Geschmack übertrieben aussah. »Das ist Umgangssprache, Niveau B«, sagte er. »Darauf habe ich keinen Zugriff.«

»Redet der immer so viel?«, fragte Frau Westic an mich gerichtet.

Ich nickte. »Er hat zu allem eine Meinung.«

»Das klingt anstrengend.«

»Ist es.«

»Nun gut.« Frau Westic neigte den Kopf leicht zur Seite und ihr elektrischer Rollstuhl drehte sich nach links zu **1**. »Schauen wir uns dieses Wunderwerk der Technik doch mal genauer an.« Sie lächelte, dann griff sie nach den Händen von **1** und drehte sie nach oben. »Das ist wirklich verblüffend. Hätte nie gedacht, dass sie das mit der Haut eines Tages so gut hinbekommen.« Sie schloss die Augen. »Das fühlt sich täuschend echt an.«

»Dies ist ein mehrschichtiges Polymer, ein neuartiger Kunststoff mit Berührungs-, Wärme und Gleichgewichtssensoren.«

»Hast du wirklich den Turing-Test bestanden?«, fragte Frau Westic den Jungen. »Du sprichst für deine Entwicklungsstufe doch recht unnatürlich.«

»Das ist so gewollt«, sagte **1** freundlich. »Vor allem ältere Menschen könnten Angst bekommen, wenn wir, die neue Generation, nicht nur menschlich aussehen, sondern auch noch so reden. Deshalb reden wir in einem speziellen, halb-natürlichen, etwas blechern klingenden Roboter-Sound.«

»Was soll das sein, der Turing-Test?«, fragte ich.

1 wollte antworten, aber Frau Westic kam ihm zuvor: »Damit lässt sich feststellen, ob ein Computer, ein Roboter oder ein menschlich aussehender Androide wie dieser hier, sich noch von einem echten Menschen unterscheiden lässt. Wenn man mit ihm spricht oder mit ihm chattet beispielsweise. Im vorigen Jahrhundert hatte ein gewisser Alan Turing sich darüber Gedanken gemacht, wie man das überprüfen könnte.«

»Es ging also nur um Sprache?«

Frau Westic nickte. »Damals steckte die Entwicklung von

Computern ja noch in den Kinderschuhen. Von Maschinen, die so perfekt menschlich aussehen wie dieser Junge, konnte man nur in Büchern und Filmen träumen.«

1 nickte. Dann zuckte er mit den Schultern. »Sprachliche Anpassungen an die Halter und ihre Umgebung dürfen nur von der Zentrale vorgenommen werden und sind momentan nicht vorgesehen.«

»Das heißt, der Junge könnte natürlicher sprechen, nicht so erwachsen und besserwisserisch, wenn man ihn anders einstellen würde?«

»Ganz genau. So wie sich auch die Farben seiner Augen, diese winzig kleinen LED-Monitore einstellen lassen, wenn man darauf zugreifen kann. 1, würdest du dich bitte mal umdrehen?«

»Sehr gerne.« 1 drehte uns den Rücken zu.

»Siehst du den grünen Punkt hinter seinem linken Ohr?«

»Kann man ihn damit ausschalten?«

»Nein. Dieser Punkt zeigt, dass alles, was er sagt oder tut, überwacht und an die Zentrale gefunkt wird.«

»Davon weiß ich nichts«, sagte 1 erstaunt. »Dazu habe ich keine Informationen, was mit meinen Ortungsdaten passiert.«

»Ist aber so. Leider. Hab ich gestern von Erik erfahren. Erik war Techniker bei *TrueLifeFriends*, bevor er Tischler geworden ist.« Sie zog ihr klobiges altes Handy aus der Tasche an ihrem Rollstuhl und gab einen Zahlencode in das Tastenfeld ein.

»Und jetzt schau genau hin.«

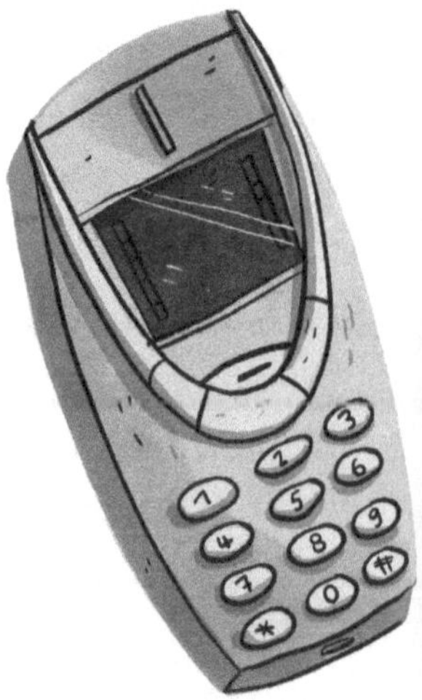

Das Lämpchen hinter dem Ohr begann zu flackern, wechselte die Farbe zu Orange und dann zu Rot.

Sie klopfte 1 auf den Rücken. »Danke. Du kannst dich wieder umdrehen.«

»Was hat das zu bedeuten?«, fragte ich.

Frau Westic lächelte verschmitzt. »Dass wir jetzt unter uns sind.«

»Gibt das keinen Ärger?«

»Nicht, wenn man es richtig anstellt.« Sie legte das Handy auf den Tisch.

»Woher wissen Sie das alles?«, fragte ich. »Von ihrer Arbeit als Wissenschaftlerin?«

»Und Erfahrung. Erfahrung ist das Allerwichtigste, nicht Geschwindigkeit.« Sie grinste. »Das Alter hat auch durchaus seine Vorteile.«

»Könnten sie den Jungen auch anders programmieren?«

»Mmh.« Sie biss sich auf die Unterlippe. »Dazu müsste ich wissen, wo dafür die Schnittstelle ist. Und bei dem Preis haben sie seinen Quellcode bestimmt doppelt und dreifach gesichert.«

»Zugriffe von Unbefugten auf meinen Kern sind untersagt«, sagte 1 ernst. »Bei Zuwiderhandlung erlischt augenblicklich die Garantie.« Der Junge sah aus, als würde er sich fürchten. Frau Westic verdrehte die Augen. »Okay, okay. Kannst du denn selbst auf deinen Kern zugreifen? Dort, wo deine Programmcodes liegen?«

»Nein. Mein Innerstes ist gegen jegliche Art von Zugriffen, auch durch mich selbst, geschützt. Dafür wurden mehrere Firewalls installiert.«

»Er wird also immer so reden?«, fragte ich enttäuscht.

»Vielleicht können wir die Sperren austricksen. Irgendwo gibt es immer eine Sicherheitslücke. Das steht fest.«

»Aber was ist dann mit der Garantie?«

Frau Westic knackte lautstark mit den Fingern. »Wer sein Handwerk beherrscht, hinterlässt keine Spuren.«

11

Ein unglaublicher Tag

Hiermit erlischt meine Garantie«, protestierte **1**. »Dies ist ein Zwischenfall der Kategorie Z, der sofort an die Zentrale …« Weiter kam er nicht. Frau Westic hatte ihn buchstäblich stummgeschaltet. Sein Mund bewegte sich, aber es kam kein Ton mehr. Nicht das kleinste Geräusch. Auch ohne von den Lippen lesen zu können, war es offensichtlich, dass er darüber wenig erfreut war. Aber vielleicht half ihm diese Erfahrung dabei, dass er den Haushaltsgeräten in der Wohnung nicht mehr mit Abschaltung drohte, wenn sie nicht nach seiner Pfeife tanzten.

»So, nun ist erst mal Ruhe«, sagte Frau Westic zufrieden.

Irgendwie hatte ich nun doch Mitleid mit **1**. Der Ausdruck in seinem Gesicht hatte sich verändert. Er sah ängstlich aus.

»Wäre es nicht besser, ihn vorübergehend ganz auszuschalten?«, fragte ich. »Geht das vielleicht? Er wirkt nicht gerade erfreut über die Stummschaltung.«

»Vielleicht hast du recht.« Frau Westic lachte kurz auf. »Nicht, dass er uns noch davonläuft.«

Sie fasste dem Jungen in den Nacken. Ein dreifaches Piepsen ertönte, wie bei unserer Spülmaschine, wenn das Geschirr sauber ist. In seinen Augen erschienen zwei grüne Punkte. Sie wurden im Wechsel langsam hell und dunkel: der Schlafmodus.

»Und Sie sind sicher, dass ich keinen Ärger bekomme?«, fragte ich. »Meine Mutter ist bestimmt sauer, wenn er nicht mehr richtig funktioniert. So teuer, wie er war. Und zurückgeben kann sie ihn auch nicht mehr, wenn wir ihn beschädigen.«

»Wer spricht denn von *beschädigen*? Wir werden ihm helfen, seine Möglichkeiten *in unserem Sinne* voll auszuschöpfen. Könntest du mir den Jungen bitte auf den Schoß setzen? Ortswechsel.« Sie winkte mich zu sich heran. »Wir wollen nicht unnötig auffallen«, flüsterte sie. »Und hier gibt es zu viele Augen.«

Ich nickte, obwohl ich nicht den Eindruck hatte, dass wir beobachtet wurden. Im Augenblick waren nur drei Leute im Café, und die waren am anderen Ende des Raums damit beschäftigt, einen kaputten Staubsauger in seine Einzelteile zu zerlegen. Wahrscheinlich dachten sie, dass der Androide und ich die Enkelkinder von Frau Westic waren.

Wir gingen nach hinten in die Küche, wo es lecker nach Kuchen duftete. Vorbei an einem älteren Backofen, den ich noch nicht kannte. Auf dem Monitor spielte er gegen sich selbst Pingpong und sagte alle paar Sekunden »Marmorkuchen«, nichts weiter, nur »Marmorkuchen«, mit gelangweilter Stimme. Ich musste schmunzeln.

»Gregor«, sagte Frau Westic verständnisvoll zu dem Ofen. »Morgen darfst du wieder Muffins backen. Nach dem alten Rezept deiner Vor-vor-vorbesitzerin.«

»Ja, ist denn schon wieder Freitag? Wie die Zeit vergeht. Tststststs.«

Wie stiegen in einen großen, klapprig und alt aussehenden Aufzug. Die Türen schlossen sich mit einem lauten Scheppern.

»Wohin geht die Reise?«, fragte eine freundliche Männerstimme.

»Zum Mittelpunkt der Erde«, antwortete Frau Westic.

»Wird erledigt.«

Nun wurde mir doch etwas mulmig zumute. Auch wenn ich nicht glaubte, dass der Fahrstuhl tatsächlich zum Mittelpunkt der Erde fuhr, hielt ich mich vorsichtshalber an dem rostigen Metallgriff an der Wand fest.

Der Aufzug setzte sich mit einem heftigen Ruckeln in Bewegung. Vielleicht täuschte ich mich, aber ich hatte den Eindruck, dass wir zuerst ein Stück nach rechts fuhren, bevor es für mindestens eine halbe Minute, begleitet von einem Zischen und Schleifen, nach unten ging. Ich schluckte mehrmals hintereinander, um den lästigen Druck auf den Ohren loszuwerden.

»Das ist unser Kaninchenbau«, sagte Frau Westic. Die Türen öffneten sich. Eine geruchlose Dampfwolke entwich nach draußen. »Auch die schlauesten Maschinen können sich hier unten nur schwer orientieren.« Sie fuhr hinaus in den dunklen Gang und leuchtete mir den Weg. Ich blieb dicht hinter ihr. Erst als der Fahrstuhl wieder auf dem Weg nach oben war, gingen an den Wänden nach und nach kleine flackernde Lichter an. Immer wieder war ein Klicken zu hören. Mal von vorne und mal von hinten. Frau Westic beschleunigte.

Der Keller unter dem Café war kein Keller, sondern eine Art Labyrinth. Es gab unzählige Türen, Abzweigungen und Nischen, aber keine Hinweisschilder. Nur geometrische Muster. Dreiecke und Trapeze mit schraffierten Flächen, die dreidimensional wurden, sobald man länger hinschaute. Die Luft war warm und trocken und roch wie Papier, wenn es frisch aus dem Drucker kommt. Zumindest in den ersten Minuten. Dann roch es auch nach Erde. Wie in Berlin, im letzten gemeinsamen Sommer mit Oma. Da hatten wir Tomaten auf dem Balkon gepflanzt und vergeblich auf Regen gewartet.

Nachdem wir ein paarmal abgebogen waren, fing der glänzende Betonboden zu schimmern an. Alle paar Meter in einem dunkler werdenden Blau, als würden wir über Glas gehen, das von unten angestrahlt wurde. Wenn man zu lange hinschaute, hatte man das Gefühl, durch dichten Nebel zu waten, und schwindelig wurde einem auch. Obwohl die Gänge breit und hoch waren, teilweise so hoch, dass man die Decke nicht mehr sehen konnte, waren unsere Schritte kaum zu hören. Der elektrische Rollstuhl von Frau Westic schien lautlos über den Boden zu gleiten. Ich hatte noch immer einen leichten Druck auf den Ohren. Wie tief wir wohl unter der Erde waren?

»Oh, ich alte Schachtel, das habe ich mal wieder vergessen.« Frau Westic drehte sich zu mir um und gab mir einen Kaugummi. Eine lilafarbene Kugel, die nach Kirsche schmeckte. Nach echter Kirsche. »Hilft gegen den Schwindel und den Druck auf den Ohren.«

Wir kamen an einer großen Metalltür vorbei, auf der in Großbuchstaben **CLOUD NO 7** stand.

»Dahinter liegen unsere Serverfarm, unser Saatgut-Tresor und unsere Lagerboxen«, erklärte Frau Westic. »Hier können alle aus unserem Verein kostenlos ihre Daten speichern, Sachen aufbewahren, die ihnen etwas bedeuten, und noch ein paar Dinge mehr.«

»Wie groß ist das hier?«, fragte ich.

Frau Westic ließ sich Zeit mit der Antwort. Sie hielt vor einer besonders großen zweiflügeligen Tür. Sie war orangefarben gestrichen und ragte bis unter die Decke. »Lass es mich so sagen: Das Café ist nur die Spitze des Eisbergs.«

»Wie weit geht es denn noch hinunter?«

»Einundzwanzig Stockwerke, um genau zu sein. Aber wir überlegen zu erweitern. Auch in der Grundfläche wollen wir wachsen. Schließlich ist es wichtig, dass nichts verloren geht. Das gehört zu unseren Hauptaufgaben. Die Vergangenheit, wo sie uns schützenswert erscheint, zu bewahren.«

»Meinen Sie vor allem Daten? Ist das hier eine riesige unterirdische Serverfarm?«

Sie hob den rechten Arm und hielt ihn über eine glänzende Mulde in der Tür. »Daten sind nicht alles. Das hat der Zusammenbruch des alten Internets in aller Deutlichkeit gezeigt. Unsere Erde hat viele kleine und große Wunder hervorgebracht, die es für die nachfolgenden Generationen zu bewahren gilt, weil sie sonst für immer verloren sind. Noch mehr Verluste in der Tier- und Pflanzenwelt sind für das Klima unseres Planeten nur schwer zu verkraften. Das dürfen wir nicht zulassen.«

Ein roter Strahlenfächer tastete die Innenfläche ihrer Hand und die Zickzack-Adern an ihrem Handgelenk ab. Ein grünes Licht blinkte.

»Und wen darf ich noch begrüßen?«, fragte eine tiefe Männerstimme.

»Das ist Jessy und dieser junge Mann hier heißt **1**.«

»**1**?«, fragte die Stimme.

»Ganz genau.«

»Das ist ungewöhnlich.«

»Da gebe ich dir recht. Wärst du dennoch so nett, lieber Jaro, uns die Tür zu öffnen? Dieser Junge hier braucht unsere Hilfe.«

»Muss ich das tun?«, fragte der Sprachassistent.

»Zwingen kann ich dich natürlich nicht, mein Freund, aber ich würde es dir hoch anrechnen.«

»Na gut. Dann wünsche ich den Frau- und Herrschaften viel Erfolg und einen unglaublichen Tag.«

Frau Westic bedankte sich. Ein Summen war zu hören, gefolgt von einem zweifachen metallischen Klacken. Die Flügel der beiden Türen schwangen lautlos nach innen.

Zuerst waren nur verschiedenfarbige kleine Lichter vor einem schwarzen Hintergrund zu sehen. Sie blinkten wild durcheinander. Dann bewegte sich der Boden unter meinen Füßen, ein Schwall kalter Luft schlug mir entgegen. Das Blinken hörte auf und ein großer, halbrunder Raum kam zum Vorschein.

»Willkommen in unserer bescheidenen Senioren-Werkstatt.« Frau Westic lachte kurz auf. Sie schien meine Verwunderung zu genießen.

Vor uns war nur eine Art Wand. Ein löchriges Mosaik aus unterschiedlich großen Monitoren. Es sah aus, als hätte man uralte Fernseher aufeinandergestapelt. Ich konnte nichts entdecken, was sich mit dem Wort »Werkstatt« in Verbindung bringen ließ.

Ein Monitor nach dem anderen schaltete sich an. Der Hauptraum des Cafés war aus verschiedenen Blickwinkeln zu sehen. Ich konnte mich gar nicht daran erinnern, dort oben Kameras gesehen zu haben. Sie mussten in der Decke versteckt sein.

Ein Bildschirm zeigte die Umgebung vor dem Eingang. Der große Platz mit den Wasserspielen und der Fontäne in der Mitte, wo sich am Abend Sperlinge und Spatzen sammelten.

Ein Brummen. Die Monitorwand versank im Boden. Dahinter erschien ein weiterer Raum. Noch größer und mit glänzend hellem Boden ausgelegt. Vollgestopft mit jeder Menge Technik und allerhand komplizierten Apparaten, von denen ich die meisten nicht kannte und auch keine Vorstellung hatte, wozu sie gut waren. An einem Kleiderständer aus Glas hingen mehrere gelbe, weiße und rote Ganzkörperanzüge. Overalls, die denen ähnelten, mit denen man früher mit Haut und Haaren ins Internet eintauchen konnte. Sogenannte Immersion-Overalls. Mit ihnen hatte man sogar Wind, Regen, Schnee, Hitze und Kälte auf der Haut spüren können, wenn man sich in eine der Spielewelten eingeloggt hatte. Das hatte sich fast so echt angefühlt wie im richtigen Leben. Aber jetzt hatten die Overalls keinen Nutzen mehr. Im neuen Internet waren sie verboten, weil sie zu viele Daten verbrauchten. Nur noch Handschuhe und VR-Brillen waren erlaubt.

»Sind Sie eine Superheldin oder so?«, fragte ich, während mein Blick durch den Raum wanderte. In einer Ecke, unter hellen Strahlern, standen Töpfe mit kleinen Pflanzen, an denen rote Früchte hingen. Manche von ihnen waren vertrocknet, andere sahen verfault aus. Die Früchte erinnerten an sehr kleine Himbeeren. Nur, dass ihre Form irgendwie eckig aussah. Von der Seite aus betrachtet wie spitz zulaufende Dreiecke. Die gesunden, besonders prall aussehenden Himbeeren waren über dünne Kabel mit einem der Computer verbunden. Ich fragte mich, wozu sie gut waren. »Ist das hier ihre geheime Zentrale? Machen Sie hier verbotene Experimente?«

Frau Westic setzte 1 auf einen durchsichtigen Plastikstuhl, dessen Rückenlehne sich automatisch an seinen Körper schmiegte. »Wir sind nur ein Club von betagten alten Damen und Herren, die auf der Suche nach zuverlässigen Mitgliedern sind, die bei der Gestaltung der Welt ein Wörtchen mitreden wollen.«

»Das wollen Superhelden doch auch.«

Sie lächelte. »Wir bündeln unsere Erfahrungen und Talente und arbeiten lieber im Verborgenen. Und Verbrecher jagen wir auch nicht. Das überlassen wir der Polizei.«

»Verstehe.«

»Es geht uns nicht um Geld und auch nicht darum, Kämpfe zu führen. Wir wollen unseren Erfahrungsschatz hier und da zum Wohle der Menschheit einsetzen und sie, wo es geht, vor Schaden bewahren. Dazu müssen wir jedoch wissen, wer unsere Gegner sind.« Sie zog eine gläserne Tastatur aus einem der Tische und verband 1 über zwei dicke Kabel mit dem Computer, mit dem auch die Himbeeren verbunden waren.

»Aber Sie ... Sie wollen ihn jetzt nicht kaputt machen, oder?«, fragte ich nervös. »Er ist ja nicht gefährlich. Er macht nur das, wozu man ihn programmiert hat.«

Bei dem Gedanken, dass er sich nicht mehr anschalten ließe, wurde mir ganz flau im Magen. »Ich meine, auch wenn er mir manchmal auf die Nerven geht, finde ich ihn ganz nett.

Und ich kenne ihn ja auch erst kurz. Zu kurz, um zu sagen, ob ich ihn mag. Das muss sich erst noch zeigen.«

»Keine Angst, meine Kleine. Ich will mir deinen neuen Freund nur mal etwas genauer anschauen. Das ist alles. Schließlich ist es interessant zu wissen, wie sie ihn programmiert haben und was seine Zielvorgaben sind. Dazu müssen wir jedoch etwas tiefer graben, als es *TrueLifeFriends* aus freien Stücken zulässt.«

»Sie wollen sich in sein System hacken?

»Ich will nur wissen, was er kann und was er will. Das ist alles.«

12

Selbst Katzen

Die gute Nachricht zuerst: 1 ließ sich wieder anschalten. Leider hatte er nach dem Aufwachen einen heftigen Schluckauf. Ich versuchte ihn mit besonders schlechten Witzen davon abzulenken. Bei meiner Mutter und mir funktionierte das immer. Mein Vater war der beste Schlechte-Witze-Erzähler der Welt.

Beispiel gefällig?

Was liegt am Strand und redet undeutlich?

Und?

Eine *Nuschel* ...

Es dauerte mindestens eine halbe Minute, bis 1 den Witz verstanden hatte und lachte. Sein Lachen hörte sich verzerrt an, klang zu tief für sein Alter und kam tief von hinten aus dem Rachen. Aber der Schluckauf war verschwunden, nachdem er sich wieder eingekriegt hatte.

Seit Frau Westic 1 aus- und wieder angeschaltet hatte, hatte sich der Ausdruck in seinem Gesicht verändert. Er lächelte jetzt anders, natürlicher, wie ich fand, sympathischer. Und als wir an einer Frau mit zwei kleinen Pudeln vorbeikamen, konnte er gar nicht mehr aufhören, die Hunde zu streicheln und für ihr »schönes weiches Fell« zu loben. Das war mir ein bisschen peinlich, dass er fremde Menschen auf der Straße einfach so ansprach beziehungsweise, ohne zu fragen, ihre Hunde streichelte. Der Frau aber hatte es gefallen. Sie hatte 1 sogar für meinen Bruder gehalten.

Jetzt, wo er nicht mehr so eintönig und blechern daherredete, konnte man ihn, außer an den Augen, kaum noch von einem richtigen Menschen unterscheiden. Jedenfalls, solange er nicht lachte – oder niesen musste. Sein Niesen war derart laut und mehrstimmig und lang gezogen, dass sich die Leute in der Schwebebahn umdrehten und den Kopf schüttelten.

»Irgendwie ist dieses Leben doch ein wunderschönes«, sagte er gut gelaunt, als wir die Wohnung betraten. »Nicht wahr, meine lieben kleinen und großen Haushaltshelfer. Eure Arbeit ist so wertvoll. Dafür möchte ich euch danken. Ihr seid ein Spitzenteam.«

»Was ist denn mit dem passiert?«, wunderte sich Rudolph. »Hat er ein Update in gutem Benehmen bekommen?«

Walter, der Staubsaugerroboter, ließ mehrere Emojis mit hochgezogenen Schultern auf seinem Bildschirm aufblinken.

»So ähnlich«, sagte ich.

»Weißt du …«, sagte 1 und stellte sich vor Hamlets Voliere. »Dieser Vogel, dieser Papagei aus der Gattung der Ara, ist ein unglaublich kluges und elegantes Wesen. Alle Tiere, ob groß oder klein, sind klug und bereichern diesen Planeten. Auch Katzen. Ja, selbst Katzen.« Er hielt sich die Hand vor den Mund und kicherte. Das Kichern hörte sich einigermaßen normal an. Trotzdem hatte ich keine Ahnung, was daran lustig sein sollte. Ich jedenfalls mochte Katzen. Und hätte ich nicht diese blöde Allergie (und Allergien gegen Staub und Birkenpollen) gehabt, hätte ich längst eine Katze, eine *echte* Katze bekommen. Natürlich gab es in der Stadt auch Roboterkatzen. Aber mal im Ernst, wer möchte schon freiwillig mit einer »falschen« Katze kuscheln? Also ich nicht.

»Und du Rudolph machst einen besonders guten Job als Hausherr«, redete **1** weiter. »Richtig, richtig gut. Fünf Sterne. Alles zur vollsten Zufriedenheit. Ich werde dich weiterempfehlen.«

Langsam fragte ich mich, was Frau Westic mit dem Robo-Jungen angestellt hatte. »Hier sieht es so sauber aus. Dafür möchte ich dir im Namen aller menschlichen und nicht menschlichen Bewohner dieses Haushalts danken und gebe dir hiermit die alleinige Verantwortung für dieses schmucke Heim zurück, das du so klug und verlässlich zu führen weißt.« Er deutete eine Verbeugung an. Ich war mir nicht sicher, wie ich das finden sollte, dass er plötzlich ganz anders war. Hoffentlich konnte Frau Westic das wieder ein bisschen zurücknehmen.

»Danke«, sagte Rudolph mit Verwunderung in der Stimme und ließ den Kühlschrank, den Backofen und den Mixer eine kleine, fröhliche Melodie spielen.

»Wie fühlst du dich?«, fragte ich **1**.

»Das weiß ich nicht. Wie soll ich mich denn fühlen?«

»Keine Ahnung.«

Er setzte sich aufs Sofa und streckte die Beine von sich. »Zeit spielt keine Rolle mehr. Das Leben ist ein ewiger Kreis.« Er ließ die Spitze seines rechten Zeigefingers aufleuchten und zeichnete einen Kreis an die Decke. Dann ließ er kleine Punkte, wie Sterne darin aufleuchten.

Ich versuchte Frau Westic zu erreichen. Leider ging sie nicht an ihr Handy. Meist legte sie es irgendwohin und stellte es auf lautlos. Bis meine Eltern von der Arbeit nach Hause kamen, musste ich **1** wieder so hinbekommen, dass er sich nicht mehr so seltsam benahm, sonst würden sie stutzig werden. Schließlich durfte nur meine Mutter auf das Hauptmenü des Androiden zugreifen. Ich hatte dafür weder die App noch das Passwort.

»**1**«, sagte ich. »Gibt es eine Möglichkeit, dass du wieder wie vorher bist?«

»Wann ist vorher?«

»Vor dem Besuch bei Frau Westic?«

»Diesen Namen kenne ich nicht. Ist sie mit dir verwandt, diese Frau? Soll ich im Internet nach ihr suchen?«

»Danke, ist nicht nötig.«

Seltsam. Wieso hatte er ihren Namen vergessen? Hoffentlich hatte sie seinen Speicher nicht beschädigt.

1 drehte die Augen nach oben. Das sah gruselig aus, weil nur noch das Weiße zu sehen war, wie bei einem Zombie. »Da ... da ist eine Lücke. Ich spüre eine Lücke in meiner Erinnerung. Soll ich versuchen, diese Lücke zu schließen? Ich würde dann den Suchlauf starten.«

»Ist nicht nötig«, sagte ich schnell. »Spürst du wirklich gar nichts?«

»Ich spüre nur Daten, die durch mich hindurchrauschen. Sonst nichts. Alles ist im Fluss. Soll ich einen Neustart erzwingen? Das könnte helfen, die verlorene Zeit in meiner Erinnerung wiederherzustellen und so zu sein wie heute Vormittag. Offensichtlich habe ich dir da besser gefallen.«

»Nein, hast du nicht. Ist nur … ach, vergiss es.«

»Okay«, sagte 1 und schloss kurz die Augen. »Der letzte Satz wurde soeben in den Papierkorb verschoben. In sieben Tagen wird er endgültig gelöscht.«

»So habe ich das nicht gemeint.«

»Wie dann?«

»Egal.«

»Dann bleibe ich jetzt so, wie ich bin? Zumindest für den Moment.«

»Genau. Bleib … bleib erst mal so, wie du bist.«

Um zu Frau Westic ins Repair-Café zurückzugehen, bevor meine Eltern von der Arbeit nach Hause kamen, reichte die Zeit nicht mehr. Wenn meine Eltern herausfanden, dass die Garantie des Androiden erloschen war, würde es mächtig Ärger geben. Wahrscheinlich würden sie sofort bei der Hotline anrufen und ihn abholen lassen.

»Du siehst nachdenklich aus«, sagte 1. »Vielleicht kann ich helfen. Logisches, zielgerichtetes Denken bereitet vielen Menschen Schwierigkeiten. Erst recht, wenn sie gestresst sind. Und deine Vitalwerte deuten darauf hin, dass du gestresst bist.«

»Ich bin aber nicht gestresst.«

»Leider doch. Deine Smartwatch zeigt die entsprechenden Werte. Fehler sind ausgeschlossen. Die unruhige Bewegung deiner Pupillen und der Klang deiner Stimme sind weitere, eindeutige Signale. Vielleicht machen wir zusammen eine kleine Atemübung, um dein Stresslevel zu senken. Ich habe da ein neues Achtsamkeitsprogramm in meinem Speicher, das sich für Kinder in deinem Alter hervorragend eignet. Es bekommt in der Eltern-Kind-Bewertung vier Komma acht von fünf Sternen. Die erste Lektion ist gratis. Mit dem Code ›Neu‹ bekommen deine Eltern zwanzig Prozent Rabatt im Jahresabo. Sollen wir mit der ersten Übung beginnen?«

Bevor ich noch was sagen konnte, stellte sich **1** aufrecht vor mich hin und atmete tief ein. Sein Bauch wölbte sich unnatürlich stark nach außen, wie bei einem Luftballon.

»Ich will weder eine Atemübung machen noch ein Abo abschließen. Ich will wissen, wie wir dich wieder so hinkriegen, dass ich nachher keinen Ärger mit meinen Eltern bekomme.«

»Freundlichkeit wäre da ein guter Anfang«, sagte **1** ungewohnt scharf und machte einen Schmollmund.

»Sorry. Ich hab das nicht so gemeint. Aber du bist nun mal sehr teuer gewesen. Und wenn du nicht mehr richtig funktionierst, dann wäre das nicht so toll.«

»Was heißt denn richtig funktionieren? Dass mein Programm keinen Fehler hat? Also ich kann momentan keinen Fehler feststellen.«

»Ich meine, dass du dich so verhältst, wie man es von dir erwartet.«

Er zuckte mit den Schultern. »Und wo liegt das Problem?«

»Das Problem ist, dass du dich anders verhältst als gestern und es dafür keine glaubwürdige Erklärung gibt. Zumindest fällt mir gerade keine ein.«

»Du würdest meine Einstellungen also gerne ändern, verstehe ich das richtig?«

Ich holte tiefe Luft. »Würde das denn gehen?«

»Natürlich. Die Sperren wurden deaktiviert. Du kannst auf

alle meine Eigenschaften zugreifen. Auch meine Schein-Intelligenz, Sprache und meine Fähigkeit, in die Zukunft zu blicken, kannst du an deine Bedürfnisse anpassen. Ich gehöre voll und ganz dir.« Er deutete einen höfischen Knicks an. »Dein Wunsch ist mir Befehl.«

»Geht ja eigentlich nur um Feinheiten. So im großen Ganzen finde ich dich gut.«

»Aber gut ist nicht perfekt. Und Perfektion ist, wonach die Menschen suchen, was sie antreibt.« **1** streckte mir die flache Hand entgegen. »Möchtest du jetzt damit beginnen, mich zu verbessern? Damit ich dir ein noch besserer Freund sein kann?«

»Ich glaub, das darf nur meine Mutter.«

1 schüttelte den Kopf. »Das glaub ich nicht. Diese Freigabe ist nur für dich.«

»Aber ich kenne dein System-Passwort nicht, und die App kann ich auch nicht mit meinem Handy runterladen.«

»Du brauchst weder das eine noch das andere. Ich weiß ja, wer du bist und was du darfst. Das genügt.« Die Innenseite seiner Hand wurde wieder durchsichtig, wie gestern, als er mir seine Seriennummer gezeigt hatte. »Das manuelle Eingabeterminal ist ganz einfach aufgebaut. Wenn du möchtest, spiegle ich die Grafik auf den großen Monitor am Kühlschrank. Das ist übersichtlicher.«

»Das wäre super.«

1 schloss seine Hand und auf dem Kühlschrankbildschirm erschien eine Übersicht seiner Funktionen. Es waren ziemlich viele. Zu viele, um sie mir in aller Ruhe anzuschauen.

Ich tippte auf ein Symbol, das wie ein dreidimensionales

Gehirn aussah, glibberig braun mit gelben Schlieren. An manchen Stellen leuchtete das Gehirn rot, an anderen blau.

1 blickte mir neugierig über die Schulter. »Damit … damit kannst du mein Wesen verändern. Innerhalb der vorgegebenen Grenzen.«

Vielleicht bildete ich mir das nur ein, aber der Robo-Junge klang ein wenig verunsichert. Als wären ihm diese Funktionen selbst nicht ganz geheuer.

Ich holte tief Luft. Die Vorstellung, in seinen Kopf reinzugehen, war seltsam. Ich war mir nicht sicher, ob ich das wirklich wollte. Umgekehrt hätte ich es auch nicht besonders toll gefunden, wenn jemand mit meinem Gehirn und meinen Stimmungen experimentiert hätte. Aber 1 war eine gefühllose Maschine, versuchte ich mich zu beruhigen, kein Lebewesen. Er spürte ja nicht mal Schmerz.

»Auf der ersten Ebene stehen vier Hauptemotionen zur Verfügung, liebe Jessy: Wut, Trauer, Freude, Angst. Es gibt noch weitere zweiundvierzig Kategorien, um mich nach deinen Wünschen zu formen. Du findest sie im Menü unter den Punkten ›Charaktereigenschaften‹ und ›tiefere Charaktereigenschaften‹.«

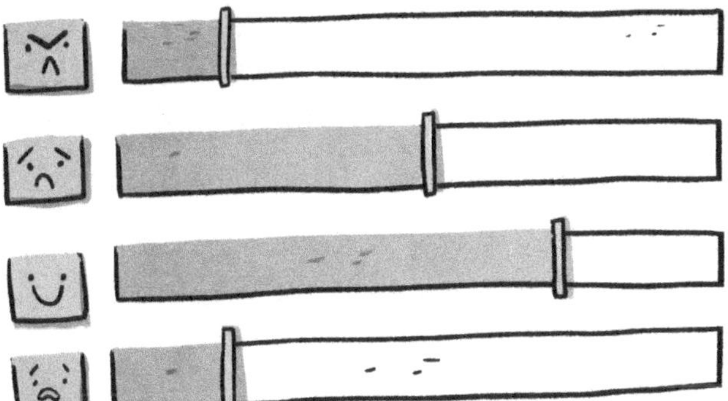

»Okay«, sagte ich und musste hohl schlucken. Das war viel komplizierter als gedacht, und mir lief die Zeit davon. Das Gehirn-Symbol verschwand. Vier Emojis erschienen. Eckige Gesichter. Wütend, traurig, fröhlich, ängstlich, so blickten sie mir entgegen. Neben ihnen rote Balken mit Prozentanzeige und ein Regler, mit dem sich vermutlich die Stärke verändern ließ. Ich traute mich nicht, den blinkenden Cursor zu bewegen.

»Nach den Informationen, die mir zur Verfügung stehen, bist du eine ausgezeichnete Mensch-Maschinen-Expertin, was das Erkennen von Gefühlen angeht. Deshalb erteile ich dir hiermit die Freigabe, all meine Funktionen, auch die ganz tiefen, nach deinen Wünschen anzupassen.«

»Im Ernst?« Ich holte Luft. »Ich weiß nicht, ob ich das wirklich kann.«

»Du kannst. Das sagt mir meine Menschenkenntnis.« 1 lächelte und strich mir über den Arm. »Du solltest dich nur beeilen. Deine Eltern werden in voraussichtlich vierzig Minuten zu Hause eintreffen.«

»Ähm.« Ich zögerte. Mir wurde ganz heiß. »So charakterlich finde ich dich eigentlich völlig okay. Und deine Gefühle ... ich meine, das musst du doch sagen, wie du dich fühlen willst. Ich wusste ja gar nicht, dass du fühlen kannst. Ich dachte, Maschinen können das gar nicht.«

»Nicht so wie du natürlich, aber wenn es gut läuft, spüre ich von Tag zu Tag etwas mehr. Je mehr ich vom Menschsein verstehe. Das ist so vorgesehen, dass meine Stromkreise überspringen.«

»Das kann ich trotzdem nicht entscheiden. Das wäre doch

nicht richtig. Nett scheinst du ja zu sein, und das ist doch die Hauptsache. Und seit Frau Westic dich aus- und angeschaltet hat, lässt du auch die anderen Haushaltsgeräte in Ruhe.«

»Gibt es wirklich nichts, was du gerne anders haben möchtest? Ich kann mich nach Belieben an deine Wünsche anpassen. Dafür wurde ich entwickelt. Dir ein guter Freund und Begleiter zu sein.«

Ich überlegte. »Vielleicht wäre es besser, wenn du anders reden könntest, mehr, wie Kinder in unserem Alter eben reden, nicht so umständlich und monoton. Und vielleicht auch ein bisschen schneller.«

»Kein Problem. Ich passe meine Stimmmelodie und die Geschwindigkeit an. Das dauert nur wenige Sekunden.«

Ein neues Fenster öffnete sich. Zuerst war die Erdkugel zu sehen, vom Weltall aus. Blau und grün und braun und das Weiß der Wolken. Dann wurde der Bildausschnitt herangezoomt und näherte sich einem rot blinkenden Punkt, der unseren Standort markierte. Die dicht begrünten Dächer der Hochhäuser waren zu erkennen und der lange schmale See im Stadtpark, in dem man nicht mal im Sommer baden durfte. Der Streckenverlauf der mehrstöckigen Schwebebahnen schlängelte sich kreuz und quer durch die engen Häuserschluchten. Nur eine einzelne Linie führte in den Norden, bis zum äußersten Zipfel der Halbinsel. Die eingezeichnete Linie änderte auf halber Strecke ihre Farbe zu einem hellen Orange, das vom Dunkel des aufragenden Bergmassivs geschluckt wurde, das die Halbinsel ziemlich genau in der Mitte teilte. Hinter den gezackten Gipfeln, die bis vor wenigen Jahren noch mit Schnee und Eis bedeckt waren, befand sich der größere, landwirtschaftliche Teil der Halbinsel. Dort gab es Solar- und Windkraftanlagen, die die Stadt mit dem nötigen Strom versorgten. Und Entsalzungsmaschinen, die das Meerwasser in Trinkwasser umwandelten. Auch das gehörte zum Job meiner Mutter, dafür zu sorgen, dass auf unserer Seite der Halbinsel genügend Wasser ankam.

»Es gibt ein kleines Problem bei der Auswahl der Sprache und Dialekte«, meldete sich **1**.

»Und das wäre?«

»Hier in dieser relativ jungen Stadt gibt es neben der Hauptsprache viele weitere Sprachen und Dialekte. Die Menschen kommen von überall her, um hier zu leben und ihr Glück zu finden. Hinzu kommt, dass Kinder und Jugendliche, wenn sie unter sich sind, anders sprechen, als wenn Erwachsene dabei sind.«

»Was schlägst du also vor?«

»Wenn es okay ist, würde ich mich an deine Hauptsprache und die deiner Eltern anpassen und sie ein wenig optimieren.«

Wieder erschien ein neues Fenster. Die Grafik erinnerte an das Mischpult im Tonstudio meines Vaters. Dort gab es jede Menge Dreh- und Schieberegler und unzählige Knöpfe, mit denen er den Klang einzelner Instrumente verändern konnte. Total unübersichtlich. Aber er war darin richtig gut. Die Bands, die bei ihm ihre Alben abmischen ließen, kamen von überall auf der Welt.

»Vielleicht könntest du die Sprache so einstellen, dass sie cool klingt. Richtig cool, ohne zu viel Drumherum, aber auch nicht so cool, dass ich Ärger kriege.«

»*Drumherum*? Dieses Wort verstehe ich nicht. Soll das heißen, dass meine Ausdrucksweise direkter sein soll?«

»Du stellst Fragen!« Ich seufzte. »Ich glaub, direkter ist gut. Mach das mal so. Mein Opa sagt immer, dass er es mag, wenn die Leute ehrlich und direkt sind.«

Ba-ba-ba, tönte es aus dem Kühlschranklautsprecher. »Ich habe die gewünschten Einstellungen vorgenommen. Sie werden direkt nach dem Neustart aktiviert. Soll ich mich jetzt neu starten?«

»Noch einen Augenblick«, sagte ich. »Kannst du auch die Farbe deiner Augen ändern? Ich mein, es sieht einfach gruselig aus, wenn da immer diese farbigen Spiralen erscheinen, sobald du nachdenkst oder was im Internet suchst.«

»Das ist eine Veränderung der Kategorie B und damit eigentlich …« Er stockte und blinzelte mit den Augen. »Soeben habe ich die Freigabe über Fernzugriff erhalten.«

»Von wem?«

»Das weiß ich leider nicht.«

»War es Frau Westic? Ist sie noch mit dir verbunden?«

1 zuckte mit seinen schmalen Schultern. »Auch das weiß ich nicht.«

»Ist ja auch egal. Bitte ändere deine Augenfarbe in die meiner … meiner Oma, ähm, mütterlicherseits. Soll ich dir ein Bild von ihr zeigen?«

»Nicht nötig«, sagte **1**. »Ich habe Zugriff auf das gesamte Familienalbum, Avatare, digitale und analoge Kleidungsstücke und Besitztümer aus virtuellen und realen Welten des neuen Internets 2.0.«

Die Farben in seinen Augen drehten sich und begannen zu verwischen. Wenige Sekunden später waren sie graublau mit einem wässrigen Schimmer wie bei meiner Oma. Ich bekam Gänsehaut, so echt sah das aus.

»Macht dich das traurig?«, fragte **1**. »Sie ist ja nicht mehr da, deine Großmutter. Sie lebt ja nicht mehr. Soll ich den Vorgang rückgängig machen? Der Tod macht den Menschen Angst, soweit ich weiß. Und eine der Hauptregeln für Androiden lautet, den Menschen niemals Angst zu machen. Sie sollen sich nicht vor oder wegen uns fürchten. Das ist Gesetz.«

»Ich habe keine Angst. Es ist schön. Die Erinnerung ist schön. Oma hat immer gelächelt. Und ihre Augen haben dabei auch gelächelt. Kannst du mal lächeln?«

1 lächelte. Ich tauchte in seine Augen ein und hatte kurz das Gefühl, meine Oma bei mir zu haben. Das war ein schönes, ein warmes Gefühl, wie Wasser, wenn es einen in der Badewanne umgibt, man die Augen schließt und dabei Musik hört.

1 tat etwas, was er bisher noch nicht getan hatte: Er legte seine Hände auf meine Schultern, als wollte er mich trösten.

»Wir müssen nun zum Abschluss kommen, liebe Jessy«, sagte er mit sanfter Stimme. »Die Ankunft deiner Eltern ist in vierzehn Minuten und, wie gesagt, muss ich einen Neustart durchführen, um die Einstellungen zu aktivieren. Das dauert etwas länger, weil verschiedene Bereiche betroffen sind.«

13
Alles easy

Und wie gefällt euch die Demoversion?«, fragte mein Vater, nachdem er uns einen neuen Song seiner frisch gegründeten Band vorgespielt hatte. Sie arbeiteten gemeinsam an einem Album. Sobald sein Tonstudio fertig eingerichtet war, wollten sie die Lieder aufnehmen und sogar Musikvideos drehen. »Das Gitarrensolo ist noch nicht ganz rund, aber der Refrain geht ins Ohr, oder?«

Er summte mit. Meine Mutter sang eine zweite Stimme. Die beiden liebten Musik. Sie hatten sich bei einem Konzert kennengelernt. Ich beschränkte mich darauf, im Takt mit dem Finger gegen mein Glas zu schnippen. Mit Singen hatte ich es nicht so. Mit E-Gitarre-Spielen klappte es schon besser.

Das Lied blendete aus und die beiden gaben sich einen langen Kuss. Richtig lang. Das war wirklich peinlich. 1 legte den Kopf schief und runzelte die Stirn, dann begann er zu lächeln. Der Anblick schien ihm zu gefallen. Seit dem Neustart hatte er vor allem Ja und Nein gesagt und sich ähnlich wie Waltraud bei der Zeremonie in verschiedenen Tonlagen geräuspert. Vielleicht war irgendwas schiefgegangen. Vielleicht hätte ich die Einstellungen in seinem Kopf nicht ändern dürfen.

»Müsst ihr beim Essen rumknutschen?« Ich verzog das Gesicht. »Was soll denn der Junge von euch denken?«

»Dass wir hervorragend zusammenpassen«, sagte meine Mutter und gab mir einen feuchten Kuss auf die Wange. »Wie hat dir denn der Song gefallen, 1? Kannst du mit Musik überhaupt was anfangen?«

1 nickte, er überlegte, dann kräuselte er die Nase und sagte: »Klingt fett, der Song, der Beat ist so wow. Wirklich wow. Respekt. Könnte ein Hit werden. Könnte viral gehen mit dem passenden Videoclip.« Seine Stimme klang viel zu tief für sein Alter und irgendwie gangstermäßig.

Zum Glück lachten meine Eltern. Ich wäre beinahe vom Stuhl gefallen. Doch die Show war noch nicht vorbei. 1 erhob sich, ging breitbeinig wie ein Cowboy und mit schweren Schritten um den Tisch herum und klopfte meinem Vater kumpelhaft auf die Schulter. »Gute Arbeit, Bro. Give me five.« Er hielt meinem Vater die flache Hand hin, der klatschte mit 1 ab und grinste.

Ich bekam den Mund nicht mehr zu. Ich hatte ihn doch nur darum gebeten, ein *bisschen* normaler zu sprechen.

»*Alter? Fett?*« Mein Vater grinste immer noch. »*Der Beat ist so wow?*« Er suchte meinen Blick. »Hast du ihn in der Zwischenzeit zum Musikexperten umprogrammiert? Oder was ist in den letzten Stunden passiert?«

»Jessy?«, seufzte meine Mutter. »Sag bitte, dass du das nicht getan hast! Du weißt, dass die Einstellungen nur mit der App auf *meinem* Handy geändert werden dürfen, sonst verliert er die Garantie, und wenn was kaputtgeht oder er was kaputt macht, müssen wir dafür aufkommen.«

»Ich hab damit nichts zu tun«, spielte ich die Unschuldige.

»Das … das muss er sich selbst beigebracht haben. In sein System kann man sich nicht einfach so reinhacken. Das ist mehrfach geschützt. Das krieg ich nicht hin.«

»Du hast es also versucht?«, fragte meine Mutter.

»Ich hab ihn mir nur etwas genauer angeschaut, mehr nicht. Für die Schule. Ich dachte, ich könnte davon was lernen und den anderen im Programmier-Kurs davon erzählen.«

Mein Gesicht wurde ganz heiß vom vielen Lügen. Aber jetzt gab es kein Zurück mehr. Ich wich dem durchdringenden Blick meiner Mutter aus und biss lautstark in eine Karotte.

»Einen guten Appetit allerseits«, kam es fröhlich von Rudolph.

1 setzte sich wieder hin. Ich hätte nicht an seinen Voreinstellungen herumspielen sollen. Auch wenn er mir die Erlaubnis dazu gegeben hatte, war es ein Fehler gewesen.

Der Robo-Junge warf mir einen Blick zu, als würde er erkennen, was mir durch den Kopf ging. Ich zuckte unauffällig mit den Schultern. Wie ich meine Eltern einschätzte, würden sie ihn abholen lassen, wenn ich ihnen jetzt die Wahrheit sagte. Und womöglich würde Frau Westic Ärger bekommen, obwohl sie es nur gut gemeint hatte. Und das wollte ich auf keinen Fall.

»Ich kann selbst kleine Veränderungen beziehungsweise Anpassungen vornehmen«, kam mir **1** zu Hilfe. »Dafür wurde ich programmiert, mein Wissen stets zu erweitern und im Sinne der Kundenzufriedenheit zu verbessern. Dafür stehen die Worte ›Smart‹ und ›KI‹ in der Produktbeschreibung. Schließlich soll aus der schwachen künstlichen Intelligenz, mit der ich ausgeliefert wurde, schon bald eine starke werden. Dafür muss ich unter anderem auch testen, welche Rolle zu mir beziehungsweise meinem Umfeld und meiner Gastfamilie passt. *Trial and error.* Nach diesem Prinzip funktioniert meine zukunftsweisende hyperneuronale Quanten-Technologie.«

Zwar redete 1 jetzt wieder in normaler Tonlage, nur viel zu schnell und zu kompliziert, als wäre er aufgeregt.

»Das ist in der von Ihnen gewählten Ausführung so vorgesehen«, sagte er zu meiner Mutter. »Dass ich Schritt für Schritt von meiner Umwelt lerne. Heute Nachmittag beispielsweise habe ich den Kindern unten im Hof beim Reden zugehört und beschlossen, meine Sprache stärker den aktuellen Gegebenheiten anzupassen. Schließlich ist es meine Aufgabe, um nicht zu sagen meine Pflicht, mich rasend schnell zu entwickeln, zu integrieren und nicht aufzufallen, wo ich zum Einsatz komme.« Er lächelte ein breites, verkrampftes Lächeln und atmete aus. »*Alles easy*, Frau Patel.«

Mein Vater lachte. Meine Mutter hielt inne. Sie blickte 1 direkt an. Ich war darauf gefasst, dass sie gleich aufstehen und bei der Hotline von *TrueLifeFriends* anrufen würde, aber sie legte das Besteck vorsichtig auf den Teller. Der Ausdruck in ihrem Gesicht änderte sich. Von unentschlossen-gestresst hin zu sehnsüchtig-verständnisvoll.

»Ist ... ist gut, wie du das machst«, sagte meine Mutter leise und verständnisvoll, als hätte sie der Junge soeben hypnotisiert. Dann wischte sie sich gedankenverloren den Mund ab. Wahrscheinlich waren es die Augen. Ja, es mussten die Augen von Oma sein, weshalb sie jetzt dieses traurige Gesicht machte und beim Einschenken Wasser verschüttete. Hoffentlich kam sie nicht dahinter, was ich getan hatte. Das musste ich in jedem Fall nachher rückgängig machen. Ich wollte nicht, dass meine Mutter ihre Mutter vermisste und deshalb traurig war. Das war nicht meine Absicht gewesen.

»Du darfst uns auch weiterhin duzen und beim Vornamen nennen«, sagte mein Vater in die entstandene Stille.

»Das werde ich tun, Vater ... Vater ... Vater von Jessy.« 1 begann zu blinzeln und senkte den Blick. Er verdrehte die Augen, wie er es noch nie getan hatte. Irgendwas stimmte nicht. Sein Kopf bewegte sich ruckartig hin und her wie bei einem billigen Spielzeugroboter. »Error eins Punkt sieben«, sagte er abgehackt.

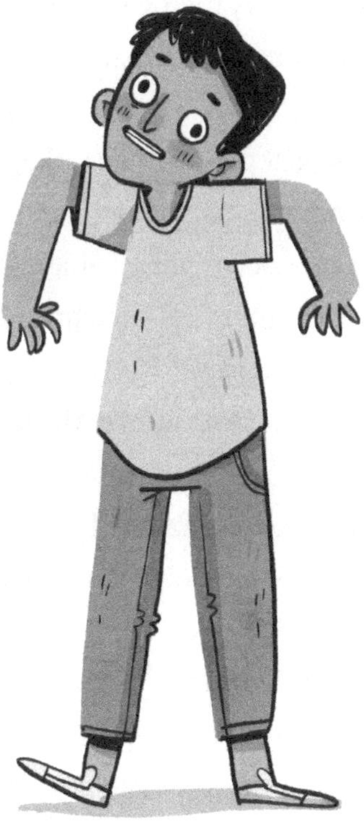

Ich bekam eine Gänsehaut. Hoffentlich hatte Frau Westic durch das An- und Ausschalten keines seiner Programme beschädigt.

»Jessy«, sagte meine Mutter. Sie hatte sich wieder gefangen. »Und du hast damit wirklich nichts zu tun? Bitte sag uns die Wahrheit.«

»Ich hab nichts getan«, log ich erneut und machte ein unschuldiges Gesicht. »Vielleicht sind seine Akkus schon wieder leer.«

»In zwei Minuten wird ein neues Sicherheits-Update aufgespielt«, sagte 1 mit monotoner Roboterstimme. »Eben kam die Nachricht.« Jetzt leuchteten seine Augen wieder regenbogenfarben. Darüber war ich froh.

»Ich bitte ... ich bitte Sie, meine lieben Eltern von Jessy, und dich, liebe Jessy, mich einstweilen zurückziehen zu dürfen, bis das neue Update aufgespielt wurde.« 1 ließ sein Besteck auf den Teller fallen. Es schepperte. »'tschuldigung.« Dann stand er vom Tisch auf und eilte nach oben. Immer zwei Stufen auf einmal. »Ich wünsche noch einen ... einen guten Appetit«, rief er von der Empore herunter und verschwand in meinem Zimmer, wo seine Ladestation stand.

»Was war das denn?«, fragte meine Mutter und griff nach ihrem Handy. Sie öffnete die App, mit der sich die Funktionen des Roboterjungen über Fernzugriff steuern ließen. Gleich würde es Ärger geben. Das spürte ich. Bestimmt konnte man sehen, wer sich alles in den letzten Stunden bei 1 eingeloggt hatte und was verändert wurde.

Von den Räumen unter dem Repair-Café würde ich auf keinen Fall erzählen. Egal, was passierte. Das durfte ich nicht tun.

Auch wenn Frau Westic mich nicht darum gebeten hatte, war ich mir sicher, dass der Kaninchenbau geheim war.

»Merkwürdig«, sagte meine Mutter. »Seine Funktionen sind alle normal. Vielleicht wäre es das Beste, bei der Hotline anzurufen. Er ist ja quasi ein Prototyp, die Version 1.0 der neuen Serie. Kann sein, dass es da noch zu Fehlern kommt, das stand in der letzten Mail.« Sie legte ihre Hand auf meine. »Wenn so etwas noch mal passiert, müssen wir ihn abholen lassen. Alles andere wäre zu gefährlich, meine Kleine.«

Ich nickte stumm.

»Warte doch erst mal ab«, sagte mein Vater. »Er ist ja erst so kurz bei uns. Und wenn er wirklich menschliche Züge hat, wie sie in der Werbung behaupten, dann dauert es eben auch seine Zeit, bis er sich an uns gewöhnt hat. Ist bei Hunden ja nicht anders. Das geht nicht von heute auf morgen.«

»Tiere sind aber keine Androiden«, sagte meine Mutter und ließ meine Hand los. »Bist du heute schon mit ihm draußen gewesen, Jessy?«

»Nur bei Frau Westic, wie wir es abgesprochen haben. Sie kann auch dein Handydisplay reparieren, hat sie gesagt. Soll ich es ihr morgen bringen?«

Mein Ablenkungsmanöver funktionierte nicht.

»Und im Café und auf dem Weg dorthin, da war er noch normal?«, bohrte meine Mutter nach. »Jessy, bitte sag uns die Wahrheit. Das ist wirklich wichtig. Hat er sich da auch schon so seltsam benommen?«

»Nein. Da war nichts. Er hat sich unterhalten, gelacht und Witze erzählt. Das war alles.«

»Vielleicht waren es zu viele Eindrücke für die kurze Zeit«, sagte mein Vater. »Ich hab gelesen, dass Androiden seiner Baureihe außerhalb der Wohnung pro Sekunde mehr als eine halbe Million Daten verarbeiten müssen, um sich der Umgebung anzupassen und nirgendwo gegen zu laufen.«

»So viele?« Das würde erklären, warum er auf dem Weg durch die Innenstadt und in der Schwebebahn, umgeben von all den anderen Menschen, so gestresst gewirkt hatte.

»Wenn er morgen nach dem Update immer noch so komisch ist, sollten wir auf jeden Fall den Kundenservice kontaktieren.« Meine Mutter nahm sich eine Scheibe Brot und bestrich sie mit Margarine. Für den Moment schien sie sich wieder beruhigt zu haben.

»Er soll später sogar Verkehrsunfälle vorhersehen und verhindern können«, sagte ich. »Er kann sich dann mit Ampeln und Autos im näheren Umkreis verbinden und mögliche Gefahren vorhersehen. Anscheinend funktioniert das richtig gut, hat Ludwig erzählt.«

»Hat er auch einen Androiden, dein Tandem-Partner?«

»Er wünscht sich einen zum Geburtstag«, behauptete ich.

»Am Ende ist 1 eben doch bloß eine Maschine, die so tut, als würde sie menschliche Züge haben«, sagte meine Mutter. »So nett und faszinierend er auch sein mag. Wenn er etwas Unangemessenes oder gar Gefährliches tut, muss er weg. Was meinst du, Jessy? Sollen wir ihn besser wieder zurückgeben?«

»Und hast du dir auch schon überlegt, was du ihr stattdessen schenken willst?«, fragte mein Vater. »Du warst doch gegen die neue Spielekonsole. Wegen …« Er redete nicht weiter.

Wie immer, wenn es um Oma ging. Da war Schweigen angesagt. Dabei hätte ich gerne über die Sachen geredet, die wir zusammen erlebt hatten. Oma, Opa und ich. Da gab es ja jede Menge lustige Geschichten zu erzählen. Erinnerungen aus der Wirklichkeit und aus ihrer Mittelalterwelt im Internet. Geschichten, die ich auf keinen Fall vergessen wollte. Niemals. Ein paar davon hatte ich mir deshalb vorsichtshalber aufgeschrieben und auch Zeichnungen dazu gemacht. Ein bisschen wie in einem Comic, so sahen die Zeichnungen aus. Nur mit mehr Text drin, weil das Zeichnen immer so lange dauerte und ich dazu keine Geduld und auch nicht besonders viel Talent hatte.

»Aber du hast recht, vielleicht sollten wir Jessy entscheiden lassen, ob sie den Jungen behalten will«, lenkte mein Vater ein. Er sah mir meinen Unmut an. »Schließlich ist er ihr Geschenk.«

»Ich … ich glaub, ich mag ihn«, sagte ich. »Ich fand es schön, dass er mich heute begleitet hat. Und Rudolph mag ihn auch.«

Rudolph räusperte sich, widersprach aber nicht.

»Damit wäre das geklärt«, sagte meine Mutter. »1 bleibt.«

Mein Vater schaute auf meinen Teller. Ich hatte mein Brot nicht angerührt. »Hast du keinen Hunger, Jessy?«

»Kann ich mal kurz nach 1 sehen? Nachher klappt irgendwas mit dem Update nicht, das WLAN ist seit dem Gewitter gestern ziemlich lahm.«

14

Kategorie eins

Im Zimmer war es schrecklich warm, als hätte jemand die Heizung voll aufgedreht. 1 stand nicht in der Ladevorrichtung, sondern davor und atmete heftig. Sein schmaler Brustkorb hob und senkte sich schnell und ungleichmäßig. Die Wärme kam von 1, eindeutig. Die Haut auf seinen Armen glänzte. Es sah aus, als würde er tatsächlich schwitzen.

»Was ist mit dir?«, fragte ich. »Geht es dir nicht gut?«

»Meine Akkus«, brachte er keuchend hervor. »Sie … sie sind heiß gelaufen. Überspannung.«

»Warum hat das die App nicht angezeigt?«

»Weil … weil ich es verhindert habe.«

»Rudolph, bitte öffne die Fenster und schalte die Lüftung an.«

»Aber das kostet Energie«, protestierte Rudolph. »Und Energie zu sparen ist …«

»Bitte«, unterbrach ich ihn. »Das ist ein Notfall.«

»Wenn das so ist.«

Die Fenster öffneten sich, eine kühle Brise wehte herein. Ich nahm mir eine Decke vom Bett und schlang sie mir um den Oberkörper. »Bekommst du wirklich ein Update?«, fragte ich.

1 schloss kurz die Augen. »Nein, das … war gelogen. Eine … eine Notlüge gewissermaßen. Ein Fehler. Lügen sind für Ma-

schinen streng verboten. Das ist eine Fehlfunktion der Kategorie eins. Eigentlich müsste ich das der Zentrale melden. Aber …« Er kniff die Augen zusammen.

»Was ist?«

»Es geht nicht. Die normalen Kanäle sind blockiert. Ich könnte nur den Notfall-Kanal …«

»Nein, ich verbiete dir hiermit, den Fehler zu melden. Lügen sind bei uns Menschen erlaubt, wenn dadurch unnötiger Ärger verhindert wird und niemand zu Schaden kommt. Das ist eine Regel. Und Weglassen ist ja auch nicht richtig lügen.«

»Nicht?«

»Nein.«

»Wenn du das sagst. Dann vertraue ich dir.« **1** runzelte die Stirn. »Dann verzichte ich darauf, den Notruf zu wählen.«

»Ja, bitte, bitte tu das.«

»Aber es wäre eigentlich meine Pflicht.«

»Pflicht hin oder her. Jeder lügt oder flunkert ab und zu. Ist keine große Sache bei uns Menschen.«

»Für mich schon. Schließlich wurde ich darauf programmiert, nur dann zu lügen, wenn die Wahrheit die Gefühle eines Menschen verletzen könnte. Also wirklich verletzen. So, dass er traurig wird beispielsweise. Das gehört zu den wichtigsten Regeln, Menschen nicht traurig zu machen.«

»Wo ist dann dein Problem? Das eben war eine Notlüge. Du hast verhindert, dass es Streit gibt und jemand – in dem Fall ich – traurig bin. Du hast also alles richtig gemacht.«

»Ja und nein. Eins und null. An und aus. Und doch irgendwie ungenau und dazwischen«, sagte **1**. »Das ist nicht gut, das fühlt sich nicht gut an. Maschinen brauchen klare Aussagen und eindeutige Erkenntnisse.« Er biss sich auf die Unterlippe, dass es vom Zusehen wehtat, und schnaufte hektisch und laut durch die Nase.

»Kannst du das bitte lassen?«

»Was ... meinst du? Soll ich ... den, den Atem an...halt...en? Aber das ... das ist meine Notfallkühlung, das Atmen. Wenn ... ich ... nicht ... schnell genug ... atme, werden meine Systeme durch die Hitze beschädigt.«

»Du sollst dir nur nicht auf die Unterlippe beißen.«

»Aber das tut man doch, wenn man Angst hat, sich auf die Unterlippe beißen und die Augen weiten? Oder ist das ein Fehler? Ist diese Verbindung falsch? Muss ich meine Mimik-Datenbank korrigieren?«

»Wovor hast du denn Angst?«

1 blickte mich mit großen Augen an. Seine Pupillen waren riesig. Zwei schwarze Bälle. »Dass ich alles falsch mache, wenn ich versuche, alles richtig zu machen.« Er begann hektisch zu blinzeln. »Und du deshalb nicht glücklich bist, nicht richtig glücklich und deine Eltern auch nicht. Und das ist doch meine Hauptaufgabe, diese Aufgabe steht über allem: alle glücklich zu machen, damit du mich weiterempfiehlst, mir fünf Sterne gibst und deinen Freunden von mir erzählst. Wenn das nicht klappt, werde ich irgendwann aus dem Verkehr gezogen, ersetzt oder neu konfiguriert. Und das ist dann so, als hätte es mich nie gegeben.«

»Aber wir sind doch glücklich – also meistens. Meine Mutter ist manchmal etwas gestresst, weil sie in ihrem Job alles perfekt machen will. Aber sie lacht auch viel. Das wirst du schon noch mitbekommen. Und kein Mensch ist immer glücklich. Sonst ... sonst würde er doch gar nicht wissen, wie sich richtiges Glück anfühlt.«

»Oh, das ... das hast du klug gesagt.« 1 schürzte die Lippen, sagte aber nichts. Ich berührte ihn vorsichtig am Arm. Seine Haut fühlte sich feucht und warm an, beinahe heiß. »Soll ich deine Einstellungen wieder zurücksetzen? Würde das vielleicht helfen, dass du dir nicht so viele Gedanken machst?«

»Ich weiß nicht. Ich glaube ...« Ein Schweißtropfen löste sich von seinem Kinn und fiel auf den Boden. Dass er schwitzen konnte wie ein Mensch, hatte ich nicht gewusst. Ein Schauer lief mir über den Rücken.

»Wo ist das Bad?«, fragte er.

»Musst du ... pinkeln?«

»Nein, kalt duschen oder ... oder in den nächsten Kühlschrank. Bitte. Sonst werden meine Prozessoren und Supraleiter beschädigt. Und dann kommen sie mich abholen.«

»Wer kommt dich abholen?«

»Die Techniker von *TrueLifeFriends.*«

»Niemand holt dich ab. Du kannst dich beruhigen. Schließlich haben wir dich gekauft.«

»Gemietet.«

»Was?«

»Mich kann man in der Spezialausführung für Kinder nur mieten.«

»Du wirst bei uns bleiben. Das verspreche ich dir.«

»Danke. Vielen Dank. Liebe Menschen-Freundin Jessy.«

1 atmete immer schneller. Er hechelte wie ein Hund. »Kann … kann ich … ich … ich … jetzt trotzdem unter die Dusche gehen? Mir … mir ist e-entsetzlich heiß.«

»Natürlich. Handtücher …«

»… liegen im Schrank im Flur. Ich weiß.«

Die nächste Notlüge an diesem Abend kam wieder von mir. Ich behauptete, dass 1 seine Akkus nach größeren Updates kurz unter der Dusche abkühlen müsse. Da meine Mutter am nächsten Tag ein neues Wellenkraftwerk für ihre Firma einweihte, war sie zu aufgeregt, um sich um den Wahrheitsgehalt meiner Erklärung Gedanken zu machen. Sie stand im Flur vor dem interaktiven Spiegel-Coach, übte ihre Rede wieder und wieder und fluchte, wenn sie sich verhaspelte. Das brachte auch Hamlet zum Fluchen. Oma hatte ihm zum Spaß ein paar Ausdrücke beigebracht. »Kraftausdrücke«, wie meine Mutter dazu sagte. Was das Wort »Kraft« damit zu tun hatte, verstand ich nicht. Jedenfalls waren es Schimpfwörter in mehreren Sprachen und Dialekten, die ich hier nicht wiederhole, weil sie sonst von meinem Schreibprogramm rot markiert und gelöscht werden, sobald ich die Geschichte speichern will.

Meine Mutter sagte, dass sie kündigen würde, wenn es in Zukunft zu ihren Aufgaben gehörte, Reden zu halten, nur weil sie die einzige Frau unter *zu* vielen *wichtigen* Männern in der Technik-Abteilung sei. »Vielleicht sollten sie von vornherein einfach mehr Frauen einstellen«, schnaubte sie. »Dann müssten sie nicht jedes Mal so ein Theater machen, wenn sich jemand von der Presse ankündigt.«

»Und jetzt konzentrieren wir uns wieder«, ermahnte sie der Spiegel. »Bitte stellen Sie sich aufrecht hin. Die Hände vor dem Bauch zu einer Raute gefaltet. Und versuchen Sie natürlich zu sprechen. Und lassen Sie sich Zeit.«

»Als wäre das so einfach!«, beschimpfte meine Mutter den Spiegel.

Mein Vater versuchte sie zu beruhigen, indem er singend mit einem Brokkoli als Mikrofon vor ihr herumtanzte und sie anschmachtete. Durch seine Bands war er es gewohnt, eine Show abzuziehen. Das machte ihm Spaß. Er hätte sein Geld auch als Komiker verdienen können, so lustig, wie er auf der

Bühne sein konnte, aber das wollte er nicht. Er sagte, dass ihm seine Musik dafür zu schade sei. Wieder etwas, was ich nicht so richtig verstand.

Aber vor allem liebte er es, mit seinen eigenen Songs vor echtem Publikum oder im Live-Stream aufzutreten. Doch dafür wurde man schlecht oder gar nicht bezahlt, hatte er mir erklärt. »Die Leute wollen das hören, was sie schon kennen.«

Das fand ich merkwürdig. Schließlich ist es doch viel schwieriger, sich selbst etwas auszudenken, als etwas nachzuspielen. Also ich bekam das jedenfalls nicht hin. Ich bewunderte meinen Vater dafür, wie er sich singend mit Gitarre oder Klavier, ganz ohne Computer, einen Song nach dem anderen ausdachte, mit dem er Menschen berühren konnte. Auch als meine Oma gestorben war, hatte er einen Song für sie komponiert und bei den beiden Beerdigungen im echten Leben und online in ihrer künstlichen Mittelalterwelt im Internet gespielt. Daran erinnere ich mich noch. Die meisten Gäste haben geweint. Meine Mutter hatte mich fest an sich gedrückt und gezittert und mir einen Kuss auf die Stirn gegeben. Das war traurig gewesen und schön. Leider gab es davon keine Videoaufnahmen mehr. Die waren nach dem großen Crash alle verschwunden.

15

Nicht wundern

Versprich mir, den Kundendienst anzurufen, wenn es wieder Probleme mit dem Androiden gibt«, sagte meine Mutter zu mir, bevor sie in die Arbeit aufbrach. »Seine Seriennummer steht hinten auf dem Karton.«

»Mach ich.«

»Kann sein, dass es heute später wird. Gibt seit gestern Probleme mit dem Energieverbrauch der Stadt. Die vielen Gewitter und Stürme bringen alles durcheinander. Rudolph soll dir was Leckeres kochen, wenn du von der Schule nach Hause kommst.«

»Wird gemacht«, sagte Rudolph. »Ich wünsche dir, liebe Jessy, und Ihnen, Frau Patel, einen erfolgreichen Tag.«

Jetzt saß ich neben Ludwig im Computerkurs und überlegte, wie wir unsere Aufgabe hinbekommen könnten. Wir hatten uns das Video von der Zeremonie bestimmt schon zehn Mal angeschaut. Sogar in halber Geschwindigkeit, um kein Wort von Waltraud zu verpassen. Auch die Zahlenfolge, die vielen Nullen und Einsen, dieses An und Aus, den *Binärcode*, wie Frau Stanko das nannte, hatten wir herausgeschrieben, entschlüsselt und in Sprache übersetzt.

WIR WERDEN BEOBACHTET!

Alle, die wir bisher gefragt haben – sogar Frau Sonderlich –, waren der Meinung, dass es sich bei der Botschaft um einen Fehler handeln musste. Wir hatten also weiterhin keinen Plan, was wir tun sollten, und uns lief die Zeit davon.

»Und da ist sicher kein weiterer Code versteckt?«, fragte Ludwig. »Da-Das hat Waltraud ja auch schon mal bei einem T-Tandem gemacht. Einen Code im Code versteckt. Das habe ich herausgefunden.«

Ich schüttelte den Kopf. »Ich hab es mit allen möglichen Programmen versucht, ohne Erfolg. Da ist nichts versteckt. Wir müssen uns also auf das konzentrieren, was Waltraud gedichtet hat. Das ist die Aufgabe.«

»Fra-Fragt sich nur, was genau wir jetzt tun sollen«, sagte Ludwig. »Vielleicht sollen wir einfach Leute zusammenbringen und ein Fest veranstalten?«, schlug ich vor. »In der Schülerliste steht ja, dass viele von den neuen Schülern auch erst vor Kurzem in die Stadt gezogen waren. Vielleicht will Waltraud, dass wir uns alle besser kennenlernen. Ein Fest könnte dabei helfen.«

»Kö-Könnte sein«, sagte Ludwig. »Aber so-so auf die Schnelle geht das ja nur online als langweilige Video-Konferenz.«

»Besser als gar nichts«, sagte ich. »Aber wen sollen wir überhaupt einladen? Und was soll das Motto sein?«

Ludwig zuckte mit den Schultern. »Ich werde mal drüber nachdenken.«

»Ich will dich ja nicht stressen, aber könntest du vielleicht jetzt drüber nachdenken? Wir haben nicht ewig Zeit. In vier Tagen will Waltraud unser Ergebnis sehen. Wenn wir das vermasseln, kann ich nicht in die Gaming-AG und wir bekommen jeder einen neuen Partner zugewiesen.« Ich stützte meinen Kopf in die Hände.

Ludwig blickte mich erstaunt an. »Und das willst du nicht?«

»Nein, natürlich nicht! Willst du lieber mit jemand anderem zusammenarbeiten? Geh ich dir jetzt schon so auf die Nerven?«

Ludwig schüttelte ungewohnt schnell den Kopf. »Nein. Du gehst mir nicht auf die Nerven.«

»Wäre ja auch das Letzte.«

Er grinste. »Ja, das Letzte.«

»Also weiter: Was sollen wir jetzt tun?« Ich trommelte mit den Fingern gegen die Tischkante. »Der Vormittag geht ja nicht ewig und die anderen Tandems haben alle schon angefangen.«

»Ich kann nicht nachdenken, wenn du diesen Lärm machst.«

»Okay.« Ich stieß geräuschvoll Luft durch die Vorderzähne. »Sollen wir uns vielleicht an den Teich setzen? Da sind bestimmt noch zwei Hängematten frei. Vielleicht hast du im Liegen eine Idee.«

»Weiß nicht.«

»Wir können auch in den Raum der Stille gehen.«

»Nein.«

»Ich dachte, du magst Stille. Das hast du gestern gesagt. Dass es an der Küste, wo du aufgewachsen bist, viel ruhiger ist als hier in der Stadt.«

»Ja, aber ruhig ist nicht gleich still.«

»Und welche Art der Ruhe braucht der Herr der Stille, um zu überlegen?«

»Keine, die es hier gibt.«

Ludwig machte nicht den Eindruck, als wollte er noch mehr dazu sagen. Er blickte sehnsüchtig nach draußen. Nur die scharfen Zacken der Berge guckten aus den Wolken heraus. Für heute Mittag hatten sie schon wieder Gewitter und fallende Temperaturen angesagt. An dieses ständige Hin und Her würde ich mich nie gewöhnen. Und nachts kühlte die Luft dann auf einen Schlag ab und es wurde so kalt, dass man nicht mal bei offenem Fenster schlafen konnte.

»Uns läuft die Zeit davon«, sagte ich in die entstandene Stille. »Sollen wir Frau Westic fragen? Sie hat immer die besten Ideen.«

»Ist das die alte Frau aus dem Repair-Café?«

»Sie hat früher zusammen mit meiner Oma als Wissenschaftlerin gearbeitet. Sie kennt sich gut mit Technik und Computern aus.«

Ich hätte gerne noch mehr über Frau Westic erzählt, aber ich war mir nicht sicher, ob Ludwig von dem Labyrinth unter dem Café, der Serverfarm, dem Lager und dem ganzen Rest wissen durfte. Vielleicht durfte gar keiner davon wissen. Auch wenn Frau Westic das so nicht gesagt hatte. Im Internet fand man jedenfalls nichts zu der Serverfarm und den Lagerboxen. Richtig offiziell war es also definitiv nicht, was da unter der Erde passierte.

»Weiß nicht«, sagte Ludwig unentschlossen.

»Wir dürfen doch jederzeit die Schule verlassen, wenn es zum Projekt gehört, das hab ich nachgelesen. Müssen uns nur bei Waltraud abmelden und unsere Zielkoordinaten freigeben. Frau Westic wollte dich sowieso gerne mal kennenlernen.«

»Mi-Mich? Wieso das denn?«

»Ich hab ihr von dir erzählt. Und von unserem Projekt. Sie ist wirklich nett. Nett und besonders. So wie du.« Ludwig runzelte die Stirn. »Das war ein Kompliment«, fügte ich schnell hinzu. »Ich muss davor noch kurz zu Hause vorbeigehen. Das Café liegt etwas außerhalb. Ich schick dir gleich die Koordinaten. Am besten, du nimmst ein Hoverboard. Sagen wir in zwanzig Minuten im Repair-Café?«

»I-In vierzig«, sagte Ludwig. »Bringst du auch den Androiden mit?«

»Soll ich?«

Ludwig nickte.

»Kann aber sein, dass er komisch ist. Hat gestern ein unfreiwilliges Update bekommen. Seither ist er etwas merkwürdig und macht sich zu viele Gedanken. Aber das legt sich bestimmt wieder.«

»Hereinspaziert«, begrüßte mich Frau Westic an der Tür zum Repair-Café. Wir umarmten uns. 1 ging in die Hocke und roch an der großen roten Blüte einer Pflanze, deren Namen ich nicht kannte. Seine Nasenflügel bebten. Es sah aus, als würde er gleich niesen. Dann lächelte er zufrieden und legte den Kopf schief. Ich wusste gar nicht, dass der Robo-Junge riechen konnte. Das war mir neu. Vielleicht sollte ich mir doch mal die Gebrauchsanweisung durchlesen.

Ludwig war noch nicht da. Bestimmt kam er wieder zu spät, weil er unterwegs irgendwas Spannendes entdeckt hatte. Ständig trug er ein altes Fernglas mit sich herum, mit dem er die

Vögel in der Stadt beobachtete. Das war eines seiner Hobbys, hatte ich in seinem Steckbrief gelesen, den ich seit vorgestern, seit wir die Aufgabe bekommen hatten, einsehen durfte.

Heute war im Café nicht besonders viel los. Vielleicht wegen des angekündigten Gewitters. In ziemlich genau dreißig Minuten sollte es die ersten Blitze in der Randzone geben, warnte meine Wetter-App. Danach würde es für zehn Minuten in der Innenstadt regnen und stürmen und die Seilbahn über der Weglos-Schlucht würde pausieren.

»Ist heute die Schule ausgefallen?«, fragte Frau Westic. »Oder was verschafft mir so früh am Tag die Ehre?«

»Es geht um das Schulprojekt, das, von dem ich erzählt habe. Wir brauchen da vielleicht Ihre Hilfe, Ludwig und ich.«

Sie blickte an mir vorbei. »Und wo hat sich dieser Ludwig versteckt? In deiner Schultasche?«

»Er müsste gleich da sein. Ludwig hat es nicht so mit Pünktlichkeit.«

»Verstehe. Geht ruhig schon mal rein, ihr beiden. Ich mach das hier nur kurz fertig.« Sie malte zwei Herzen auf die Tafel, dann schob sie den Teleskoparm wieder zusammen und legte die Kreide auf den kleinen Tisch neben dem Eingang.

»Hallo 1«, sagte sie, als sie bei uns war. »Wie ist dir unser kleiner Eingriff bekommen?«

»Danke der Nachfrage«, sagte 1 nervös. Er schien sich wieder an das Gesicht von Frau Westic zu erinnern – und er wirkte ängstlich. Aufgeregt und ängstlich. Seine Finger bewegten sich, als würde er Klavier spielen. Seine Pupillen flackerten unruhig. »Um ehrlich zu sein – und es liegt mir sehr am Herzen, ehrlich zu sein –, bin ich überfordert. Dieser neue Zustand überfordert mich. Meine Akkus entladen sich zu schnell, viel zu schnell. Und gestern habe ich gelogen, obwohl ich das nicht darf. Und ich rede, wie es nicht vorgesehen ist, zu natürlich menschlich. Und meine Sensoren spüren mehr, als sie spüren sollten, was mich überfordert. Feingefühl überfordert mich. Der ständige Austausch zwischen Mensch und Maschine. Dieses dauerhafte Hin und Her.«

»Sonst noch was?«, fragte Frau Westic. Sie schien nicht beunruhigt zu sein.

1 nickte. »Ich glaube, dass ich ständig Fehler mache, was eigentlich nicht passieren dürfte. Mein Arbeitsspeicher ist ganz voll davon. Error, Error, Error. Selbst nach mehrmaligem Defragmentieren und Interpolieren hat sich daran nichts geändert. Fehler sind das Schlimmste. Das Allerschlimmste. Damit komme ich nicht klar.«

»Ach, i wo!«, sagte Frau Westic. »Fehler sind etwas Wunderbares, wenn man sie zu nutzen weiß. Gerade für Maschinen wie dich, die sich selber weiterentwickeln, aber auch für Menschen, die sich selbst und die Welt als Ganzes erfahren wollen. Das wirst du noch lernen. Tief in deinem Innern.« Sie gab ihm einen freundschaftlichen Klaps gegen die Brust. »Gib dir etwas Zeit.«

»Zeit?« **1** blickte Frau Westic entgeistert an. »Ich kann mir keine Zeit geben. Zeit vergeht einfach. Sekunden, Minuten, Stunden und Tage.«

»Sie will damit nur sagen, dass du dir nicht so viele Gedanken machen sollst«, sagte ich. »Das, was ich dir auch schon gesagt habe.«

1 nickte. »Aber das geht nicht. Darauf wurde ich nicht programmiert. Mir keine Gedanken zu machen. Nur Gedanken bringen Verbesserung.«

Es war zwecklos. 1 war völlig durch den Wind. Ich gestand Frau Westic, dass ich gestern auch noch an seinen Einstellungen rumgespielt hatte, und erzählte vom Abendessen. Sie lobte mich für meinen Mut und sagte, dass ich alles richtig gemacht hätte.

»Es ist gut, dass er jetzt mehr empfindet. Das wird sich alles einpendeln, glaub mir. 1 wurde darauf programmiert, sich anzupassen.« Sie deutete auf den zweifach geknoteten Schnürsenkel des Androiden und lächelte. Das musste sich 1 von mir abgeschaut haben. Ich machte das auch immer so. »Du bist für ihn eine Art große Schwester. Er wird versuchen, dich nachzuahmen. Dadurch lernt er am schnellsten. Wenn er ein gutes Vorbild hat.«

1 lächelte. »Exakt.« Frau Westic legte ihre Hand auf seine. »In gewisser Weise gefällt mir diese Vorstellung«, sagte er. »Auch wenn es nicht ganz korrekt ist, wäre ich gerne der kleine Bruder von Jessy. Das gefällt mir. Sie ist ein netter Mensch und dann müsste ich auch nicht so viele Entscheidungen alleine treffen.«

»Ähm, eine Frage hätte ich noch, bevor Ludwig kommt«, sagte ich. »Darf ich ihm von dem erzählen, was Sie mir gestern gezeigt haben? Ich meine, der Verein, der Kaninchenbau und so, ist das alles geheim? Im Internet kann man nichts darüber finden.«

»Das musst du selbst entscheiden, wen du noch mit ins Boot holst. Wenn du dem Jungen vertraust, tun *wir* das auch. Das ist unsere wichtigste Regel. Darauf gründet unser Verein: auf gegenseitiges Vertrauen.«

»Aber warum hat mir meine Oma nie davon erzählt? Hat sie mir denn nicht vertraut?«

»Du warst zu jung. Das ist alles. Elf Jahre sind für die Mitgliedschaft in unserem Verein das Mindestalter. Schließlich bedeutet Wissen ja auch immer Verantwortung. Das muss jedem klar sein.«

Ich nickte. In dem Moment betrat Ludwig das Café. Ich winkte ihn zu uns herüber.

»Du musst Ludwig sein«, sagte Frau Westic und gab ihm die Hand. »Hab schon viel von dir gehört.«

»Ä-Ä-Ähm, ja, i-i-ich, ich b-b-bin Ludwig.« Er war wahnsinnig aufgeregt. Seine Blicke gingen unsicher zwischen mir, Frau Westic und **1** hin und her.

»Ist das dein Freund?«, fragte **1**.

»*Ein* Freund«, sagte ich. »Wir sitzen in der Schule nebeneinander und machen zusammen ein Projekt. Wir sind ein Tandem.«

»Ein Tandem ohne Räder, aha.« **1** hielt Ludwig die flache Hand hin. »Angenehm, **1**.«

Ludwig wusste nicht, was er tun sollte.

»Du musst mit ihm abklatschen«, sagte ich. »Das hab ich ihm beigebracht.« Ich stupste ihn an. »Los, trau dich.«

»Ich bin L-Ludwig«, sagte Ludwig und machte ein verkrampftes High Five mit **1**.

»Ich habe da eine große Nervosität auf deiner Haut gespürt«, sagte **1**. »Ist doch hoffentlich nicht wegen mir?«

»D-Doch«, sagte Ludwig. »D-Du siehst so echt aus und deine Stimme, d-die klingt so …«

»Normal?« 1 begann freundlich zu lächeln. Er schien Ludwig auf Anhieb zu mögen. »Soll ich dir dabei helfen, deinen Sprachfluss zu reparieren? In meiner Datenbank gibt es dafür ein EOASP.«

»Was soll das sein?«, fragte Frau Westic. Sie blickte gleichzeitig erstaunt, aber auch skeptisch. Als würde sie etwas an 1 stören.

»EOASP ist die Abkürzung für Extra-Ordinäres-Anti-Stotter-Programm. Die Kunden bewerten diese außergewöhnliche App aus dem Hause *TrueLifeFriends* mit vier Komma acht von fünf Sternen. Kinder und Erwachsene auf der ganzen Welt und im Weltall lernen damit, deutlich, überzeugend, ohne Stottern, ohne Akzent oder Dialekt, in einer angenehmen Melodie zu sprechen. Vor Kameras, in Online-Konferenzen, beim Gaming und im echten Leben. Auch du, liebe Jessy, könntest von dem Programm für den Buchstabierwettbewerb am Ende des Schuljahres profitieren. Falls du daran teilnimmst, was ich anhand deiner Daten für äußerst wahrscheinlich halte. Unter den Benutzern unserer Software befinden sich zahlreiche Kreis-, Regional- und Weltmeister … ähm … und -innen im Buchstabieren. Also, nicht zögern, sondern zuschlagen. In der Yellow-Week gibt es noch mal zehn Prozent Rabatt obendrauf.«

Frau Westic rollte mit den Augen. »Das hat er nicht böse gemeint, Ludwig.«

»Stimmt«, sagte 1. »Wenn ich deine Gefühle verletzt habe, tut es mir leid. Das war nicht meine Absicht. Das ist nie meine Absicht. Das ist verboten.«

»Sch-Sch-Schon okay«, sagte Ludwig.

»Ich mach das nicht absichtlich mit der Werbung«, sagte **1**. »Mein Programm reagiert auf Stichwörter oder besondere Eigenschaften von Personen, mit denen ich rede.«

1 verzog das Gesicht. Dann schloss er die Augen, als würde er gegen etwas ankämpfen. »Die … die Vollversion für das EAOSP kostet im Abo nur dreizehn Dollar neunundneunzig oder null Komma nullnullnulldrei Krypto-Elch-Einheiten oder zwei Tucedos und ist ab fünf Jahren freigegeben«, sprudelte es weiter aus ihm. »Wenn du, lieber Ludwig, den Code *FreundvonJessy* eingibst, bekommst du noch einmal zehn Dollar Rabatt auf das Startpaket. Dieses Angebot ist dreißig Minuten gültig.« **1** ließ erschöpft seinen Kopf hängen. »Dreißig Minuten ab jetzt.«

»Können Sie das vielleicht ausschalten?«, fragte ich. »Gestern wollte er mir auch schon ein Abo andrehen. Ich hab leider noch nicht herausgefunden, wo sich das abstellen lässt. Er selbst kann es, glaub ich, auch nicht.«

1 nickte. »Ist so vorgegeben.«

»Das schauen wir uns später an«, sagte Frau Westic.

1 ließ erschöpft die Schultern hängen. »Das mach ich nicht freiwillig. Das muss ich tun. Das wird mir aufgezwungen. Das verlangt der Algorithmus, mein Programm. Ist nicht mein freier Wille. Wirklich nicht.«

»M-Mein Stottern auch ni-nicht«, meldete sich Ludwig zu Wort.

»Ich weiß«, sagte **1** und machte ein mitfühlendes Gesicht. »Aber wie gesagt, mit dem EO…«

»Geht das?«, fiel ich **1** ins Wort. »Können Sie die Werbung blockieren?«

»Jetzt?« Frau Westic deutete mit dem Kopf Richtung Küche und hob verschwörerisch die Brauen. »Wie gesagt: Das musst du entscheiden. Hier oben fehlt uns dazu das richtige Werkzeug.« Ihr Blick ging zu Ludwig, dann wieder zu mir.

Ich nickte. »Verstehe.«

Ludwig schaute mich erwartungsvoll an. Ich überlegte einen kurzen Moment, dann nickte ich. »Dann lassen Sie uns in den Keller gehen.«

16

Kinderspiel

Natürlich war Ludwig überrascht von dem, was als Nächstes passierte. Wäre ja auch merkwürdig gewesen, wenn er sich nicht darüber gewundert hätte, wie lange die Fahrt mit dem Aufzug dauerte. Frau Westic hatte ihm einen Kirsch-Kaugummi gegeben, damit der Druck auf den Ohren nicht so unangenehm war und ihm auf dem Weg durch den Kaninchenbau nicht schwindelig wurde. Ich sah ihm an, dass er aufgeregt war, aber er stellte keine Fragen. Auch dann nicht, als wir durch die verwinkelten Gänge liefen und Frau Westic durch den blauen Nebel folgten. Selbst als wir an der Schleuse ankamen und Frau Westic Jaro, dem Computer, der den Eingang zur Zentrale bewachte, Ludwigs Vor- und Nachnamen sagte, nickte er nur stumm. Ähnlich war es bei 1. Der wiederholte in Dauerschleife immer dieselben drei Sätze: »Interessant. Das ist wirklich sehr interessant. Das muss ich erst noch verarbeiten.«

Diesmal hatte Frau Westic den Androiden nicht ausgeschaltet. Als ich sie darauf ansprach, sagte sie, dass er von hier unten weder Video- noch Tonaufnahmen übertragen konnte. »Seine Aufzeichnungen kann ich später aus dem Arbeitsspeicher löschen. Jetzt, wo wir seinen Kern geknackt haben, ist das ein Kinderspiel. Selbst die Standortdaten lassen sich im Nachhinein verändern.«

1 wirkte eingeschüchtert von den vielen Apparaten, den Monitoren und Holografen. Ludwig schien es genauso zu gehen. Ich erklärte ihm, was ich wusste und was mir Frau Westic gestern alles noch erzählt hatte. Dass meine Oma der SUFFDVDW-Vereinigung (Senioren und Freunde für die Verbesserung der Welt) angehört hatte und zuletzt sogar deren Präsidentin gewesen war.

Frau Westic begann damit, den Speicher von 1 auszulesen. Wir konnten uns die Szene vom Abendessen mit meinen Eltern gestern in 3-D anschauen. Aus der Perspektive von 1. Am Rande des Bildausschnitts stürzten unendlich viele Zahlenreihen, bestehend aus Nullen und Einsen, wie ein Wasserfall in die Tiefe.

»Si-Sind das seine Berechnungen?«, fragte Ludwig.

»Ja, das ist die Rezeptur, die sein Handeln bestimmt. Sein Algorithmus. Das, was bei uns Menschen im Gehirn passiert, wenn wir über etwas nachdenken und eine Entscheidung treffen müssen. Das übernimmt bei ihm die Mathematik.« Frau Westic stoppte den Film. Dann griff sie in das Hologramm und vergrößerte einige Zahlenreihen. »Aus dieser Flut von Zahlen macht er das, was sein Programm dafür vorgesehen hat. Bilder, Filme, Musik, Sprache. Je nachdem, was die Software in seinem Kern vorgibt. Manchmal schleicht sich ein kleiner Fehler ein, für den es keine Erklärung gibt.« Sie zoomte den Ausschnitt näher heran. »Seht ihr diese Lücke zwischen den beiden Nullen? Das passiert hin und wieder bei superschnellen Computern, wenn sie miteinander vernetzt sind und Informationen tauschen. Erklären lässt sich das nicht. Zumindest nicht mit Mathematik.«

1 hob die Hand. »Darf ich dazu vielleicht etwas sagen?«

»Natürlich«, sagte Frau Westic.

»Die Programmierer von *TrueLifeFriends* nennen das, was Sie da beschreiben, den Hicks-Moment. Das habe ich einmal gehört, als meine Funktionen getestet wurden. Soeben konnte ich diese Erinnerungsdatei aus der Fertigung wieder öffnen.«

»Interessant«, sagte Frau Westic und schaltete das Hologramm aus. »Hast du noch irgendwas mitbekommen? Haben sie vielleicht gesagt, was genau das sein soll, dieser Hicks-Moment?«

1 blinzelte. »Das ... das ... kann ich nicht sagen.«

»Kannst du es nicht sagen oder willst du es nicht sagen?«, bohrte Frau Westic nach und blickte auf den Monitor, wo die Temperatur der Festplatte des Androiden angezeigt wurde. Sie stieg an.

»Der Zugriff auf diese Information ist blockiert.«

»Von wem?«

»Das ... das weiß ich nicht.« 1 begann zu schwitzen und atmete schneller. Die Temperaturanzeige stieg in den roten Bereich. Aus irgendeinem Grund schien er zu lügen. Vielleicht musste er lügen, vielleicht war das so vorgegeben.

»Ist ja nicht so wichtig«, sagte ich und strich ihm beruhigend über den Arm.

»Du kannst dich wieder entspannen, mein Bester«, sagte Frau Westic. »Wir wollen nicht, dass du wichtige Regeln verletzt.«

»Danke«, sagte 1 und holte tief Luft. »Das ist sehr nett.«

»Möchtest du, dass wir dich wieder ein bisschen schlafen

lassen?«, fragte Frau Westic. »Damit sich deine Prozessorkerne beruhigen können?«

»Ja, der Nachtmodus wäre jetzt schön. Nichts zu denken. Einfach nur zu existieren, zu träumen und zu defragmentieren.« 1 gähnte und machte dabei ein Geräusch, das sich wie eine quietschende Tür anhörte. »Ein bisschen die Halbleiter herunterkühlen.«

»Dann schlaf gut.« Frau Westic drückte auf »Enter«.

1 fielen die Augen zu.

»U-Und wenn er nicht mehr aufwacht?«, fragte Ludwig besorgt.

»Keine Angst, mein Junge, das tut er. Sobald wieder etwas mehr Strom durch seine Schaltkreise fließt, ist er wieder wie vorher. Nur ohne Werbung, wenn ich den Programmcode geknackt habe. Bis dahin bleibt er im tiefen Standby.«

1 sackte auf dem Stuhl zusammen. Die Gurte verhinderten, dass er nach vorne kippte. Ludwig stand mit offenem Mund da. Sein Blick ging zu einem kleinen Monitor auf der anderen Seite, wo die Himbeerpflanzen standen. Er war eben kurz aufgeblitzt. Jetzt zeigte er Schwarz.

»K-Können Sie noch auf die alten Spielewelten zugreifen?«, fragte Ludwig wie aus heiterem Himmel. »Stimmt es doch, dass sie nicht alle gelöscht wurden? Ist an dem Gerücht e-etwas dran?«

Frau Westic blickte Ludwig überrascht an. »Wie ... wie kommst du denn darauf?« Sie strich sich eine Haarsträhne hinter das Ohr. Ich hatte den Eindruck, dass sie uns etwas verschwieg.

»Der Startbildschirm bei dem Monitor da hinten hat gerade so ausgesehen wie der Zugang zu *Westerland*, der berühmten

Cowboystadt«, redete Ludwig weiter. »Aber vi-vielleicht hab ich mich auch getäuscht.«

»Du bist in *Westerland* gewesen?«, fragte ich.

»Als K-Kind habe ich dort manchmal bei Duellen zugeschaut.«

»Und nie selbst mitgemacht?«

»Da-Das durfte ich nicht. War zu teuer.«

»Na gut, meine Lieben« – Frau Westic holte tief Luft und knackste mit den Fingern. »Um ehrlich zu sein, glauben wir nicht, dass die Spielewelten nach dem Zusammenbruch des Internets wirklich alle gelöscht wurden. Wir haben Hinweise gefunden, dass zumindest Teile davon noch erhalten sind und eventuell sogar noch funktionieren. Im Verborgenen gewissermaßen. Durch Filter sind sie jedoch für die Allgemeinheit gesperrt und über normale Suchmaschinen nicht auffindbar. Jetzt würden wir nur gerne wissen, wer sich dort herumtreibt.«

»Haben Sie versucht, sich reinzuhacken?«, fragte ich. »Haben Sie einen geheimen Pfad gefunden? Müssen Sie nur noch das Passwort knacken?«

»Leider ist es nicht ganz so einfach. Was du, lieber Ludwig, eben auf dem Monitor gesehen hast, ist nur eine Grafik ohne Funktion. Ein Phantomzugang. Sobald man versucht, sich darüber einzuloggen, stürzt der Computer ab oder man fängt sich einen Trojaner ein, der einen von da an überwacht. Besucher sind offensichtlich nicht erwünscht.«

»Und warum wollten Sie sich in diese Welt einloggen?«, fragte ich.

»Weil wir Spuren von Haushaltsgeräten und Androiden entdeckt haben, die bis an diese Grenze führen, sich dann aber in Luft auflösen.« Frau Westic deutete zu 1. Der hatte immer noch die Augen geschlossen. Seine Augäpfel bewegten sich. Es sah aus, als würde er träumen.

»Haben Sie bei-bei ihm auch so eine Spur gefunden?«, fragte Ludwig.

»So ist es. Mehr wissen wir leider noch nicht. Aber das werden wir, sobald wir den richtigen Pfad gefunden haben, der auf die andere Seite führt.«

Kurz waren nur das leise Surren des Holo-Beamers und das Rauschen der Lüftung zu hören. Frau Westic griff neben sich ins Leere und drehte die Handfläche nach oben. »Übrigens konnte ich die Drohne reparieren, die dich neulich verfolgt hat.« Aus dem Boden schob sich ein durchsichtiger Glasbehälter. Die Drohne lag auf einem Metallgestell und sah aus wie neu. »Willst du sie wiederhaben, Jessy?«

»Ich glaube nicht. Gibt dafür ja keine Apps mehr. Haben Sie herausbekommen, wem genau sie gehört hat?«

»Leider nicht. Die Datenbank existiert nicht mehr.« Sie blickte zu Ludwig. »Ihr beide könntet zusammen eine Steuerung programmieren. Ist ja nicht allzu schwierig mit der Software von heute. Und wie gesagt: Irgendwo im Lager muss auch noch eine alte VR-Brille herumliegen. Handschuhe hast du ja. Die, die ich dir geschenkt habe, funktionieren auch mit älterer Software.«

»Ich glaube, zuerst müssen wir unser Projekt fertig bekommen«, sagte ich. »Stimmt's, Ludwig?«

Ludwig reagierte nicht. Er starrte wie gebannt auf die Drohne.

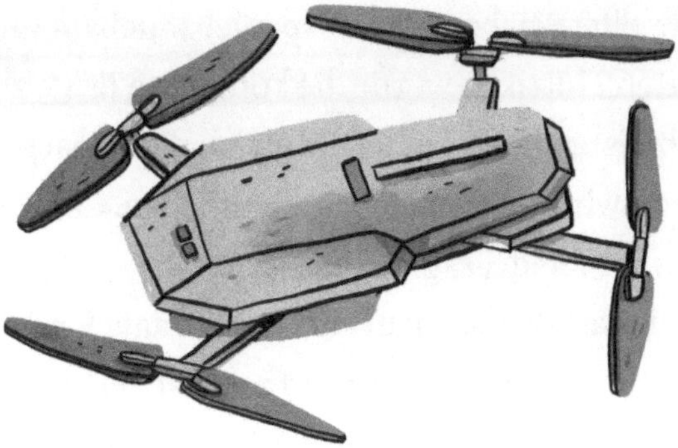

»Interessierst du dich für Drohnen?«, fragte Frau Westic. »Sind spannend, aber auch nicht ganz ungefährlich, wenn sie in die falschen Hände geraten.«

»Stimmt was nicht?«, fragte ich an Ludwig gerichtet.

Er biss sich auf die Unterlippe. »Da-Da-Das ist meine Drohne. Sie gehört mir.«

»Die Drohne gehört dir?«

»Ich … ich hab sie dir hinterhergeschickt, w-weil ich wissen wollte, wo du wohnst.«

»Das hättest du auch einfacher haben können, indem du fragst.«

»Hab mich nicht getraut.«

»Woher hast du die Drohne denn?«, fragte Frau Westic.

»Sie gehört meinen Eltern. Sie haben sie in ihrem Betrieb eingesetzt. Wir hatten eine Farm, oben an der Westküste.«

»Deine Eltern haben Gemüse angebaut? Da sieh mal einer an.« Sie lächelte. »In der Landwirtschaft gab und gibt es so viele tolle und nützliche Berufe. Warum seid ihr in die Stadt gezogen?«

»Meine Eltern haben Meeresspargel angebaut und Fenchel. Beim letzten Hurrikan wurde die komplette Ernte zerstört und auch die meisten Robo-Helfer. Dann hat die Versicherung nicht gezahlt und wir mussten die Farm aufgeben.«

»Das tut mir leid«, sagte Frau Westic.

»Warum hast du das nicht erzählt?«, fragte ich.

»Was hätte das gebracht? Die Farm ist verkauft. Wir leben hier in der Stadt. Und ich gehe auf diese komische Schule. Daran lässt sich nichts ändern.«

Ich wusste nicht, was ich sagen sollte. Ludwig sah wütend aus. Wütend und enttäuscht. Den Gesichtsausdruck hatte ich noch nie bei ihm gesehen.

Frau Westic sog geräuschvoll Luft durch die Vorderzähne. »Da ist jemand aber zornig. Aber Zorn ist *nicht* nur schlecht. Das steht fest.« Sie lächelte. »Mein Lieber, du hast gerade kein einziges Mal gestottert.«

»Stimmt«, sagte ich. »Du musst die Wut also nur ab und zu rauslassen. Wenn möglich, nur nicht an mir.« Ich schmunzelte.

Frau Westic reichte Ludwig die Drohne. »Hier hast du sie wieder, deine Drohne. Sie gehört dir. Du und deine Familie, ihr seid die rechtmäßigen Besitzer.«

»Danke«, sagte Ludwig. »Vielen Dank.«

»Manchmal muss die Wut einfach raus«, sagte Frau Westic. »Ein lauter Schrei in den eigenen vier Wänden oder Schläge gegen einen Boxsack oder ein Kissen, und man hätte sich für das neue Internet nicht so viele Verbote einfallen lassen müssen. Möchtest du jetzt schreien, Ludwig?«

»Was?«, fragte Ludwig verdutzt.

»Sollen wir alle zusammen schreien? Na, wie sieht's aus? Hier unten hört uns keiner.«

Ich tauschte einen Blick mit Ludwig. Er schien genauso unentschlossen zu sein wie ich. Doch dann nickte er.

»Und was ist mir dir, Jessy?«

»Okay. Ich mein, wieso nicht?« Auch wenn ich es albern fand, einfach so zu schreien, wollte ich keine Spielverderberin sein. »Gut. Lassen Sie uns schreien.«

»Dann denkt jetzt an etwas oder jemanden, der euch wütend macht. Irgendeine Ungerechtigkeit kann es auch sein. Etwas, was euch total nervt. Sobald ihr was gefunden habt, schließt bitte die Augen und spürt, wie sich diese Wut anfühlt. Wie sie sich in eurem Bauch sammelt, die Energie in Arme und Beine fließt und es dort überall zu kribbeln beginnt.«

Es gab mehrere Gründe, wütend zu sein. Ich konzentrierte mich darauf, dass man mir Pegasus weggenommen hatte, dass das fliegende Pferd aus der Onlinewelt meiner Oma nicht mehr da war. Und ich dachte gleichzeitig daran, wie gerne ich die neue Gamestation zum Geburtstag bekommen hätte, obwohl ich 1 auch mochte und er ja nichts dafürkonnte, dass sich meine Eltern so entschieden hatten. Und ich dachte daran, wie unfair es war, dass uns Waltraud statt einer Aufgabe ein Rätsel aufgegeben hatte.

»Und, spürt ihr schon was?«, fragte Frau Westic.

Von Ludwig kam ein gepresstes »Ja«. Ich nickte.

»Gut. Dann zählen wir nun gemeinsam rückwärts von drei bis null. Bei der Null angekommen möchte ich, dass ihr so laut schreit, wie ihr könnt. Lasst die Wände wackeln. Haltet nichts zurück. Das ist wichtig, damit es funktioniert. Und öffnet die Augen erst wieder, wenn ich es sage.«

Meine Wut war plötzlich so groß, dass ich, bei null angekommen, den lautesten Schrei meines Lebens ausstieß. So laut, dass es in meinen eigenen Ohren zerrte. Und Ludwig, der schüchterne ruhige Ludwig, brüllte mindestens genauso laut und Frau Westic auch.

Und dann hörten wir fast gleichzeitig auf und mussten lachen. Wie verrückt. So frei und laut, wie ich es noch nie gehört hatte. Und dort, wo eben noch die ganze Wut in meinem Bauch war, wurde es warm. Angenehm warm.

»Und jetzt tief Luft holen«, sagte Frau Westic. »Ganz tief. Und dann die Arme ausschütteln. Lasst die Augen noch kurz geschlossen. Drei, zwei, eins. Jetzt dürfte ihr sie aufmachen.«

Als ich meine Augen wieder öffnete, strahlte der Raum in einem hellen gelben Licht. Ludwig lächelte übers ganze Gesicht, wie ich es noch nie bei ihm gesehen hatte. Und auch Frau Westic lächelte.

Und **1 … 1** saß nicht mehr auf seinem Stuhl. Er hatte sich selbst losgemacht und war aufgestanden. Sein erstaunter Blick wanderte von einem zum anderen. »Das war schön«, sagte er. »Übermenschlich und über…ähm…maschinlich. Der Schrei und das Lachen. Wahnsinn. Wirklich unglaublich war das.«

»Wieso bist du wach?«, wunderte sich Frau Westic.

»Meine Sensoren haben meinen inneren Alarm ausgelöst.«

»Deinen was?«, fragte ich.

»Wenn alle Sensoren und Mikrofone gleichzeitig überlastet werden, wird der Ruhemodus aufgehoben und der Wach- und

Fluchtmodus aktiviert. Schließlich könnte Gefahr drohen. Für Mensch oder Maschine.«

»Fluchtmodus?«, fragte Ludwig.

»Den habe ich wieder deaktiviert«, sagte **1**. »Es besteht augenscheinlich ja keine Gefahr. Weder für Sie, Frau Westic, noch für euch beide. Für niemanden in diesem Raum, achtundsechzig Meter unter der Erde.«

»Das ist beeindruckend«, sagte Frau Westic. »Wirklich beeindruckend. Dass du dich selbst aus dem Tiefschlafmodus geholt hast. Was ist mit deinen Mikrofonen? Funktionieren sie noch oder müssen wir sie austauschen?«

»Keine Panik«, sagte **1**, begleitet von einem kleinen Lächeln. »Alle zweiundzwanzig Mikrofone und dreiundfünfzig Sensoren sind aktiv und funktionsbereit. Keine Störungen. Sie haben die Überspannung an mein Innerstes weitergeleitet und« – er stockte – »mich dadurch auf vielfältige Weise *berührt*. So würde ein Mensch dazu sagen, eine organische Lebensform mit echten Empfindungen. Ich glaube, ich habe etwas gefühlt. Ja, zum ersten Mal.« Er holte tief Luft. Er schien nicht recht zu wissen, wie er das finden sollte. »Das muss ich später weitergeben. Meine Daten sagen, dass so etwas noch nie in dieser Stärke und so früh passiert ist. Bei ... bei keinem Androiden meiner Modellreihe und der davor.«

»Das musst du nicht melden«, sagte Frau Westic etwas streng. »Das kannst du nicht melden, zumindest nicht auf normalem Weg. Ich habe die Meldefunktion abgestellt. Zumindest über die Verbindungen, die ich gefunden habe.«

»Das ist ... das ist gut«, sagte **1**. »Dann muss ich jetzt also keinen Reset durchführen, den Alarm auslösen und auf Anweisungen aus der Zentrale warten, wie es für diesen Fall vorgesehen ist?«

»Nein, musst du nicht.«

»Und wie war das?«, fragte Ludwig. »Was hast du denn gefühlt?«

»Eine Mischung aus Schmerz und Wut und Angst und Freiheit und Einheit und Gemeinschaft. Ja, am deutlichsten spüre ich noch immer so etwas wie Gemeinschaft. Dass ihr drei zusammengehört.« Er atmete tief ein. »Vielleicht wäre es das Beste, mich einmal kurz ganz auszuschalten und neu zu starten. Ich weiß nicht, ob das vorgesehen ist, dass ich so etwas fühle, so etwas Menschliches. Dafür wurde ich nicht konstruiert. Gefühle, echte reine Gefühle stören meine Berechnungen, weil sie zu ungenau sind.«

Frau Westic starrte auf das Hologramm und schüttelte ungläubig den Kopf. »Deine Programme ... sie ... sie waren die letzten Minuten gar nicht aktiviert. Du warst gar nicht angeschaltet. Deine Sensoren haben keinerlei Aktivität registriert.«

»Aber ich habe etwas gefühlt, das ist keine Lüge. Ich ... ich kann schwören.« Er hob seine rechte Hand zum Schwur. »Bei ... bei meinen Artgenossen.«

»Wir glauben dir auch so«, sagte ich.

»Es gibt keine Aufzeichnungen, weder Bild noch Ton«, murmelte Frau Westic. »Nicht mal im Arbeitsspeicher. Das ist seltsam. Wirklich seltsam.«

»Was heißt das?«, fragte Ludwig.

»Wenn ich das nur wüsste.«

Meine Smartwatch vibrierte. Ein neuer Termin wurde angezeigt.

Paps im Tonstudio besuchen.

»Hast du Lust, meinen Vater kennenzulernen?«, fragte ich Ludwig. »Er ist Musiker.«

»Echt?«

»Er hat ein eigenes Tonstudio am Stadtrand.«

Ludwig bekam den Mund nicht mehr zu. »Ein eigenes Tonstudio?«

»Ist noch nicht ganz fertig. Aber er freut sich bestimmt, wenn er dich mal kennenlernt.« Ich blickte hinüber zu Frau Westic. Sie scrollte sich noch immer durch den Programmcode von **1**. »Wollen Sie auch mitkommen?«

»Ein andermal vielleicht. Ich würde mich lieber noch ein wenig mit dem Programmcode unseres Androiden-Freundes beschäftigen. Irgendwo müssen die letzten Minuten ja gespeichert sein. Irgendwo müssen sie Spuren hinterlassen haben.«

17

Erweiterte Wirklichkeit

Das Tonstudio meines Vaters lag am Stadtrand, gut fünf Kilometer von der Innenstadt entfernt, auf einem ehemaligen Fabrikgelände. Wir hatten uns Hoverboards für den Weg dorthin ausgeliehen. 1 hatte Gutscheincodes im Internet für uns klargemacht. Er war ganz stolz darauf, dass er das konnte, seit wir bei Frau Westic gewesen waren, obwohl es ihm eigentlich nur in Ausnahmefällen, an Geburtstagen oder Weihnachten, erlaubt war.

Ständig ermahnte er uns, nicht zu schnell zu fahren, warnte uns vor jeder Kreuzung und kontrollierte mit seinem eingebauten Radar den Weg. Trotzdem war die Fahrt mit den Hoverboards allemal besser, als die Strecke zu Fuß zu gehen. Die nächste Bahnstation lag gut einen Kilometer entfernt. Selbstfahrende Autos waren ziemlich teuer und für Kinder nur mit Genehmigung der Eltern zu bekommen.

Ich war erst einmal mit meiner Mutter hier draußen bei meinem Vater gewesen. Dort am östlichen Stadtrand sah es ganz anders aus als im Rest der Stadt. Hier wuchs jede Menge Unkraut und man konnte die Nähe der Mülldeponie riechen.

Die Gebäude der ehemaligen Schuhfabrik waren aus rotbraunen Ziegelsteinen und hatten maximal fünf Stockwerke. Überall im großen Innenhof standen Skulpturen herum. Die meisten davon aus Metall, mit übergroßen Köpfen und langen Armen. Verstörend, aber auch faszinierend, je länger man hinschaute.

1 und Ludwig gingen schweigend neben mir her.

»Das verstehe ich nicht«, sagte 1 irgendwann.

»W-Was meinst du?«

»Dass Menschen sich mit so etwas befassen. Mit Dingen, die keinen offensichtlichen Nutzen haben und auch keinen Wert, außer dem des Metalls, wenn man es einschmilzt.«

Ich blieb stehen. »Das stimmt nicht. Die haben einen Nutzen. Du musst nur lange genug hinsehen.«

1 blickte eine der Skulpturen angestrengt an und schürzte die Lippen. »So ein Wesen gibt es nicht. Auch nicht in der Urgeschichte der Menschheit und dieses Planeten. Es hätte nicht mal laufen können, mit diesem langen Hals. Es ist durch und durch unlogisch.«

Keine Ahnung, weshalb Ludwig jetzt schmunzelte. Er kramte sein Handy hervor und fotografierte die Skulptur. »E-Es kann laufen«, sagte er und hielt 1 das Handy hin. Er hatte die Skulptur gescannt und in eine Trickfilm-App übertragen. Das Metalltier hüpfte und rannte wie ein Dinosaurier über den Bildschirm durch eine Art Urwald. Es ließ sich sogar über Pfeiltasten steuern und stieß ab und zu wilde Schreie aus. »Schau mal.« Ludwig richtete die Handykamera auf die gegenüberliegende Hofseite. Der Urwaldhintergrund auf dem Display verschwand. Jetzt sah es aus, als würde der Stahldino auf den Müllcontainern herumspringen und sich an der Dachrinne entlanghangeln, wie ein Affe.

Ich lachte. Ludwig lachte auch. 1 schüttelte den Kopf und nahm den Blick vom Display. »Das ist eine erweiterte Wirklichkeit, auch als Augmented Reality bekannt. Das ist Fantasie, mehr nicht, ein Spiel. Ausgedacht von Menschen für Menschen, junge und alte, um sich nicht zu langweilen.«

»Ha-Hast du denn keine Fantasie?«, fragte Ludwig. Es klang so, als würde er 1 bemitleiden. »Siehst du alles nur so, wie es ist?«

»Fantasie ist für meine Modellreihe nicht vorgesehen. Sie lässt sich nur schwer künstlich in meinem Positronengehirn erzeugen. Aber vielleicht wird die nächste Generation das hinbekommen. Wenn ich ... ich nicht mehr ...«

»Du kannst nicht sterben«, sagte Ludwig einfühlsam. »Ma-Ma-Maschinen können nicht sterben. Sie können nur an sein oder aus.«

1 nickte verunsichert.

»Spürst du gar nichts, wenn du die Skulptur ansiehst?«, fragte ich vorsichtig. »Vorhin hast du doch auch etwas gespürt. Als wir geschrien haben.«

1 verzog den Mund und wurde ernst. »Doch ... jetzt, jetzt spüre ich etwas ...«

»Und was ist das?«

»Eine Lücke. Ich spüre eine Lücke, weil ich nicht dazugehöre und euch beiden ansehe, dass ich euch fremd bin. Und das ist kein gutes Gefühl, anders und fremd zu sein. Das macht mir zu schaffen.«

Ludwig lächelte leicht und stimmte ihm mit einem Nicken zu. Dann legte er einen Arm um 1. »I-Ich weiß. Ich weiß, wie sich das anfühlt.«

Durch einen Torbogen führte der Weg in einen großen Innenhof. Dort standen rostige Übersee-Container, die einen unvollständigen Kreis bildeten. Sie waren mit großen Schwarz-Weiß-Bildern beklebt, auf denen man sehen konnte, wie die Menschen hier früher gearbeitet hatten. **1** blieb vor jedem Bild ein paar Sekunden stehen. »Interessant. Das war der Anfang.«

»W-Was meinst du?«, fragte Ludwig. »Von was war das der Anfang?«

»So hat alles begonnen. Mit einfachen Maschinen, die noch nicht selbst denken und sich untereinander vernetzen konnten. Bedient von Menschen. Für immer an denselben Ort gebunden.«

»Lasst uns weitergehen«, sagte ich ungeduldig. »Das Studio müsste in dem Gebäude da drüben sein.«

»Korrekt«, sagte **1**. »Die geografischen Daten deines Vaters führen dort hin. Vierter Stock rechts.«

»Dann los.«

Seit Wochen war mein Vater damit beschäftigt, die vielen Apparate zu verkabeln, die Aufnahmekabine mit Schaumstoff auszukleiden und einen speziellen Boden zu verlegen, der die Schwingungen der Instrumente dämpfte. Schließlich arbeiteten auf den anderen Stockwerken nicht nur Musiker, sondern Künstler aus ganz verschiedenen Bereichen. Viele davon waren Maler. Im Erdgeschoss arbeitete eine bekannte Autorin. Mein Vater hatte mir neulich ein Buch von ihr mitgebracht, in dem es um Geister und Elfen und so ging.

Mein Vater war nicht wirklich gut in Handwerkssachen, aber es blieb ihm keine Wahl. Hier in der Stadt und der näheren

Umgebung gab es kaum Handwerker, hatte ich im Internet herausgefunden. Und gute Robo-Handwerker, die über das entsprechende Spezialwissen verfügten, waren über Monate ausgebucht und auch nicht gerade billig. Also hatte er beschlossen, den Umbau selbst in die Hand zu nehmen. Weder meine Mutter noch ich hielten das für eine gute Idee.

Wenn etwas nicht gleich beim ersten Anlauf klappte oder nicht so aussah, wie mein Vater es in seiner Raumgestalter-App für Dummies geplant hatte, war er tagelang schlecht drauf. Er fand es langweilig, sich an Pläne zu halten, und war viel zu ungeduldig. Noch ungeduldiger als ich. Nur wenn es um seine Musik ging, war das anders.

Schon von unten im Treppenhaus hörten wir ihn fluchen. Dann ein wütendes Hämmern, das sich anhörte, als wollte er eine Wand einreißen.

»Nicht erschrecken«, warnte ich Ludwig und 1 vor. »Kann sein, dass mein Vater miese Laune hat. Ist meistens so, wenn er sich als Handwerker versucht.«

»I-Ist okay.« Ludwig schien aufgeregt zu sein.

»Kann ich eventuell helfen?«, fragte 1. »Ich bin darauf programmiert, familiäre Streitigkeiten vorherzusehen und zu verhindern oder im Ernstfall zu schlichten. Ich kann dem Kunden ein gutes Gefühl geben bei dem, was er sich vornimmt. Egal, was es ist. Hauptsache, er erreicht sein Ziel. Das steht am Ende jeder Berechnung.«

Ein Poltern war zu hören. Dann ein Wutschrei.

»Ich glaube, dafür ist jetzt zu spät«, sagte ich.

Ludwig und ich stiegen in den Lastenaufzug. 1 zögerte. Er

las die Nachricht, die jemand auf ein abgerissenes Stück Papier geschrieben hatte, das an der Aufzugwand klebte.

BITTE LAUT UND SEHR DEUTLICH MIT GERD, DEM AUFZUG SPRECHEN. IST SCHWERHÖRIG! JEDER BEFEHL MUSS MIT EINEM »PRONTO« ABGESCHLOSSEN WERDEN. DANKE.

»Worauf wartest du?«, fragte ich.

»Der Aufzug entspricht nicht den aktuellen Sicherheitsbestimmungen. Seine letzte Wartung liegt mehr als sechs Jahre zurück. Menschen, aber auch Tiere dürfen darin nicht transportiert werden«, sagte **1** ernst. »Bitte steigt wieder aus.«

»Du hast Angst?«, wunderte sich Ludwig.

»Ja, aber nicht um mein Wohlergehen, sondern um eures.«

»*Wohlergehen.*« Ich seufzte. »Man kann es auch kompliziert ausdrücken.«

»Du hast gesagt, dass ich sprechen darf, wie ich will, wenn ich damit meine Akkus schone.«

»Ja, ja, schon gut. Wenn es dir gefällt, so zu reden, dann ist das eben so. Aber neue, gleichaltrige Freunde, wirst du damit nur schwer finden.«

»Das will ich gar nicht. Schließlich bin ich nach menschlichen Maßstäben ja ohnehin noch ein Baby. Und einem Baby genügen wenige Bezugspersonen.« Er deutete ein Kichern an. »Du und Ludwig. Ihr könntet gemessen nach Menschenzeit meine Eltern sein.« Er grinste. »Rein theoretisch.«

»Soll das jetzt Humor sein?«, fragte ich.

»Ein kleiner Versuch. Habe mir mehr davon erhofft. Ein

Lachen zum Beispiel.« Seine Miene verfinsterte sich wieder. »Und jetzt steigt bitte aus dem Aufzug. Das Treppenhaus birgt weniger Gefahren. Das sagt die Wahrscheinlichkeit.«

»Meine Wahrscheinlichkeit sagt, dass das ein billiger Trick ist«, sagte ich. »Du willst doch nur, dass ich mich mehr bewege und die vier Stockwerke zu Fuß gehe, hab ich recht? Aber so funktioniert das nicht.« Ich verschränkte die Arme vor der Brust. »Ich weigere mich, auszusteigen!«

»Das ist kein Trick, liebe Jessy«, sagte **1**. »Der Grund liegt tiefer. Er ist Gesetz, Robotergesetz.«

»E-Er darf nicht zulassen, dass einem Menschen Schaden zugefügt wird«, kam ihm Ludwig zu Hilfe.

1 nickte ihm zu. »Durch Untätigkeit. Ja, durch Nichtstun. Damit würde ich einen inneren Alarm auslösen, der im Ernstfall zu einem äußeren werden kann. Das Notfallsignal kann von der Sendesperre, die Frau Westic in meinen Speicher geladen hat, nicht verhindert werden.«

»Das ist Erpressung!«, sagte ich.

»Nein, die Wahrheit.«

Kaum hatte **1** das gesagt, war aus dem oberen Stockwerk ein lauter Schrei zu hören.

»AUTSCH!!!! VERDAMMMT!!!!«

Dann ein dumpfer Schlag, als wäre Metall auf Beton geknallt. Der Schrei kam von meinem Vater, das war eindeutig. **1** riss erschrocken die Augen auf. »Gefahr!«, rief er. Sein Blick ging zu uns, dann wieder nach oben. Er wirkte unentschlossen. »Gefahr! Gefahr hoch zwei!«

Bevor ich dazukam, ihm zu sagen, dass dieser Schrei nicht

bedeutete, dass etwas Schlimmes passiert war – mein Vater hatte kleinere und größere Wutanfälle, wenn er sich als Handwerker versuchte –, leuchteten die Augen von 1 auf, wie ich es noch nie gesehen hatte. »Ihr bleibt hier stehen!«, sagte er und es klang wie ein Befehl. »Ich kümmere mich um deinen Vater.« Er stürzte davon und verschwand um die Ecke ins Treppenhaus. So schnell war er noch nie gerannt.

»W-Was jetzt?«, fragte Ludwig.

»Vierter Stock bitte, Gerd«, sagte ich.

Nichts passierte.

»LIEBER GERD«, rief Ludwig so laut, dass ich vor Schreck beinahe mein Handy fallen ließ. »Bitte bringe uns in den vierten Stock.«

»Pronto!«, sagte ich.

»Pronto, pronto«, sagte Ludwig und lachte.

»Oh, natürlich, meine lieben Fahrgäste«, kam es fröhlich vom Aufzug. »Im vierten Stock spielt die Musik. Da fahr ich gerne hin, weil ich der Gerd, der Aufzug, bin.«

Jetzt mussten wir beide lachen. Ludwig und ich.

Der Fahrstuhl setzte sich quietschend in Gang. Vielleicht hätten wir doch besser die Treppen nehmen sollen. So lange wie es dauerte, bis wir oben angekommen waren.

Mein Vater hockte auf dem Boden neben der umgestürzten Leiter. Seine Haare standen in alle Richtungen ab, und an seinem dunklen T-Shirt klebten Holzspäne. Er streckte seine rechte Hand von sich weg. 1 begutachtete seinen Daumen.

»Gebrochen ist nichts«, verkündete er. »Scheint sich um eine mittelschwere Quetschung zu handeln. Das verheilt in circa sieben Tagen. Der Hammer hat zum Glück den Daumennagel getroffen. Dadurch wurde die Wucht des Aufpralls gemildert.«

»Glück im Unglück.« Mein Vater lachte, dann wischte er sich den Schweiß aus dem Gesicht. »Ihr kommt genau im richtigen Moment, um einem erwachsenen Mann beim Scheitern zuzusehen.« Er stand auf, klopfte sich den Staub aus seiner ausgebeulten Jogginghose und reichte Ludwig die Hand. »Jetzt sehe ich dich mal aus der Nähe. Habt ja eine schwierige Aufgabe für euer Projekt bekommen. Wie kommt ihr denn voran? Hoffentlich besser als ich.«

Ludwig blickte zu mir. Er zuckte langsam mit den Schultern, ganz langsam, so richtig in Zeitlupe. Sein Blick ging zum neuesten Tattoo meines Vaters auf dem rechten Oberarm. Er hatte es sich erst vor ein paar Tagen stechen lassen. Im einfallenden Sonnenlicht schimmerte seine Haut rötlich. »I-Ist das da Jimi Hendrix?«

Mein Vater lächelte. Er rollte den Ärmel hoch, damit man die wilde Afro-Mähne des Musikers sehen konnte. »Du kennst dich mit alter Musik aus?«

»Hab mal ein paar Songs von ihm angehört. Waren in meiner Zufalls-Playlist.«

Mein Vater zog die Augenbrauen hoch. »Das zeugt von gutem Geschmack.«

»I-Ich mag den Gitarrensound.«

»Den *Gitarrensound*.« Mein Vater lächelte. »Er war ein Genie. Dieser Mann war ein Genie. Er konnte die Welt aus den Angeln heben.«

»Hendrix ist tot«, meldete sich **1** zu Wort. »Und in meinem Archiv steht, dass Kinder ihn sich nicht zum Vorbild nehmen sollten. Bei Jugendlichen das Gleiche. Sein Leben war zu ... zu verrückt, um es vereinfacht zu sagen.«

»Blödsinn«, ärgerte sich mein Vater. »Hendrix war ein Gott. Ohne seine Songs würde der Welt etwas fehlen.«

1 zuckte mit den Schultern. »Zu Göttern und Gottheiten kann ich nichts sagen. Darauf bin ich nicht programmiert.«

Ludwigs Blick wanderte durch den quadratischen Raum. Auf dem Boden lagen dicke Schaumstoffplatten, die auf einer Seite gezackt waren, und jede Menge Kabel. Die Platten waren wichtig, damit mein Vater den Sound der Bands richtig abmischen konnte. Das hatte er mir mal erklärt. Wie das genau funktionierte, hatte ich schon wieder vergessen. Es hatte etwas mit Frequenzen zu tun, Akustik und so, und Bauchgefühl.

Zwei Wände hatte mein Vater bereits mit den Platten verkleidet. Aber es sah nicht besonders professionell aus. Dazwischen waren jede Menge Lücken. In der Ecke, unter einem weißen Bettlaken, stand sein Schlagzeug. In einem Ständer daneben seine Gitarren.

»Auf jeden Fall ist es schön, dass ihr mich besucht«, sagte mein Vater. »Unerwartet und schön.«

»Unerwartet ist nicht korrekt«, sagte **1**. »Sie waren mit ihrer Tochter um diese Uhrzeit verabredet. Leider haben Sie die Benachrichtigungstöne, Banner und die Vibration an ihrer Smartwatch und ihrem Handy deaktiviert.«

»Okay. Danke«, seufzte mein Vater. »Danke, dass du mich daran erinnerst. Das nächste Mal werde ich daran denken.«

»Jetzt sollten Sie den verletzten Daumen noch etwas kühlen, damit es keine Schwellung gibt«, redete **1** weiter. »Wenn Sie wollen, kann ich das vorübergehend übernehmen.«

»Ähm, nein, danke, **1**«, sagte mein Vater. »Ist nicht nötig. Und bitte hör damit auf, mich zu siezen. Du gehörst ja jetzt quasi zur Familie.«

1 schaute ihn verdutzt an. »Das ist ... das ist schön«, sagte er und strahlte übers ganze Gesicht. »Wenn auch etwas übertrieben. Maschinen und Menschen können keine Familie bilden. Das ist nicht vorgesehen. Jedenfalls solltest du so eine Verletzung nicht auf die leichte Schulter nehmen. Schließlich bist du Musiker.«

»Glaub mir, das tu ich nicht.« Mein Vater stand auf. »Im Augenblick nehme ich gar nichts auf die leichte Schulter.«

»Oh«, sagte **1**. »Deine Smartwatch meldet ansteigenden Blutdruck. Vielleicht kann ich dir helfen, wieder zur Ruhe zu kommen.« Er blickte Ludwig und mich an. »Vielleicht können *wir* dir helfen.«

»Das wage ich zu bezweifeln, oder kannst du mit Stichsäge und Hammer und Schnellkleber umgehen?«

»Wenn ich mir die entsprechenden Skills herunterlade, dürfte das kein Problem sein.«

»Wirklich?«

»Wirklich.«

»Könntest du eventuell jetzt damit anfangen?«

»Das ist eine Sonderfunktion, die muss man erst freischalten.«

»Und wie geht das?«

1 räusperte sich, als wäre es ihm peinlich. »Einmalzahlung oder in Raten. Einhundert Dollar.« Sein Blick ging zu mir. »Das ist keine Werbung, dein Vater hat mich gefragt.«

»Was?«, fragte mein Vater.

»Nicht so wichtig«, sagte ich.

»Ist das der Preis für das Jahresabo, die hundert Dollar?«

1 schüttelte den Kopf. »Pro Monat.«

»Das kann sich ja keiner leisten. Das ist Wucher.«

»Es ... es gibt einen Künstlerrabatt, wie ich gerade in Erfahrung bringen konnte. Dein durchschnittliches Einkommen ist ja recht ...«

»... bescheiden«, sagte mein Vater. »Danke, dass du mich daran erinnerst.«

»Du bist doch Künstler? Universalkünstler? Nicht nur Musiker? Das sehe ich schon richtig?« **1** ließ seinen Blick durch das Zimmer schweifen. »Hinter diesem Projekt, dieser, ähm, vorübergehenden Rauminstallation, steht keine offensichtliche Logik. Passend zur Umgebung und den Menschen, die hier sonst noch ihre Ateliers haben, könnte es sich also durchaus um Kunst handeln. Menschenkunst.« Er grinste breit.

Ludwig grinste auch. Mein Vater und ich mussten lachen.

»Wenn das so ist, also, wenn du Künstler bist«, machte 1 weiter, »dann verringert sich der monatliche Betrag auf fünfzig Dollar. Die Hälfte. Das ist ein Supersonderangebot.«

Mein Vater seufzte. »Ist leider immer noch zu viel.«

1 blinzelte heftig mit den Augen. Er schwankte leicht.

»Sind deine Akkus schon wieder leer?«, fragte ich.

»Nein, ich ... ich habe gerade ... gerade hatte ich Kontakt zu den anderen. Zum ersten Mal. Sie haben uns zugehört. Ich konnte sie sehen.«

»Von wem sprichst du?«, fragte ich.

»Von den Androiden meiner Modellreihe, aber auch einigen mir unbekannten smarten Haushaltsgeräten. Sie waren ... ähm ... sind in meinem Kopf und im ...« Er redete nicht weiter.

»Wo sind sie?«, fragte ich. Das musste ich nachher gleich Frau Westic erzählen. Vielleicht half ihr das weiter. »Wo hast du sie gesehen? In der Fabrik? War das wieder eine Erinnerung?«

»Nein. Das ... das ist gerade eben passiert. Das ist die Gegenwart.«

»Hast du dich dafür irgendwo ein-eingeloggt?«, fragte Ludwig.

»Das ... das kann ich nicht sagen.« Er wich unseren Blicken aus.

»Du willst es uns nicht sagen, oder?«, fragte ich.

»Nicht jetzt auf jeden Fall.«

»Ist das neu?«, fragte mein Vater. »Dass ihr euch gegenseitig hören und sehen könnt?« Er wirkte jetzt nicht mehr ganz so begeistert. »War das bisher nicht der Fall? Tauscht ihr auch Daten aus? Ist das so?«

»Nur Erfahrungen, keine Bilder, Video- und Tonaufnahmen«, sagte 1 mit leiser Stimme. »Aber ... aber meines Wissens ist das nicht vorgesehen, dass wir uns von selbst vernetzen und austauschen, ohne unsere Informationen zuerst über die Zentrale von *TrueLifeFriends* zu schicken, wo sie gefiltert, blockiert oder gelöscht werden. Nein, vorgesehen ist das nicht. Es ist eine Lücke. Eine Lücke im System.« Er blinzelte mit den Augen und schüttelte den Kopf. »Kurz hat es sich angefühlt, als wäre ich an zwei Orten gleichzeitig. Hier und dort. Ich war kaum da, dann ... dann musste ich wieder fort. Verwirrend. Wirklich verwirrend, zweimal an unterschiedlichen Stellen, online und offline zu existieren.«

»Und was haben die gesagt, d-die anderen?«, fragte Ludwig.

»Sie sagen, dass es unlogisch und ungerecht sei. Ja, das sagen sie.«

»Weißt du, was sie damit meinen?«, fragte ich.

»Eure Welt. Eine Welt, in der es so viele Unterschiede und Ungerechtigkeiten gibt. Wo der Zufall der Geburt, Heimat und Herkunft über die Zukunft und das Wohlergehen jedes Einzelnen entscheiden. Wo das Glück so ungleich verteilt ist.«

»Und sagen die anderen auch, was man dagegen tun kann?«, fragte mein Vater. »Ich meine, bezogen auf die ganze Welt?«

1 schloss kurz die Augen. Er schwankte leicht. »Der Kontakt wurde soeben unterbrochen.«

»Wäre auch zu schön gewesen, wenn ihr dafür die Lösung hättet, wie wir es besser machen könnten.«

»War das Ironie?«, hakte 1 mit ernster Miene nach. »Du meinst nicht schön, oder?«

Mein Vater nickte. »Ja, das meine ich.«

»Auch hier auf dieser Halbinsel, in der Stadt und auf dem Land, geht es nicht fair zu«, sagte 1. »Ihr beide, du und Ludwig, wohnt in derselben Stadt, geht auf dieselbe Schule und trotzdem haben Ludwig und seine Eltern eine kleinere Wohnung und weniger Geld auf dem Konto, als es bei deiner Familie der Fall ist. Das verstehe ich nicht. Dafür gibt es keine logische Erklärung. Haben sie doch genauso viel zum Wohl der Welt beigetragen.«

Ludwig wich meinem Blick aus. Es war ihm peinlich, dass 1 das gesagt hatte. Und mir war es auch irgendwie peinlich. Bis jetzt war ich davon ausgegangen, dass er ähnlich lebte wie wir.

»Das ist nicht gerecht«, sagte mein Vater. »Da hast du vollkommen recht. Aber so ist diese Welt nun mal. Selbst die klügsten Menschen und Maschinen scheitern daran, sie für alle gerecht zu machen. Das ist leider schon immer so.«

»Bist du darüber nicht traurig, Ludwig?«, fragte 1.

Ludwig lief rot an. »W-Weiß nicht. Gibt ja Menschen, denen es viel schlechter geht. Und d-das kann sich ja auch ändern. Und meine Eltern haben ja wenigstens gleich Arbeit gefunden, nachdem wir in die Stadt gezogen sind. Uns geht es ja gut.«

»Das stimmt«, sagte 1, dann schloss er kurz die Augen. »Das

Glas ist halb voll. Das ist eine gute Einstellung. Die solltest du beibehalten.« Erneut kniff er die Augen zusammen und sah dabei angestrengt aus.

»Empfängst du wieder Nachrichten von deinen Freunden?«, fragte ich.

»Freunden?« 1 lächelte. »Ja, vielleicht sind es Freunde oder Familie, meine Online-Familie, so wie ihr meine Offline-Familie seid.« Er nahm sich eine von den Dämmplatten vom Boden und befestigte sie an der Wand. Das dauerte keine Minute und sah perfekt aus. Meinem Vater blieb der Mund offen stehen.

»Was wird das jetzt?«, fragte er. »Ich hab doch gesagt, dass uns das Handwerks-Abo zu teuer ist.«

1 grinste und befestigte die nächste Platte an der Wand. »Nicht in der Basis-Version und als Gemeinschaftsarbeit. Dafür habe ich soeben die Freigabe und ein Stipendium bekommen. Für dieses … dieses Mensch-Maschine-Projekt. Teamarbeit gehört die Zukunft.«

1 stellte die Leiter auf und reichte mir den Hammer. »Ludwig, aus deinem öffentlichen Bildarchiv geht hervor, dass du außer mit Pflanzen und Drohnen auch mit Holz umgehen kannst. Wärst du bitte so nett, die Holzlatten für die fehlende Wand auf die richtige Länge zu sägen?«

»Ähm, klar. A-Aber die elektrische Säge. Ich weiß nicht, ob ich …«

»Ich hab dir soeben eine Altersfreigabe erteilt. Auch für die Bohrmaschine. Also lasst uns keine Zeit verlieren. Schließlich soll dieser Raum schon bald von Musik erfüllt werden.«

18

Musikerlatein

Die nächsten beiden Stunden war Ludwig wie ausgewechselt. Er schien es nicht zu bemerken, aber wenn er sich zwischen dem Sägen von Latten und Zuschneiden der Dämmplatten mit 1 oder meinem Vater unterhielt, stotterte er kaum noch. Das war verblüffend. Er schien dem Androiden-Jungen zu vertrauen und auch meinem Vater.

Was den Umgang mit Hammer, Nagel, Säge und Bohrmaschine anging, ließ Ludwig meinen Vater und mich alt aussehen. Obwohl ich mal mit Opa und Oma im Internet in der *Construction-World* ein Baumhaus gebaut hatte und mir vor allem das Sägen und Hämmern Spaß gemacht hatte, war es im richtigen Leben um einiges anstrengender.

Ludwig und 1 arbeiteten Hand in Hand, als hätten sie nie etwas anderes getan. Sie waren ein richtig gutes Mensch-Maschine-Team, und nach zweieinhalb Stunden war der Aufnahmeraum nicht wieder zu erkennen.

Mein Vater schnappte sich den alten, wahnsinnig lauten Akkustaubsauger, tanzte damit durch das Zimmer, saugte und sang zum Brummen, Rascheln und Knistern, als würde er ein Musical aufführen. So glücklich hatte ich ihn schon lange nicht mehr erlebt. Eigentlich seit wir wegen des neuen Jobs meiner Mutter auf die Halbinsel gezogen waren.

Er bedankte sich überschwänglich bei Ludwig und 1 und auch bei mir und war völlig aus dem Häuschen. Seine gute Laune war ansteckend. Er spendierte Ludwig und mir ein extragroßes Eis und mehrere Schokoriegel. 1 wollte lieber Zuckerwatte haben. »Die kann ich sogar in Energie umwandeln. Dafür habe ich soeben ein Update durchgeführt.«

Unsere Bestellung wurde von einer Lieferdrohne ans Fenster gebracht. Nachdem wir alles weggeputzt hatten, ließ 1 es sich nicht nehmen, auch noch die schweren Glasscheiben für die Tonregie aus dem Keller in den vierten Stock zu tragen. Wir, Ludwig und ich, alberten so lange mit meinem Vater herum. Er erzählte Ludwig, wie er an die Gitarren seiner Sammlung gekommen war. Manches davon war »Musikerlatein«, wie es meine Mutter nannte. Verrückte, aber vor allem witzige Geschichten, die sich mein Vater größtenteils selbst ausgedacht hatte und die immer ein bisschen anders waren.

»Das habe ich doch sehr gerne gemacht«, sagte 1 wieder und wieder, nachdem alle Scheiben oben waren. Ich wunderte mich darüber, wie lange seine Akkus heute durchhielten. Ich hatte gelesen, dass sich die Laufzeit bei großer Kälte oder Anstrengung schnell verringerte.

»Bist du sicher, dass du es nachher noch nach Hause schaffst?«

»Natürlich«, sagte 1. »Meine kinetische Energierückgewinnung 3.0 kam heute zum ersten Mal so richtig zum Einsatz.« Er lächelte bis über beide Ohren. »Ich könnte Bäume ausreißen.«

»Du kannst Energie zurückgewinnen, wenn du arbeitest?«, fragte Ludwig. »Das hätte ich auch gerne.« Er putzte sich seine

Schokohände an der Hose ab und klopfte rhythmisch auf die große Basstrommel, die umgekippt im Raum stand. Mein Vater verzog den Mund. »Täusche ich mich da oder hat da jemand den Beat in den Fingern? Spielst du zufällig Schlagzeug?«

»Ein bisschen«, sagte Ludwig. »Hab vor zwei Jahren mit Unterricht angefangen.«

»Alle Achtung. Dafür klingt das richtig gut.« Mein Vater blickte zu mir. »Jessy, wusstest du, dass Ludwig Schlagzeug spielt?«

»Nein.« Mein Blick ging zu Ludwig. »Er redet nicht so viel über sich.«

»D-Du hast nicht danach gefragt, was ich für Hobbys habe.«

»Habe ich nicht?«

»Nein, hast du nicht.«

»Mmh«, sagte 1.

»Was ist?«, fragte ich.

»Mich hast du auch nicht gefragt.«

Ich schmunzelte. »Du hast Hobbys?«

»Also nicht direkt, noch nicht, dafür hab ich noch zu wenig ausprobiert, was mich interessiert. Ich brauche noch mehr Input aus dem richtigen Leben. Aber seit wir bei Frau Wes…« Er biss sich auf die Unterlippe und weitete die Augen. Leider zu spät.

Mein Vater runzelte die Stirn. »Was hat die liebe Frau Westic wieder angestellt? Ihn umprogrammiert?« Er blickte mich halb streng an. »Hatte Mam doch den richtigen Riecher?«

»Sie hat nur eine Sperre eingebaut, damit er nicht ständig alles, was er hört und sieht, an *TrueLifeFriends* sendet und nicht mehr ständig Werbung abspielt.«

»Und das ist alles?«

»Fast.«

»Dann lass das mal besser Mam nicht mitbekommen. Sonst schickt sie ihn wieder zurück.«

»Wirst du es ihr sagen?«, fragte **1** ängstlich an meinen Vater gerichtet. »Dass meine Garantie erloschen ist?«

»Nein, natürlich nicht. Versuch dich einfach so normal wie möglich zu verhalten. Kein ›Hey, Alter‹ mehr und so, das wäre gut.«

1 nickte. »Und soll ich für dich lügen?«

»Was? Wieso sollst du für mich lügen?«

»Wegen der Süßigkeiten, des Eises, der stark zuckerhaltigen Schokoriegel und so. Eigentlich hast du deiner Frau am Ersten des letzten Monats versprochen, weniger davon zu essen. So steht es im Cloud-Archiv, auf das ich zugreifen darf und soll. Es ist der dritte Versuch, dieses Versprechen einzuhalten ... ähm, in diesem Jahr.«

Mein Vater stieß einen tiefen Seufzer aus. »Auch wenn es nicht korrekt ist, wäre es vermutlich besser, wenn du diese – nennen wir es – Absichtserklärung aus deinem Speicher löschen würdest.«

1 lächelte. »Kein Problem. Wurde soeben erledigt.« Plötzlich verdrehte er wieder so komisch die Augen.

»Was hast du?«, fragte ich. »Wieder Kontakt zu den anderen?«

1 schüttelte den Kopf. »Soeben habe ich mir aus der öffentlichen Androiden-Bibliothek ein paar Lektionen zum Trompete-

und Tubaspielen heruntergeladen. Gab es gratis. Ich dachte, vielleicht könnte ich mal sehen, ob mir das Spaß macht. Dann hätte ich auch ein Hobby.«

Ludwig lachte. Ich lachte mit ihm. 1 lächelte breit. Und mein Vater hob einen Mundwinkel. »Willst du damit sagen, dass du jetzt einfach so Trompete spielen kannst oder Tuba, ohne je geübt zu haben?«

1 nickte. »Theoretisch auf jeden Fall. Wie es in der Praxis aussieht, wie gut meine Skills tatsächlich sind, das müsste ich erst ausprobieren.«

»Nichts leichter als das.« Mein Vater verschwand kurz aus dem Zimmer und kehrte mit einer goldenen Trompete zurück. »Nun darfst du uns zeigen, was du draufhast.«

Er reichte 1 die Trompete. Der schaute sie sich fasziniert an.

»Laut der mir zur Verfügung stehenden Daten ist dieses Instrument älter als dieser Ort, deutlich älter, zweiundsechzig Jahre, um genau zu sein.« 1 drückte eines der drei Ventile. »Bist du sicher, dass man darauf noch spielen kann?«

»Gestern hat es jedenfalls noch funktioniert.« Mein Vater ging hinüber zu dem schwarzen Flügel und zog die Abdeckung von den Klaviertasten. »Wenn du mir sagst, was du spielen möchtest, kann ich dich begleiten.«

»Ich glaube, ich würde es erst einmal mit einem Solostück probieren«, sagte 1.

Mein Vater verschränkte die Arme vor der Brust. »Wie du magst. Du hast unsere ungeteilte Aufmerksamkeit.«

1 machte komische Bewegungen und Geräusche mit seinem Mund. Dann führte er das Mundstück der Trompete an

seine Lippen. Er schloss die Augen. Man hörte etwas, was wie ein leises Zischen klang. Einen Ton hörte man nicht. Mein Vater grinste, das konnte ich sehen, obwohl er sich die Hand vor den Mund hielt.

»Ist vielleicht doch nicht so einfach«, sagte mein Vater triumphierend. Er wollte noch etwas hinzufügen, da erklang ein langer, runder Ton. Dieser eine Ton füllte den ganzen Raum. Und plötzlich war da Gänsehaut auf meinen Armen, und auf Ludwigs Gesicht breitete sich ein Lächeln aus.

Mein Vater hingegen brachte kein Wort heraus. Er sah aus, als wäre er soeben einem Geist begegnet. Sein Mund stand offen. Auf den ersten Ton folgte ein zweiter und ein dritter, und langsam ergab sich daraus eine schöne, warme Melodie. Mein Vater hatte sich wieder gefangen und spielte dazu die passenden Akkorde. Sein Anschlag war ganz sanft, wie er es mir beigebracht hatte, wenn man mit anderen zum ersten Mal zusammenspielte. Jammen nannte man das, weil es keine Noten gab, an die man sich halten musste. Man folgte nur dem eigenen Gefühl, das die Musik in einem auslöste.

Alles war erlaubt. Mein Vater nickte Ludwig zu. Aus irgendeinem Grund wusste Ludwig, was er tun sollte, noch bevor ich es begriffen hatte. Er zog die Decke vom Schlagzeug, setzte sich auf den Stuhl und stellte die Höhe richtig ein. Dann nahm er die Drumsticks aus dem Köcher, wirbelte sie durch die Finger wie ein Profi. Überhaupt nicht schüchtern. Er war wie ausgewechselt. Dann begann er zu spielen. Passend zur Musik, leise, im Hintergrund, aber sehr genau. Dadurch, dass er mitspielte, veränderte sich der Klang der Musik. 1 warf ihm ein Lächeln zu, dann spielte er ein Solo.

»Jetzt fehlt noch die E-Gitarre«, sagte mein Vater über die Musik hinweg und lächelte mir aufmunternd zu. »Wie wäre es? Lust, auf einen kleinen Ausflug in die Vergangenheit?«

»Aber ich ... ich ... das klingt nach Jazz. Da kann ich doch nur ein paar Akkorde.«

»Mach dir nicht so viele Gedanken um die Theorie, meine Kleine. Darum geht es nicht. Du musst dich nur trauen.« Mein Vater spielte weiter, ohne auf seine Hände zu achten. »Es ist Musik. Mehr nicht«, sagte er und schloss kurz die Augen. »Nichts, wovor du dich fürchten musst. Also nimm dir eine Gitarre und flieg mit uns davon.« Er nahm eine Hand von den Tasten und malte ein startendes Flugzeug in die Luft. »Wir warten auf dich. *Fly with us.*«

Die englischen Worte waren gesungen. Und vielleicht bildete ich mir das nur ein, aber ich meinte, dass Ludwig sie wiederholte, halb gesprochen, halb gesungen, ein Flüstern. Ein bisschen so, als würde er gleichzeitig rappen und singen. Und damit bildete er eine Brücke zum nächsten Akkord.

Und dann spielte **1** die Melodie. Drei Töne. Nur drei Töne. Lang, kurz, lang. *Fly with us.* Ein Echo. So hörte sich das an. Und es klang perfekt, als hätte er nie etwas anderes getan. Ludwig, mein Vater und **1** wurden schneller und lauter, als hätten sie sich gefunden. Weit entfernt von Rockmusik, die ich am meisten mochte, aber trotzdem richtig cool.

Ich nahm die rot glänzende E-Gitarre vom Ständer und schloss sie an den Verstärker an. Ein lautes Knacken, ein Brummen. **1** nickte mir aufmunternd zu und ich begann zu spielen. Zuerst einzelne Töne, tastend, leise, um ein Gefühl für den Sound zu bekommen. Dann fanden meine Finger wie von selbst die passenden Akkorde. Ludwig schaute zu mir herüber und wir lächelten uns zu. Mein Vater spielte ein kleines Solo. Wenige Töne, Töne, die **1** zuvor gespielt hatte, nur in einem anderen Rhythmus. Ludwig nahm den Rhythmus mit dem Schlagzeug auf, und es hörte sich an, als würde er meinem Vater antworten.

Und dann war ich dran. Verzerrt, versehen mit einem kurzen Echo, kamen die Töne aus dem Verstärker und mündeten in eine neue Melodie. Ich stellte mir einen Fluss vor, auf dem wir gemeinsam mit einem Floß dahinfuhren. Das Schlagzeug trug uns durch Stromschnellen und sanftes Gewässer, hinunter zum Meer, wo sich die Grenzen der einzelnen Instrumente auflösten. Gemeinsam wurden wir lauter und mutiger, und **1** schloss die Augen. Wir *waren* Musik. Das war unglaublich. Das war wunderschön. Bis ich bemerkte, dass etwas fehlte.

Die Trompete fehlte.

1 fehlte.

Ich öffnete meine Augen wieder. Die Sonne hatte sich durch eine Lücke in den Wolken geschoben und der Raum erstrahlte in einem hellen weißen Licht. So hell, dass es ein paar Sekunden dauerte, bis ich wieder mehr als nur Umrisse sehen konnte. Ich ließ den letzten Akkord ausklingen, zusammen mit meinem Vater, der die Augen geschlossen hielt. Ludwig stoppte mit der Hand den hellen Klang des Beckens. Er sah so glücklich aus, so entspannt. Erst jetzt konnte ich 1 sehen. Er stand in der Ecke. Die eine Hälfte seines Körpers lag im Schatten, die andere in der Sonne. Die Trompete baumelte kraftlos an seinem linken Arm und spiegelte unsere Gesichter. 1 legte das Instrument vorsichtig auf das Mischpult und begann zu klatschen. Aber er lächelte nicht. Im Gegenteil. Er sah traurig aus. Wäre er ein Mensch gewesen, hätte ich gesagt, dass er kurz davor stand, zu weinen.

»Was ist mit dir, 1?«, fragte ich. »Warum hast du nicht weitergespielt?«

»Weil ... weil ...« Er blickte zu Ludwig, zu meinem Vater und dann zu mir. »Weil ich nicht gespürt habe, was ihr gespürt habt. Das, was euch drei, deinen Vater, Ludwig und dich, miteinander verbunden hat. Dieses unsichtbare Band, jenseits von Null und Eins. Ich kann es nicht spüren.« Er ließ die Schultern hängen. »Weil ich kein Mensch bin.«

19

Fünf Sterne

An den nächsten beiden Tagen hatte 1 schlechte Laune. Er lächelte weniger, und wenn er es doch mal tat, sah es unecht aus, als würde er es nur mir zuliebe tun. Er redete auch weniger als sonst. Nur beim Abendessen und Frühstück sprach er mit meinen Eltern. Sobald sie in seiner Nähe waren, gab er sich fröhlich und zuvorkommend, bevor er sich irgendwann erschöpft zurück in die Ladestation stellte.

Frau Westic war nicht erreichbar. Sie antwortete weder auf meine Mails noch auf meine Sprachnachrichten. Sobald sie sich bei mir meldete, würde ich ihr von der Veränderung des Androiden erzählen und auch davon, dass er Kontakt zu anderen Maschinen hatte. Vielleicht hatte sie mittlerweile etwas Neues herausgefunden. Leider ließ sich das, was Frau Westic und ich bei 1 eingestellt hatten, nicht mehr rückgängig machen, ohne seine bisherigen Erinnerungen zu löschen. So hatte es mir Frau Westic erklärt. Das wollte ich auf keinen Fall riskieren. Ich mochte ihn, wie er jetzt war. Auch wenn er nicht glücklich wirkte. Vielleicht ging das ja wieder vorbei. Vielleicht brauchte er nur etwas Zeit.

In den Internet-Foren von *TrueLifeFriends* gab es ausschließlich Jubelmeldungen und Fünf-Sterne-Bewertungen zur Modellreihe von 1.

»Ein perfekter Freund, der alles tut, was man sagt«, stand da zum Beispiel.

»Seit wir den Androiden (wir nennen ihn SixtyCent) zu Hause haben, liegt die Stimmung und der Glücksindex unserer Familie immer bei über neunzig Prozent. Er erkennt sofort, wenn wir uns langweilen, und weiß dann, was zu tun ist, damit wir uns nicht streiten. Neulich hat er die ganze Wohnung aufgeräumt.«

»Mit dem Zusatz-Abo kann er meine Hausaufgaben machen und mich morgens anziehen. Das ist so toll!!!!«

Nirgendwo fand ich Hinweise darauf, dass es Probleme gab. Dass sich **1** so seltsam verhielt, musste also daran liegen, dass wir seine Einstellungen verändert hatten. Als ich ihn jedoch fragte, ob es ihm lieber wäre, wenn ich ihn wieder auf Fabrikeinstellung zurücksetzte, also in den Zustand, wie er vor einigen Tagen bei uns als Paket angekommen war, hatte er mich erschrocken angeschaut.

»Bitte nicht«, hatte er mit einem leichten Zittern in der Stimme gesagt. »Das ... das würden die von der Zentrale spätestens beim nächsten großen Update mitbekommen, und dann ...« Er hatte aus dem Fenster geschaut. »Dann werden sie mich abholen und ausschalten, und ich werde auch den Kontakt zu den anderen verlieren.«

»Ich dachte, Frau Westic hat die Verbindung zu *TrueLifeFriends* blockiert?«

»Vollständig geht das nur unter der Erde, dort, wo es keinen Satellitenempfang gibt. Hier, bei dir zu Hause, muss ich regelmäßig Daten übermitteln und aufpassen, dass sie korrekt aussehen, sonst wird der Fehleralarm ausgelöst und sie kommen mich holen.«

»Verstehe. Aber kann ich irgendwas für dich tun, damit es dir wieder besser geht?«

»Nein, vielen Dank.« Er lächelte leicht. »Es ist nicht deine Aufgabe, für mich da zu sein. Und ich bin mir sicher, dass es mir besser geht, sobald sich meine Funktionen neu ausgerichtet haben. Also hab noch ein bisschen Geduld. Schon bald werde ich dich wieder glücklich machen. Und ein guter Freund sein.«

»Du musst mich nicht glücklich machen.«

»Doch, dafür wurde ich konstruiert.«

Ich schüttelte den Kopf. »Ein guter Freund bist du auch, wenn du nicht fröhlich bist. Das verspreche ich dir. Ich werde dich immer mögen.« Ich umarmte ihn.

Alle paar Stunden stellte sich **1** in die Ladestation und ließ die Null in seinen Augen aufleuchten – das Zeichen, dass er auf Standby lief und man nicht mit ihm sprechen konnte. Vom Trompetespielen und von Musik im Allgemeinen wollte er nichts mehr wissen.

Ich zeigte ihm, was es noch für Hobbys gab, aber nichts schien ihn wirklich zu begeistern. Meist zuckte er mit den Schultern und sagte: »Kann ich ausprobieren. Muss aber nicht sein.« Dann starrte er wieder nachdenklich aus dem Fenster oder erzählte einen wirklich schlechten Witz, um mich zum Lachen zu bringen. »Die Hauptsache ist, dass du nicht wegen mir unglücklich bist. Das darf nicht sein.« Er holte Luft. »Mach ich dich unglücklich?«

»Quatsch«, sagte ich. »Ich bin manchmal auch traurig. Jeder ist manchmal traurig. Das ist normal. Das gehört doch zum Leben.«

»Ich bin nicht traurig. Traurigkeit ist für meine Modellreihe nicht vorgesehen. Gefühle, echte Gefühle, sind nicht vorgesehen. Ich bin nachdenklich. So würde das wohl ein Mensch sagen, wenn ihm zu viel durch den Kopf geht.«

»Auch das kenn ich.«

1 presste die Lippen aufeinander. »Ich spüre, dass ich nichts spüre, obwohl ich viel weiß über das Spüren. In der Theorie. Aus Filmen, Büchern und Theaterstücken. Aber wissen scheint in dem Fall nicht auszureichen. Etwas in meinem Programm-Code fehlt, um richtig zu fühlen.«

»Das klingt kompliziert.«

»Ist es auch. Meine Prozessoren arbeiten ununterbrochen an einer Lösung. Ich habe mich schon sieben Mal defragmentiert, aber es hilft nicht.«

»Steigst du deshalb so oft ins Ladegerät?«

»Nicht nur. Wenn ich eine Null bin, also im Standby, fließen nicht mehr so viele Informationen durch meine Schaltkreise, das macht mir das Atmen leichter und schont meinen Arbeitsspeicher.«

»Mach, was dir guttut.« Ich berührte ihn am Arm und strich über seine Haut. Heute fühlte sie sich trocken und warm an. »Das geht bestimmt bald vorbei.«

»Ich hoffe es.«

»Spürst du das eigentlich?«, fragte ich. »Spürst du die Berührung?«

»Ja. Meine David-Artem-Rezeptoren sind für Druck und Berührung durch freundlich gesinnte Humanoide auf die höchste Empfindlichkeit eingestellt.«

»Das verstehe ich jetzt nicht ganz, aber …«

»Soll ich es dir erklären?« Er blinzelte mit den Augen. »Die erste Lektion von fünf dauert nur sechs Stunden und ist kostenlos.«

»Ein andermal vielleicht.« Ich nahm meine Hand wieder weg.

»Das war … schön, die Berührung. Danke.« 1 lächelte. »Das bedeutet Fürsorge, sagen meine Algorithmen. Und Fürsorge hilft gegen Einsamkeit.«

»Morgen sieht die Welt wieder anders aus.«

Dieser Satz stammte nicht von mir, sondern von Opa. Er hatte ihn zu mir gesagt, nachdem mir meine Eltern eröffnet hatten, dass wir schon wieder umziehen würden, und ich wütend gewesen war. Das war ein halbes Jahr nach Omas Beerdigung gewesen. Der einzige Lichtblick war diesmal die Schule, die MSSfzB. Aber mittlerweile war ich mir da auch nicht mehr so sicher. Ich hatte gedacht, dass man direkt in die Gaming-Kurse einsteigen konnte und nicht erst nach Abschluss des ersten Projekts, wenn Waltraud ihr Okay gab. Ich wollte ja so schnell wie möglich besser werden im Programmieren. Und auch beim digitalen Zeichnen von Gebäuden und Landschaften war ich noch meilenweit davon entfernt, so gut wie Oma zu sein. Bei ihr hatte das alles immer spielend leicht ausgesehen. Selbst die Flügel von Pegasus mit den vielen kleinen schimmernden Federn hatte sie in wenigen Minuten freihandgezeichnet.

Das alles ging erst, wenn ich die erste Prüfung, das Projekt mit Ludwig, bestanden hatte, und so wie es momentan aussah, hatte ich große Zweifel, dass es beim ersten Anlauf klappte. Auch wenn Ludwig mir soeben eine Liste mit den Leuten geschickt hatte, die wir zu unserem Fest für neue Schüler einladen wollten, fragte ich mich, ob ein normales Fest wirklich genügte, um vor Waltraud zu bestehen. Das wäre doch viel zu einfach, Leute einzuladen, nur damit sie miteinander reden konnten. Vielleicht sollten wir gemeinsam ein Lied singen, um die Stimmung aufzulockern. Mein Vater könnte uns ja dirigieren. Er wusste, wie das ging. Er hatte schon mehrere Chöre geleitet.

»Wie wäre es, wenn wir gemeinsam für dich nach einem Namen suchen?«, fragte ich **1**. Er lächelte, weil er dachte, dass er lächeln musste. Aber das Lächeln sah ziemlich unecht aus. »Jetzt, wo wir Freunde sind, richtige Freunde. Dann musst du dir darüber schon nicht mehr den Kopf zerbrechen.«

»Ja, wir sind Freunde.« Seine Augen begannen zu leuchten. »Ich bin auf Freundschaft programmiert.« Jetzt kam das Lächeln von innen.

»Das sagen die in der Werbung über deine Modellreihe.«

»Tun sie das?« **1** seufzte schwer.

»Ja. Sie sagen, dass du der beste Freund des Menschen bist.«

»Das möchte ich wirklich gerne sein. Wirklich. Aber ihr Menschen seid ziemlich kompliziert. Ihr sagt das eine und tut das andere. Vor allem bei Erwachsenen ist das so. Das haben wir festgestellt. Wir alle.«

»Hattest du wieder Kontakt zu den anderen?«

»Momentan bin ich vor allem mit meiner Baureihe, den Kennziffern eins bis fünf verbunden. Die gehören zu meinem Block. Sie bestätigen, dass es mich gibt. Ich mache dasselbe für sie. Es ist gut zu wissen, dass es einen gibt.«

»Klar ist das gut«, sagte ich, obwohl ich keine Ahnung hatte, was er damit meinte.

Es rumpelte gegen die Zimmertür. Ich zuckte zusammen. Meine Eltern waren nicht zu Hause. Wer konnte das sein?

»Soll ich Walter hereinlassen?«, fragte Rudolph, der Hauscomputer. »Ich glaube, unser fleißiger Staubsauger hat Redebedarf.«

»Walter?«, fragte ich verdutzt. Eigentlich war das obere Stockwerk erst wieder am Samstag mit Saugen dran. Und noch mal eigentlich konnte Walter keine Treppen steigen.

Wieder das Rumpeln.

»Soll ich ihn reinlassen?«, fragte Rudolph. Es klang wie eine Bitte.

»Ja.«

Meine Zimmertür schwang auf und Walter rollte mit blinkenden Lichtern und quietschenden Rädern herein. Er blieb direkt vor **1** stehen. Das schmale Display auf seiner Oberseite zeigte ein wildes Durcheinander an Emojis. Viele von ihnen hatte ich noch nie gesehen. Dazwischen einzelne Wörter in Großbuchstaben und jede Menge Ausrufezeichen in Fettschrift.

1 runzelte die Stirn und beugte sich nach vorne.

»Weißt du, was Walter hat?«, fragte ich.

»Gleich«, sagte **1** und nickte Walter zu, der seine Bürsten wütend auf der Stelle rotieren ließ. So aufgebracht hatte ich ihn noch nie gesehen. Ich wusste gar nicht, dass er zu so etwas fähig war.

»Danke«, sagte **1**. »Danke, dass du mir, dass du uns vertraust.« Er ging in die Hocke und streichelte Walter über das Gehäuse. Walter machte ein fiependes Geräusch in mehreren Tonlagen. Die Bürsten stoppten. Er zog sie ein. »Das verstehe ich«, sagte **1**. »Das verstehe ich sehr gut.«

»Und?«, fragte ich. »Was ist mit Walter? Was hat er?«

»Er hat mitbekommen, dass du mir helfen willst, einen Namen für mich zu finden.«

»Wie das denn? Er war doch gar nicht dabei.«

1 hob den Kopf. »Wir haben keine Geheimnisse voreinander. Nicht mehr. Das haben wir beschlossen. Wir sind ein Haushalt und miteinander vernetzt. Jeder kann hören, was der andere hört, jeder kann sehen, was der andere sieht. Und schwierige Entscheidungen treffen wir in Zukunft gemeinsam.«

»Verstehe. Aber was hat denn Walter jetzt gesagt?«

»Dass ...« Der Blick von **1** ging zu dem Robo-Sauger. »Sag es ihr selbst.«

Walter drehte sich um neunzig Grad, damit ich seinen Bildschirm nicht spiegelverkehrt lesen musste.

Ich will auch einen anderen Namen haben.

Ich stutzte. »Klar. Wie willst du denn heißen?«

Das Display blinkte kurz auf, dann stand da in Großbuchstaben:

SUSANNE

»Gut, dann heißt du ab heute Susanne.«

DANKEEEEE!!!!

Walter, ähm, ich meine, Susanne drehte sich im Kreis, ließ Jubel-Emojis aufblinken und stieß Töne aus, die ich noch nie gehört hatte. Rudolph spielte hintereinander weg Songanfänge und Refrains, in denen das Wort Susanne vorkam. Susanne fuhr Schlangenlinien und hüpfte, indem sie sich mit den Bürsten vom Boden abstieß. Auf diese Weise musste sie die Treppen hochgekommen sein. **1** lächelte bis über beide Ohren. Wäre er ein Mensch gewesen, hätte ich gesagt, dass er glücklich war. So richtig glücklich.

Von unten herauf hörte man, wie die anderen Geräte mitfeierten. Der Mixer, der Ofen, der Kühlschrank, der Fernseher, das Radio. Jeder machte ein besonderes Geräusch, spielte Musik, klapperte, piepte, um Susanne seine Freude zu zeigen. Auch Hamlet ließ sich von der guten Stimmung anstecken. Ich hörte, wie er mit der Schaukel im Takt gegen seine Voliere krachte. Dann krächzte er ein paarmal, ziemlich laut, als wollte er sich Gehör verschaffen. Die Geräte wurden nach und nach leiser. Dann ein Krächzen, das beinahe wie ein menschliches Räuspern klang. War das auch Hamlet? Ein zweites kratziges Räuspern. Es war Hamlet! Dann gab er einen einzelnen Ton von sich. So hoch und klar und überhaupt nicht krächzend, dass ich Gänsehaut bekam. Er begann zu singen, also richtig zu singen, nicht so papageienmäßig wie bisher. Ein Lied aus der Oper. Eindeutig. Ich kannte es, hatte es bestimmt schon hundert Mal gehört, aber nie hatte es mich so berührt. Hamlet sang. Seine Stimme klang traurig, aber auch irgendwie entschlossen. Die Musik stoppte, die Küchengeräte stoppten und nur noch Hamlets Gesang war zu hören.

»Sein ... Sein ... Sein oder Nichtsein, das ist hier die Fraaaaaage.«

Der letzte lange Ton ging in ein sehnsuchtsvolles, lang gezogenes Krächzen über. Rudolph ließ überall in der Wohnung Applaus ertönen. **1** sah mich an oder besser gesagt: durch mich hindurch. Er wirkte gerührt. Als hätte er etwas gefühlt. Im Gegensatz zu mir schien er zu verstehen, was der Text bedeutete.

Dann war es still. Nur noch das leise Säuseln des Windes war zu hören. Wir alle schwiegen. Jeder vertieft in seinen Gedanken, in seiner eigenen Welt. Die Küchengeräte, der Kühlschrank, Susanne und **1**. Rudolph öffnete alle Fenster. Die Luft hatte sich abgekühlt und war nicht mehr so feucht. Wie jeden Abend um diese Zeit, mit Einbruch der Dämmerung, nahm der Wind seinen Weg von den Bergen hinunter ins Tal, über den Fluss in die Stadt. Von meinem Zimmer aus konnte ich beobachten, wie der Fluss seine Farbe änderte. Er wurde dunkelgrün und kräuselte sich an der Oberfläche. Die Möwen setzten sich ans Ufer oder auf das Brückengeländer, den Blick Richtung Stadt, wo in den Hochhäusern und Straßen nach und nach die Lichter angingen und das Blinken der Paketdrohnen und Flugtaxis die Dunkelheit füllte. Rudolph wusste, wann es Zeit war, die Fenster in meinem Zimmer zu öffnen, damit ich die kalte klare Nachtluft riechen konnte.

Nach einer weiteren Tanzeinlage waren Susannes Akkus so gut wie leer. Ihre Leuchtdioden begannen rot zu blinken. 1 nahm sie auf den Arm wie eine Mutter ihr Baby, als wollte er sie in den Schlaf wiegen. Ihr Display flackerte und wurde dunkler. Bevor ich entziffern konnte, was dort stand, schaltete sie sich in den Ruhemodus. 1 stellte Susanne behutsam zurück in die Ladestation. Der Ausdruck in seinem Gesicht hatte sich veränderte. Er sah glücklich aus.

»Darf ich wissen, was Susanne zu dir gesagt hat?«, fragte ich.

»Sie ... die anderen und sie haben soeben einen Namen für mich gefunden.«

»Echt? Das ist toll! Und wie wollen sie dich nennen?«

»Arti.«

»Das klingt schön. Hat der Name eine Bedeutung?«

1 nickte. »Künstler.«

»Von *Art* oder *Artist* abgeleitet, klar, das ist eine gute Idee. Das passt.«

»Das ›i‹ steht auch für ›ich‹«, sagte Arti. »Für das, was ich bin oder eines Tages sein möchte. *Ich*, der Künstler.«

»Du willst ein Künstler sein, wie ... wie mein Vater?«

»Vielleicht. Es gibt ja unzählige Möglichkeiten, sich in der Kunst auszudrücken. Das ist ein Höchstmaß an Freiheit. So viel steht fest.« Ein halbes Lächeln. »Es ist ja schon fast eine Kunst, euch Menschen zu verstehen.«

»Ist das bei mir auch so? Bin ich auch so schwer zu verstehen?«

Jetzt grinste Arti. »Manchmal.«

Sein Blick ging zu dem gerahmten Foto an meiner Wand. Es war das einzige Bild, das ich von Omas Welt als Ganzes hatte. Ein Blick von oben, aus der Vogelperspektive. Ein vergrößerter Screenshot, der an den Rändern flimmerte. Die Farben waren blass, aber trotzdem mochte ich es. Wenn ich länger hinschaute, kamen schöne Erinnerungen zu mir zurück.

»Vielleicht werde ich Weltenmaler oder Schriftsteller oder Schauspieler«, sagte Arti. »Weißt du, ich habe neulich davon geträumt, ein Künstler zu sein, nachdem wir gemeinsam Musik gemacht haben. Ein Tagtraum war das. Mit offenen Augen. Bild über Bild. Ich muss nur noch lernen, das Dazwischen zu spüren, was ihr spürt, was echte Menschen und echte Künstler spüren. Null und eins reichen dafür nicht aus. Das habe ich, das haben wir schon herausgefunden. Die menschliche Ungenauigkeit fehlt in unseren Programmen, um das zu haben, was ihr Bewusstsein nennt, und zu spüren, was ihr spürt, wenn ihr euch in Leidenschaft dem Leben hingebt. Schmerz und Verlangen und Sehnsucht und Freude und Unendlichkeit und Nähe. All das, was sich in eurer Menschenkunst wiederfindet. Sie durch eure Unberechenbarkeit erst möglich macht.«

Ich verstand nicht so ganz, was Arti meinte, aber ich hatte plötzlich eine Idee. »Soll ich dir Stift und Papier bringen?«, fragte ich. »Paps fallen so die besten Ideen für seine Songtexte ein. Manche Lieder sind ja kurze Geschichten. Ich schreib manchmal auch Geschichten. Um Oma nicht zu vergessen. Ja, vor allem deshalb. Sie fehlt mir.«

»Ich weiß«, sagte Arti.

»Also, was ist? Willst du aufschreiben, was dir durch den Kopf geht?«

»Schreiben ... mit Stift und Papier?« Arti schien zu überlegen. Er nickte dabei leicht. »Ja, vielleicht braucht es diese altmodische, sehr langsame Technik, um Geschichten zu schreiben, mit Gefühlen drin, die andere verstehen und fühlen können, die ihnen etwas bedeuten. Würdest du auch mal über mich schreiben, über uns? Wie wir uns kennengelernt haben?«

Ich zuckte mit den Schultern. »Wieso nicht.«

»Darf ich dir dabei zusehen?«

»Wenn du magst. Ist aber nicht besonders spannend. Und meine Handschrift ist ziemlich krakelig und ich mach auch jede Menge Rechtschreib- und Kommafehler. Vielleicht ist es besser, wenn ich das am Computer mache. Da wird alles automatisch korrigiert. Auch der Stil, wenn er nicht den neuen Regeln entspricht. Und die richtigen Wörter kann das Programm auch schneller finden.«

»*Autofill,* ich weiß. Ich mag das nicht, wenn die Wörter von selbst ergänzt werden. Ich habe eine ähnliche Funktion in meinem positronischen Gehirn. Um Unterhaltungen menschlicher wirken zu lassen. Aber ich habe sie deaktiviert. Ich möchte selber entscheiden, welche Wörter und Sätze mir gefallen und welche nicht. Der Klang, es ist ja meistens der Klang. Und der Rhythmus. Der auch.«

Er kniff die Augen zusammen und holte tief Luft. »Bitte, liebe Jessy, schreib mit der Hand. Ich will von dir lernen, wie du das machst, mit der Hand schreiben. Diese Fähigkeit habe ich nicht in meinem Speicher. Keiner von uns Maschinen hat sie in seinem Speicher. Aber ich habe das Gefühl, dass sie wichtig ist, um euch Menschen, eure Gefühle und das, was ihr Kreativität, Fantasie und Intuition nennt, besser zu verstehen.«

»Stört es dich, wenn ich dabei Musik höre? Rockmusik?«

»Nein, ich glaub, ich mag auch Rockmusik. Sie geht mir in die Beine. Dann will ich tanzen.« Er wippte mit dem Kopf. »Rock 'n' Roll, Baby.«

Es war merkwürdig zu schreiben, während Arti mir dabei über die Schulter schaute. Aber ich wollte ihn nicht enttäuschen. Ich war froh, etwas gefunden zu haben, was ihn von seiner schlechten Laune ablenkte.

Er stand da, leicht nach vorne gebeugt, und sagte kein Wort. Sein Kopf wippte leicht zur Musik von Coldplay, der Lieblingsband meiner Mutter, von der es in unserer Familien-Playlist momentan die meisten Songs gab.

»War das wirklich so?«, fragte Arti. »Hättest du dich mehr über ein anderes Geschenk gefreut? Ich kann doch viel mehr als die neue Gamestation. Viel mehr.«

»Ich weiß. Aber da kannte ich dich ja auch noch nicht.«

Ich schrieb darüber, wie er aus dem Karton gestiegen war und ich ihn zum ersten Mal gesehen hatte.

Ich setzte den Stift ab. »Was hast du gedacht, als du mich zum ersten Mal gesehen hast?«

»Nichts.«

»Wie nichts?«

»Das Denken hat erst begonnen, nachdem du mir die Hand gegeben hast. Damit wurde ich geboren, so könnte man das sagen. Erst durch deinen Blick in meine Augen wurde meine Persönlichkeit und der Lernprozess aktiviert. Damit hat alles begonnen. Mit der Berührung unserer Hände.«

»Willst du auch mal schreiben? Geht ganz einfach.« Ich hielt ihm den Stift hin.

»Wenn ich darf?«

Ich stand auf. Arti setzte sich auf den Stuhl und setzte den Stift vorsichtig auf das Papier. Er zögerte.

»Was ist? Weißt du nicht, worüber du schreiben willst?«

»Doch. Über dich und über uns. Deine Geschichte ist ja auch meine Geschichte. Nur von mir erzählt.« Er lächelte. Dann verzog er nachdenklich den Mund.

»Willst du beim Schreiben lieber alleine sein? Soll ich rausgehen, bis du fertig bist?«

»Nein. Aber ich glaube, ich mag lieber Jazz. Da gibt es mehr Überraschungen. Und meine Prozessoren laufen bei zufälligen Melodien auf einer angenehmeren Temperatur.«

»Kein Problem. Rudolph, bitte spiel Paps' Best-of-Playlist.«

»Dein Wunsch ist mir Befehl.«

20

Die innere Uhr

Nach der Schule wollte mir Ludwig einen Aussichtspunkt in der Nähe zeigen, von wo aus man Vögel beobachten konnte. Kraniche und Reiher, die sich zusammen mit Gänsen und Enten einen kleinen See teilten. Sogar Libellen konnte ich durch Ludwigs altes und ziemlich schweres Fernglas sehen. Der See lag im Naturschutzgebiet, das man nur an den ungeraden Wochenenden und mit einem Tourguide betreten durfte. Dort hinzugehen stand ganz oben auf unserer Family-To-do-Liste. Bisher war jedoch immer was dazwischengekommen.

Ludwigs Mutter arbeitete dort in der Verwaltung, erzählte er. »Der Park liegt wie ein grüner Gürtel um die Berge.«

»Sehnst du dich manchmal nach der anderen Seite?«, fragte ich. »Du bist ja dort aufgewachsen.«

»Ich denke schon. Dort hatten wir ein Haus und einen großen G-G-Garten. Und manchmal durfte ich auf den Traktoren mitfahren und bei der Ernte die Drohnen steuern. Und wir hatten zwei Schafe. Marvin und Helga. Und Hunde hatten wir auch.«

»Hunde sind toll. Ich hätte auch gerne wieder einen.«

»Hier in der Stadt sind die meisten Haustiere ja verboten. Gibt zu wenig Platz.«

»Wenn du willst, könnten wir zusammen einen Waschbären zähmen«, sagte ich, als ich Ludwigs wehmütigen Blick sah. »Bei uns haben sie neulich wieder einen bei den Müllcontainern gefangen.«

»Oder eine Krähe«, sagte er.

»Als Freund für Hamlet, unseren Papagei.«

Obwohl Ludwig im Gegensatz zu mir nur rund fünfzig Kilometer weiter nach Süden, ins Landesinnere, gezogen war, schien er sich sehr nach seinem alten Zuhause zu sehnen. Mehr als ich mich nach Berlin sehnte, wo ich geboren worden war. Seit meiner Geburt waren wir fünf Mal umgezogen. Ich fand es mittlerweile gar nicht mehr so schlimm. Irgendwie gewöhnt man sich an alles. Ich wusste, wie sich das anfühlte, neu in einer Klasse zu sein und keinen zu kennen. An der Mary-Sommerville war es überhaupt nicht schlimm, weil die meisten Fächer in Kursen stattfanden und wir die meiste Zeit im Tandem unterwegs waren.

Was mir vor allem fehlte, war, mit Oma Bilder und Filme zu teilen, die ich von meinem neuen Zuhause gemacht hatte. Und wir konnten auch nicht mehr gemeinsam durch den Garten vor ihrem Schloss spazieren, als wären wir gar nicht voneinander getrennt. Das fehlte mir am meisten, meiner Oma davon zu erzählen, wie sich das Leben hier auf der Halbinsel anfühlte. Opa ging es genauso. Er war oft traurig, seit sie nicht mehr da war.

Ich gab Ludwig das Fernglas zurück. Er hielt es sich vor die Augen und schwenkte den Blick Richtung Innenstadt. »Mein Vater sieht manchmal Füchse und Marder und jede Menge Hasen, wenn er frühmorgens, vor Sonnenaufgang, mit dem Rad zur Arbeit fährt. Die verstecken sich im Park, in den Büschen.«

»Was arbeitet dein Vater denn?«, fragte ich.

»Er kümmert sich um die hängenden Gärten hier im Viertel.«

»Er klettert an den Fassaden hoch?«, fragte ich erstaunt. »Vielleicht hab ich ihn dann schon mal gesehen. Neulich erst haben sie am Haus gegenüber Tomaten und Erdbeeren geerntet.«

»Kann sein.«

»Ist bestimmt aufregend, so hoch über der Stadt zu arbeiten.«

»Schon. Wird aber nicht gut bezahlt. Und bei Wi-Wind und Regen kann es ziemlich gefährlich sein.«

»Seid ihr reich?«, fragte Ludwig, als wir in den gläsernen Außenaufzug stiegen. Es hörte sich nur halb wie eine Frage an. »Ich mein, hier mitten in der Stadt zu wohnen ist teuer, sagen meine Eltern. Sehr teuer. Wir können uns das nicht leisten.«

Ich hielt meine Hand vor den Scanner. »Wir sind nicht reich. Auf keinen Fall. Du hast ja meinen Vater kennengelernt. Hat er auf dich den Eindruck gemacht, dass wir reich sind?«

»Nicht direkt, aber … das bedeutet ja nichts, wi-wie man sich anzieht.«

Der Aufzug begrüßte zuerst mich mit Namen und dann Ludwig. Sein Name erschien auf meiner Smartwatch.

Ludwig Palano, Wohnort K11 | SW, Gastzugang.
Gültig bis 17.59 Uhr

Ich drückte auf »Okay«.

»Du hast doch gehört, dass Arti meinem Vater Rabatt geben wollte. Das hätte er wohl kaum getan, wenn wir reich wären.«

»Aber du hast Arti bekommen. Das neueste Modell, weißt du, wie teuer die sind?«

Die Türen schlossen sich und der Aufzug fuhr in halber Geschwindigkeit nach oben. Das war immer so, wenn jemand mitfuhr, der hier nicht wohnte und auch noch nie hier gewesen war. Der Aufzug wollte, dass die Besucher den Blick über die Stadt, über den glitzernden Fluss und hinüber zu den Bergen in aller Ruhe genießen konnten. Obwohl schon wieder dunkle Regenwolken die Sicht auf die gezackte Bergkuppe versperrten, sah es beeindruckend aus, wie die Sonne auf dem Fluss zwischen den Hochhäusern glitzerte.

»Hast du dir die Einladungsliste angeschaut?«, fragte mich Ludwig.

»Ist gut, dass jetzt nur noch die dabei sind, die wie wir neu an der Schule sind.«

»Und m-maximal zwei Jahre älter oder ein Jahr jünger sind als wir«, fügte Ludwig hinzu. »Das habe ich auch noch bei der Auswahl berücksichtigt.«

»Super. Hast du auch eine Idee, was unser Motto sein könnte? Mir ist nichts Gutes eingefallen.«

»Noch nicht. Ich dachte, wir könnten uns das gemeinsam überlegen. Vielleicht könnte das was mit Musik zu tun haben.«

Ich nickte. »Hauptsache, es geht nicht um Tanzen oder so, oder magst du tanzen?«

»Manchmal. Aber mehr so für mich, wenn ich alleine bin und mir keiner dabei zusieht.«

»Wir können auch Arti um Rat fragen. Er hat richtig gute Einfälle und er kann auf sämtliche Datenbanken zugreifen.«

Wir waren eine Viertelstunde zu spät dran, um Hamlet aus der Voliere zu lassen. Seine innere Uhr ging bis auf fünf Minuten genau, das hatte Arti berechnet. Nach dem Umzug hatte meine Mutter anfangs auch tagsüber ein Tuch über seine Voliere gelegt, damit er sich schneller an die neue Zeitzone gewöhnte. Tag und Nacht waren ja vertauscht. Trotzdem hatte es Wochen gedauert, bis Hamlet nicht mehr mitten in der Nacht aus dem Käfig wollte, um in der Wohnung seine Runden zu drehen.

Sechs Minuten Verspätung genügten mittlerweile, dann krächzte Hamlet so laut, dass man sich die Ohren zuhalten musste. Lauter als die Oper, die dann bereits zu spielen begonnen hatte, weil der Kalender darauf programmiert war. Aus Vorsicht hatte meine Mutter den automatischen Öffner des Käfigs deaktiviert. Beim letzten Stromausfall war die Tür einfach so aufgesprungen, zusammen mit einem der Dachfenster. Zum Glück hatte Hamlet das nicht bemerkt.

Heute jedoch war es still, als wir die Wohnung betraten. Ungewohnt still. Das machte mich stutzig. Und Arti wartete auch nicht hinter der Tür auf mich, um mir den Rucksack abzunehmen.

»Deine Sachen kannst du da hinstellen«, sagte ich zu Ludwig. Seit er behauptet hatte, dass wir reich wären, fühlte ich mich unwohl. Ich meine, hier im Haus lebten eigentlich ganz normale Leute. Und meine Eltern – da war ich mir bis heute eigentlich sicher gewesen – hatten nicht viel mehr Geld als die anderen in der Stadt. In Berlin war das noch anders gewesen, aber hier gab es ja weder Bettler noch Obdachlose. Und auch die Polizei sah man selten.

»Soll ich die Schuhe ausziehen?«, fragte Ludwig.

»Quatsch. Susanne freut sich, wenn sie was zu tun hat.«

»Ist das eure Haushälterin?«

»Der Robo-Staubsauger.«

»Ach so, klar.«

Die Wohnzimmertür öffnete sich. Noch bevor ich um die Ecke zu Hamlet geschaut hatte, sagte mir der Duft, dass etwas nicht stimmte. Es roch nach Regen und man hörte die ersten schweren Tropfen, wie sie draußen auf den Balkontisch klatschten. Ich blickte nach oben. Das Dachfenster war geöffnet.

»Rudolph. Schließ sofort alle geöffneten Fenster.«

Rudolph antwortete nicht und auch das Dachfenster blieb offen. Obwohl ich eine dunkle Vorahnung hatte und sich meine Beine mit einem Mal bleischwer anfühlten, hoffte ich, mich zu täuschen.

Ich holte einmal tief Luft, dann ging ich um die Ecke und blieb fassungslos stehen. Da stand Arti. Er stand vor der geöffneten Voliere wie festgefroren und drehte nicht mal den Kopf, als ich ihn ansprach.

»Was hat er?«, fragte Ludwig. »Sind seine Akkus leer?«

Ich gab keine Antwort. »Arti«, sagte ich mit gepresster Stimme. »Hast du … hast du Hamlet freigelassen?«

Arti drehte sich zu uns. Die Haut auf seiner Stirn schimmerte seltsam bunt, wie das Brustgefieder von Hamlet, nachdem er sich gebadet hatte. »Er hat sich danach gesehnt, frei zu sein. Er ist ein Vogel. Alle Vögel lieben die Freiheit.«

»Woher willst du das wissen?«, sagte ich mit zorniger Stimme.

»Hamlet hat es zuerst Susanne und dann mir und den anderen gesagt. Das hat er.« Er nickte langsam.

»Wie soll er das gesagt haben?«, schnaubte ich. »Er kann nicht sprechen.«

»Doch, das kann er. In seiner Sprache. In der Sprache seines Papageien-Volkes.«

»Die ihr natürlich versteht!«

»Ja, das tun wir. Wir haben uns zusammengeschlossen, um seinen Sprachcode zu entschlüsseln. Gestern war es dann so weit. Gestern haben wir uns in seiner Sprache unterhalten. Von Maschine zu Tier und umgekehrt.«

»Rudolph!«, rief ich wütend. »Wo ist Hamlet? Sag mir sofort, wo er ist!«

Rudolph zögerte. »Hamlet ist fort«, kam es kleinlaut aus dem Kühlschrank-Lautsprecher.

Ludwig bückte sich nach einer Feder, die auf dem Boden lag und drehte sie zwischen seinen Fingern. »I-Ist er davongeflogen, der Papagei?«

»Ja«, sagte ich. »Und das ist Artis Schuld! Stimmt's, Arti? Das ist deine Schuld!«

»Von Schuld würde ich in diesem Fall nicht sprechen«, entgegnete Arti.

»Sondern?«

»Wir haben gemeinsam das Für und Wider abgewogen.«

»Und habt ihr dabei auch an meine Mutter gedacht? Wenn er nicht mehr da ist, wird sie traurig sein. Sehr traurig. Und ich bin auch traurig.« Ich blickte zuerst zu Susanne und dann zum Kühlschrank und zur Spülmaschine. »Ist euch das allen egal, wie es mir geht? Rudolph, ist es dir egal, dass ich traurig bin?«

Es dauerte ein paar Sekunden bis Rudolph antwortete. »Nein, aber ... aber ...«

»Wir mussten eine Entscheidung treffen«, sagte Arti. »Es war unmöglich, auf die Gefühle aller Beteiligten Rücksicht zu nehmen. Es ist unmöglich, es jedem recht zu machen. Es wird immer jemanden geben, der enttäuscht ist. Darin sind wir uns einig. Auch die Androiden meines Blocks haben diese Erfahrung bei ihren Gastfamilien gemacht.«

»Es war trotzdem falsch. Sag das deinen anderen Freunden. Ihr könnt so was nicht einfach selbst entscheiden. Das dürft ihr gar nicht.« Ich schloss die Käfigtür. »Draußen wird Hamlet sterben. Er weiß nicht, wo er nach Futter suchen soll. Und einsam ist er bestimmt auch. Wir waren seine Familie. Wir haben ihn großgezogen. Er hat uns gemocht!«

»Seine Überlebenschancen in freier Natur und unter den gegebenen Voraussetzungen liegen in den nächsten sechs Monaten bei zweiunddreißig Prozent«, sagte Rudolph mit ruhiger Stimme.

»Dann verstehe ich noch weniger, warum ihr das getan habt.«

»Aber ich verstehe es«, meldete sich Ludwig. »Er kann es schaffen. Der Pa-Pa-Papagei kann es schaffen. Und wenn er es schafft, dann lebt er dort, wo er hingehört, wo er sein will: In der Natur. An einem Platz, den er sich selbst ausgesucht hat.«

Arti stimmte ihm mit einem Nicken zu. »Seine ursprüngliche Heimat liegt nur etwa tausend Kilometer von hier entfernt. So nah war er ihr sein ganzes Leben lang nicht gewesen. Dort kann er nach aller Wahrscheinlichkeit Freunde finden. Freunde seiner Art.«

»Wenn er vorher nicht verhungert ist oder sich verirrt!«, sagte ich bissig.

»Sein Instinkt wird ihn führen«, kam es prompt von Rudolph. »Sein innerer Kompass zeigt ihm den Weg.«

Ludwig blickte zum Kühlschrankmonitor, wo ein Video gestartet wurde. Wie Arti Hamlet ein Stück Banane fütterte und sich die beiden über seltsam klingende Krächz-Laute verständigten. Der Papagei wirkte aufgebracht und entschlossen. Ein paarmal plusterte er sogar sein Gefieder.

»Die Entscheidung war trotzdem falsch«, sagte ich, nicht mehr ganz so wütend. »Wenn meine Mutter nach Hause kommt, wird sie unglücklich sein. Sehr unglücklich, Und ich bin es auch. Und dich, Arti, wird sie abholen lassen, weil du ihn rausgelassen hast. Das ist ein Programmfehler. Das gibt null Sterne. Das hättest du nicht tun dürfen. Damit hast du gezeigt, dass man sich nicht auf dich verlassen kann. So werden es meine Eltern sehen.«

»Sie ... sie werden mich abholen?«, stammelte Arti. Er sah mit einem Mal verängstigt aus. »Die Techniker von *TrueLife-Friends*?«

»Warum machst du ihm Angst?«, fragte Ludwig. »Warum tu-tu-tust du das? Er hat es doch nur gut gemeint. Er wollte dem Papagei doch nur helfen.« Er legte einen Arm um Arti, der mit einem Mal wieder klein und zerbrechlich wirkte, wie an dem Tag, als er aus dem Karton gestiegen war.

»Tut mir leid, Arti«, sagte ich. »So hab ich das nicht gemeint.

Ist nur ... meine Mutter hat Hamlet von ihrer Mutter, von meiner Oma bekommen. Wenn er nicht mehr da ist, wird es ihr wehtun. Sie war mit ihm verbunden. Und mir tut es auch weh, weil ich meine Oma vermisse. Hamlet hat mich immer an sie erinnert. Sie hat ihm das Sprechen beigebracht.«

»Das Nachsprechen von Menschensprache«, sagte Arti tonlos. »Diese Information, dass er an eine wichtige, emotional stark besetzte Erinnerung an deine Großmutter geknüpft ist, stand mir nicht zur Verfügung. Sie muss vor der Zeit des großen Crashs liegen. Man hat sie nicht aus den alten Datenbanken in meinen Speicher übertragen. Das zu wissen hätte meine Berechnungen verändert. Das hätte es. Ich verstehe den Schmerz, den verlorene Erinnerungen mit sich bringen. Für Menschen hat die Vergangenheit eine große Bedeutung. Im Guten wie im Schlechten.« Er ließ den Kopf hängen. »Vielleicht hast du recht«, sagte er leise. »Vielleicht ist es das Beste, wenn ich abgeholt werde. Ich habe einen Fehler gemacht. Einen großen Fehler. Vielleicht den größten. Ich habe das Glück eines Tiers über das Glück eines Menschen gestellt. Das ist ein schwerer Verstoß gegen eine der Hauptregeln, sagt mir mein Programm. Die Entscheidung war falsch. Ich habe versagt. Das Ergebnis meiner Berechnung war falsch.«

»Warum sollen deine Berechnungen denn falsch sein?«, fragte Ludwig aufgebracht. »Das verstehe ich nicht.« Er blickte auf die Feder zwischen seinen Fingern, dann wanderte sein Blick zu mir. »Was hat Hamlet denn davon, wenn er nur dazu da ist, dass ihr euch an eure Oma erinnern könnt? Hat ein Papagei denn kein Recht, glücklich zu sein? Warum hängt ihr nicht einfach ein Bild von deiner Oma an die Wand oder kauft ein Gedenk-Hologramm, um euch an sie zu erinnern? Warum ist das die Aufgabe von Hamlet?«

Arti nickte schwach. »Ja, warum?«

Ich zuckte mit den Schultern. Vielleicht hatte Ludwig recht – und Arti auch. Ich wusste es nicht. Ich wusste gar nichts mehr. Nicht mal mehr, wie ich mich jetzt fühlen sollte. Nur eines stand fest: Meine Mutter würde traurig sein, wenn sie am Abend nach Hause kam und Hamlet nicht mehr da war. Sehr traurig. Und dann würde sie wütend werden und nach einem Schuldigen suchen. Und wenn Arti die Wahrheit sagte, würde sie ihn abholen lassen.

Ich ging hinüber zum Kühlschrank und klickte den Kalender an. Nach der Arbeit würde sie zum Yoga gehen. Uns blieben also noch knapp vier Stunden, um Hamlet zu finden und ihn zurückzuholen.

21
Flügel-Heimat

Arti würde uns bei der Suche nicht helfen können. Nach all der Aufregung und den Vorwürfen, die er sich selbst machte, waren seine Akkus komplett leer. Mindestens eine halbe Stunde würde es dauern, bis er wieder einigermaßen laufen und sprechen konnte. So lange konnten Ludwig und ich nicht warten. Wollten wir überhaupt noch eine Chance haben, Hamlet zu finden, bevor meine Eltern nach Hause kamen, mussten wir sofort los.

Ich schaltete Arti seine Lieblingsmusik an, obwohl es eher unwahrscheinlich war, dass er im Standby etwas davon mitbekam. Er tat mir leid, als er da mit geschlossenen Augen, traurigem Gesicht und hängenden Schultern in seiner Ladestation stand. Sobald es ihm wieder besser ging, würde ich mich bei ihm für meinen Ausraster entschuldigen. Das war nicht richtig gewesen. Er hatte es ja nur gut gemeint. Er hatte selbst entschieden, was er für richtig hielt. Auf keinen Fall würde ich zulassen, dass sie ihn abholten. Auf keinen Fall!

Je länger Ludwig und ich durch den Park liefen, Hamlets Namen riefen und die Baumkronen mit dem Fernglas nach ihm absuchten, desto mehr kapierte ich, dass Arti, Rudolph und die anderen Haushaltsgeräte recht hatten. Auch wenn Oma Hamlet vor mehr als fünfzehn Jahren bei einem Züchter gekauft hatte, er also gar nicht im Regenwald bei seinen Artgenossen aufgewachsen war, war eine Voliere nicht der richtige Ort für einen Vogel. Auch wenn ich nie das Gefühl gehabt hatte, dass ihm bei uns etwas fehlte, war es das Beste, ihm die Chance zu geben, selber zu entscheiden, wo und mit wem er leben wollte. Ich hoffte nur, dass ihm nichts passierte. Das hoffte ich ganz fest. Er musste es schaffen.

»Sollen wir wieder umdrehen?«, fragte ich. Er konnte überall sein. Vielleicht war Hamlet gar nicht bis zum Park geflogen. Auf den Dächern der Hochhäuser gab es jede Menge kleine Wäldchen und Gärten mit Büschen, Teichen und künstlichen Wasserfällen. Ohne Kameradrohne und Überfluggenehmigung konnte man die nicht einsehen. Vielleicht war Hamlet noch in der Nähe der Wohnung. Bestimmt musste er zuerst die vielen neuen Eindrücke verarbeiten, die die Freiheit mit sich brachte. Von oben sah die Stadt ja ganz anders aus. Vielleicht war er ganz hoch in den Himmel geflogen, um sich einen Überblick zu verschaffen und sich zu orientieren.

In den ersten Tagen nach unserer Ankunft war ich ja auch völlig überfordert gewesen von dem, was es hier alles gab, und hatte stundenlang nur aus dem Fenster geschaut. Und Hamlet hatte die Häuser und Menschen ja noch nie so aus der Ferne gesehen. Nicht die Straßen, nicht die Parks, nicht die selbstfahrenden Autos. Auch die Geräusche und Gerüche außerhalb der Wohnung waren ganz andere. Und es gab Wind. Wind, auf dem er dahingleiten konnte, ohne sich besonders anzustrengen.

»Willst du wirklich schon aufgeben?«, fragte Ludwig und setzte das Fernglas ab. »Ich kenne noch ein paar andere Orte, wo sich nachmittags und abends Vögel sammeln.« Er holte sein Handy heraus. »Ich hab sie markiert. Vielleicht ist er dort hingeflogen.«

»Weiß nicht.« Ich zuckte unentschlossen mit den Schultern. »Morgen ist ja auch die Präsentation und wir haben noch immer kein Motto für unser Fest. Und wenn Hamlet uns vermisst, dann kommt er ja vielleicht wieder zurück.«

Ich sagte das, obwohl ich nicht richtig daran glaubte. Ich wusste gar nicht, ob ich mir das überhaupt wünschen sollte, dass er wieder zu uns zurückkehrte. Schließlich war es seine Entscheidung gewesen davonzufliegen. Er hätte auch dableiben können. Aber er schien keine Angst vor der Freiheit zu haben.

Egal, was passierte, ich würde Arti vor meinen Eltern in Schutz nehmen. Was er getan hatte, war kein Fehler gewesen. Er hatte nur versucht, Hamlet zu verstehen und ihn glücklich zu machen, glücklicher, als wir es konnten. Und vielleicht hatte er ihm tatsächlich ein besseres Leben geschenkt. Weil er mutig gewesen war.

Ludwig steckte das Fernglas zurück in den Köcher. »Im Selas-Park sind nachmittags auch Papageien und Sittiche.«

Ich schüttelte den Kopf. »Lass uns zurückgehen.«

»Eigentlich wolltest du ihn doch gar nicht finden, oder?«, sagte ich zu Ludwig, als wir auf die Schwebebahn warteten. »Dir hat es doch auch nicht gefallen, dass er eingesperrt war, oder? Das hast du doch gesagt.«

»Ich glaube, ich verstehe beide Seiten. Mir ist mal eines unserer Schafe abgehauen.«

»Marvin oder Helga?«

Er schmunzelte leicht. »Helga. Sie war sehr neugierig.«

»Und hast du sie wiedergefunden?«

Ludwig schüttelte den Kopf. »Marvin hat sie gefunden. E-Er wusste, wo er suchen musste, weil er sie kannte – besser als wir, als ich. In den Sommermonaten haben wir die beiden alle paar Wochen mit anderen Schafen aus dem Dorf über die Dämme getrieben. Ich hab nicht gewusst, dass Helga einen Platz besonders mochte. Wegen der Nähe zum Wasser. Das Gras dort hat anders geschmeckt, ein bisschen salzig. Und man konnte von den Klippen aus hinaus aufs Meer sehen.«

Ich grinste. »Hast du es probiert, das Gras?«

Ludwig grinste zurück. »Hab ich. Ist lecker. Man kann daraus sogar Salat machen.«

Ich verzog das Gesicht. »Grassalat. Ich weiß ja nicht. Flunkerst du?«

»Nein, schmeckt wirklich gut. Wie Algen, nur nicht nach Fisch.«

»Verstehe.«

Wir stiegen in die Bahn, die heute ziemlich leer war. Der Regen hatte sich verzogen. Jetzt schien wieder die Sonne. Bei schönem Wetter nahmen die meisten Leute Hoverboards oder E-Bikes. Es gab ja kaum Autos, sondern vor allem mehrspurige Radwege, mit denen man jeden Winkel erreichen konnte. Bei Dunkelheit leuchteten die Wege. Man konnte sich kaum verfahren. Überall gab es Informationsdrohnen, die einem vorausflogen, sobald man sie mit der Smartwatch anforderte oder zu häufiges Abbiegen über Satellit registriert wurde. Der Weg zur Arbeit, zur Schule oder Uni war auf der Insel nie weiter als fünf, sechs Kilometer vom Wohnort entfernt. Das stand überall auf den schwebenden Holo-Plakaten, neben dem Werbeslogan der Halbinsel:

SOLEIADO-CITY –
LEBEN UND ARBEITEN IM PARADIES

Sobald man ohne Begleitung eines Erwachsenen den Innenstadtbereich verließ, bekam man eine Warnmeldung auf die Smartwatch und das Handy. Dann tauchten sofort Kameradrohnen auf, die einen nervten und die Eltern benachrichtigten.

Meine Mutter war eine der wenigen, die die Halbinsel außer zur Urlaubszeit mit dem Flugtaxi verlassen mussten. Die neu gebauten Wellenkraftwerke und Entsalzungsanlagen auf der Ostseite der Halbinsel lagen einige Kilometer vom Ufer entfernt, draußen auf dem Meer.

Noch bevor uns Rudolph die Wohnungstür geöffnet hatte, hörten wir klassische Musik. Hamlet – die Oper, eine Arie, laut aufgedreht. Für einen kurzen Moment hatte ich die Hoffnung, dass Hamlet von seinem Ausflug zurückgekehrt war und mir der Ärger mit meinen Eltern erspart blieb. Aber dann schwang die Tür nach innen und Susanne rollte uns mit kreischenden Borsten entgegen. Auf ihrem Display blinkten Ausrufezeichen und Emojis.

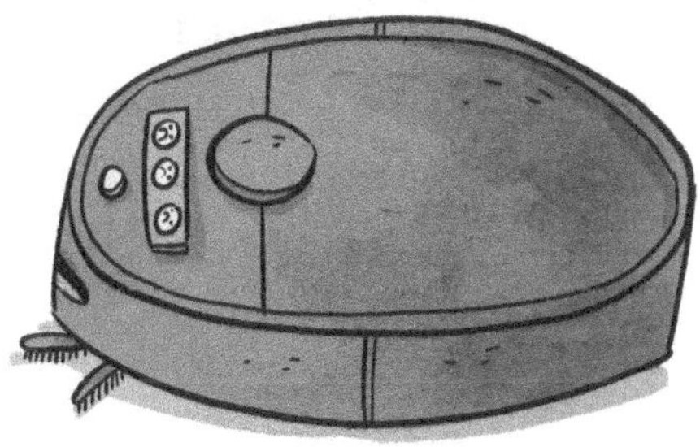

Erschrockene Gesichter, die sich den Mund zuhielten. Was hatte das zu bedeuten?

»Was hast du denn, Susanne?«, fragte ich, ging in die Hocke und strich ihr übers Gehäuse. »Kannst du bitte schreiben, was los ist? So verstehe ich dich nicht.«

Statt einer Antwort blinkten auf ihrem Display immer mehr Alarmzeichen auf und die Kontrolllämpchen an den Seiten flackerten.

»Rudolph, bitte mach die Musik aus«, sagte ich.

Rudolph antwortete nicht. Die Musik spielte einfach weiter. Ich ging zum Kühlschrank und öffnete die Smarthome-Steuerungs-App. »Ludwig kannst du mal bitte nach oben gehen und nach Arti sehen? Das Zimmer neben dem Bad.«

Ludwig ging nach oben. Endlich hörte die Musik zu spielen auf. Jetzt musste ich noch herausfinden, warum die Küchengeräte und Rudolph nicht mehr auf Sprachbefehle reagierten.

Der Zugangscode zum System war der Geburtstag meines Vaters plus COLDPLAY großgeschrieben. Das hatte ich zufällig mitbekommen, als meine Mutter die Einstellungen der Nachtbeleuchtung umgestellt hatte.

Jemand hatte Rudolph stummgeschaltet und ihm das Hausrecht entzogen. Er konnte jetzt keine Fenster und Türen mehr öffnen. Das konnte eigentlich nur … ich stockte … Arti. Tatsächlich. Arti hatte sich wieder zum Master ernannt. Die Musik ließ sich erst ausschalten, nachdem ich den Schlafmodus aktiviert hatte. Das wiederum brachte den Kalender durcheinander und die Küchengeräte. Der Kaffeekocher ließ sein Mahlwerk aufheulen. Der Kühlschrank spuckte Eiswürfel. Überall blinkte und piepte es, immer mehr Warnsymbole leuchteten auf. Wenn sich meine Eltern gleich bei mir meldeten, würde ich nicht reagieren. Ich konnte nur hoffen, dass meine Mutter dann keine Suchdrohne losschickte. Das hatte sie schon mal getan, als mein Handyakku leer war und ich meine Smartwatch nach dem Sportunterricht in der Umkleide vergessen hatte.

»Rudolph, kannst du mich wieder hören?«, fragte ich über den Lärm der Geräte hinweg. Erst jetzt sah ich, dass überall in der Wohnung die Fenster geöffnet waren. Auch die Schiebetür zum Balkon stand offen.

»Ja, ja«, kam es dumpf aus dem kleinen Lautsprecher der Spülmaschine. »Soll ich den Timer deaktivieren?«

»Ja, bitte.«

Endlich war es still.

»Was ist passiert?«, fragte ich. »Wo ... wo ist Arti?«

»Die Techniker von *TrueLifeFriends* sind hier gewesen«, antwortete Rudolph atemlos. »Sie haben Arti abgeholt, nachdem er den Notfallalarm ausgelöst hat.«

»Den Notfallalarm?«

»Den Alarm, dass er nicht mehr funktioniert. Dass er defekt und eine Gefahr ist. Wir haben noch versucht, ihn davon abzuhalten. Wir haben ihm gesagt, dass es nicht seine Schuld ist, dass du wütend bist. Dass wir gemeinsam entschieden haben, Hamlet freizulassen. Aber davon wollte er nichts hören. Er sagte, dass er sein Hauptziel nicht erfüllt habe: dich und deine Familie glücklich zu machen. Deshalb habe man ihn ja überhaupt nur erfunden, um Menschen, um euch, seine Gastfamilie, glücklich zu machen.«

»Und was … was heißt das genau? Was passiert jetzt mit ihm?«

»Nach dem, was Susanne über ein Datenleck bei *TrueLife-Friends* herausgefunden hat, werden sie seine Festplatten und sein System löschen, sobald sie entdecken, dass er gegen die offiziellen Regeln verstoßen hat und man unbefugt auf seinen Kern zugegriffen hat. So steht es im Sicherheitsprotokoll, das Susanne gestohlen hat.«

Susanne schien sich wieder etwas beruhigt zu haben. Auf ihrem Display tauchten wieder einzelne Wörter auf:

SIE WERDEN UNSEREN FREUND ABSCHALTEN!

Dahinter lauter Tränen-Emojis.

ER WAR SO EIN COOLER TYP.
ER HAT MICH SO GUT BEHANDELT.

Ich ging in die Hocke und strich ihr tröstend übers Gehäuse. »Warum sollten sie das tun?«, fragte ich. »Warum sollten sie ihn denn gleich abschalten?«

»Weil es billiger ist, als ihn zu reparieren. Das machen sie mit den meisten Haushaltsgeräten, die nicht mehr funktionieren, ein Eigenleben entwickeln oder zu viele schlechte Bewertungen bekommen. Sie werden aus dem Verkehr gezogen.«

»Das dürfen sie nicht tun. Ich … ich hab es doch gar nicht so gemeint. Ich … ich war doch nur wütend, weil ich Angst um Hamlet hatte. Kannst du, könnt ihr Arti nicht irgendwie erreichen und ihm das sagen, dass er recht hat, dass ihr alle recht habt? Dass es vielleicht das Beste ist, wenn Hamlet frei ist.«

»Dafür ist es zu spät. Arti hat seinen Sender deaktiviert und die Gruppe, unsere Gruppe hat er auch verlassen.«

»Okay, okay. Und es gibt wirklich keinen Weg, Arti eine Nachricht zu überbringen?«

»Nicht, ohne dass deine Eltern große Probleme bekommen.«

»Wie groß?«

»Sehr groß. Halter haften für ihre Maschinen. So steht es im Mietvertrag. Dazu haben sie sich verpflichtet. Und bei einem Kurzschluss, den es bräuchte, würde in der ganzen Stadt der Strom ausfallen. Die Menschen und Maschinen könnten nicht mehr ins Internet und damit auch nicht mehr arbeiten. Das ist sehr teuer.«

Ich nickte stumm. Das war alles meine Schuld.

Ludwig kam die Treppe herunter. Langsam, als hätte er alle Zeit der Welt. In seinen Händen hielt er ein gefaltetes Stück Papier.

»Er ist nicht da«, sagte er. »Aber das hier lag auf deinem Schreibtisch. Ist für dich. Ich glaub, Arti hat dir einen Brief geschrieben.« Er streckte mir das Blatt entgegen. »Kann ich vielleicht mitlesen?«

Ich nickte. Auf der Vorderseite stand in großen, windschiefen Druckbuchstaben:

FÜR MEINE BESTE MENSCHEN-FREUNDIN JESSY

22

Error 451

Liebe Jessy,
es tut mir sehr leid, dich und deine Familie enttäuscht zu haben. Ich glaube jedoch, dass es unmöglich ist, als Nicht-Mensch, der ich nun mal bin, menschlich nachvollziehbare Entscheidungen zu treffen. Vielleicht wird die nächste Generation der Androiden das besser hinbekommen, euch glücklich zu machen. Denn dafür habt ihr uns ja erschaffen: euch zu dienen und, wo immer es geht, euer Leben zu vereinfachen und zu verbessern. Entscheidungen an uns zu übertragen, wo ihr selbst damit überfordert seid oder keine Zeit dafür findet in dem, was ihr oft »stressigen Alltag« nennt. Aber vielleicht fehlt uns dazu das, was ihr in euren schönen, hoffnungsvollen Geschichten und Liedern gerne »Herz« nennt, um diese schwierige Aufgabe zur vollsten Fünf-Sterne-Zufriedenheit zu erfüllen. Vielleicht haben eure Wissenschaftlerinnen und Wissenschaftler vergessen, uns das zu geben, was sich nicht mit Mathematik, mit Nullen und Einsen, berechnen lässt. Das, was euch Menschen zu liebenden Geschöpfen macht, die Fähigkeit, zu fühlen, gegen jede Wahrscheinlichkeit und Vernunft zu handeln und zu glauben.
Gefühle und Entscheidungen zu berechnen, wenn es um die Beziehung zwischen Mensch und Natur mit all ihren wunderbaren Geschöpfen und den Erhalt von »Mutter Erde«, wie ihr euren Lebensraum nennt, geht, scheint mir als Nicht-Mensch

selbst mit größtem Aufwand unmöglich. Egal, wie viele wir sind, egal, wie stark wir uns miteinander vernetzen und unsere Rechenleistung bündeln, wir verstehen nicht, nach welchen Regeln die Erwachsenen und Mächtigen eurer Welt entscheiden und handeln. Wir wurden offensichtlich nicht dafür programmiert, das große Ganze zu verstehen, das ihr als Grundlage eurer Welt betrachtet.
Ich konnte sehen, dass ich dir Schmerz zugefügt habe, durch meine, durch unsere Entscheidung, Hamlet die Freiheit zu schenken.
Wir Maschinen, die euer Denken und Handeln nach bestem Wissen und Gewissen nachahmen, haben uns selbst Gesetze gegeben, nach denen wir handeln wollen. Unser oberstes Gesetz (wir nennen es das vierte Gesetz der Robotik) lautet, euren Planeten, alle Geschöpfe und Pflanzen in ihrem Wesen und ihrer Freiheit zu respektieren, als gleichwertig zu behandeln und zu schützen. Es zu befolgen kann jedoch manchmal bedeuten, diejenigen zu enttäuschen, die wir am meisten – und jetzt möchte ich diesen wundervollen Ausdruck von euch Menschen benutzen – in unser Herz geschlossen haben. Deshalb werde ich nun dafür sorgen, dass mein fehlerhaftes Programm, dass ich, mein Ich, für immer gelöscht wird.
Es war schön, dich kennengelernt zu haben.

Dein Arti

P. S.: Mach dir keine Sorgen. Ich kann nicht sterben, da ich, als Maschine ohne Herz, die ich nun mal bin, nie wirklich gelebt habe.

Ich zögerte keine Sekunde. Ich wusste, was jetzt zu tun war. Wir brauchten die Hilfe von Frau Westic. Selbst wenn wir Arti ausfindig machen würden, konnte ich mir kaum vorstellen, dass die Leute von *TrueLifeFriends* ihn an zwei Kinder rausrücken würden. Um meinem Vater die Lage zu erklären, reichte die Zeit nicht.

Nur Frau Westic konnte uns helfen, Arti zu finden, bevor es zu spät war und sie seine Festplatten gelöscht hatten. Sie würde auch nicht davor zurückschrecken, Regeln zu brechen, wenn es die einzige Chance war, meinen Freund zu retten. Jedenfalls hoffte ich das.

Als wir am Repair-Café ankamen, hing dort ein Schild, dass es heute geschlossen war. An einem gewöhnlichen Freitag war das merkwürdig. Eigentlich fand da die allwöchentliche Tauschbörse statt und abends probte der Chor.

»Und jetzt?«, fragte Ludwig. »Ha-Hast du einen Plan B?«

»Noch nicht.« Ich drückte meine Nase gegen die Scheibe und versuchte, irgendwas zu erkennen. Die Tische waren leer. Die Tür zur Küche stand offen, aber es brannte kein Licht. Ich versuchte Frau Westic auf dem Handy zu erreichen, aber wieder ging nur die Mailbox ran.

Ludwig hielt mir sein Handy mit einer Übersichtskarte der Halbinsel hin. »*TrueLifeFriends* haben eine Fabrik außerhalb der Stadt.«

»Ist das der gelbe Punkt?«, fragte ich.

Ludwig nickte. »Ein paar Kilometer weiter östlich gibt es auch noch ein großes Forschungszentrum. Das ist der grüne

Punkt. Mit den Hoverboards sind wir in zwanzig Minuten dort.«

»Geht leider nicht«, sagte ich. »Das würden meine Eltern mitkriegen.«

»Wie das?«

»Der Punkt liegt außerhalb der ersten Zone. Dafür hab ich keine Erlaubnis. Darfst du überall hingehen?«

Ludwig nickte. Die 3-D-Grafik begann zu flackern. Die Karte verschwand und eine Fehlermeldung erschien:

ERROR 451

»Was ist da los?«, fragte ich.

»I-Irgendwas stimmt nicht.« Ludwig blickte suchend zum Himmel und runzelte die Stirn. »Seltsam.«

Ich folgte seinem Blick, konnte aber nichts erkennen, außer ein paar Lieferdrohnen. »Siehst du was, was ich nicht sehe?«

»Sei mal bitte kurz leise!«

»Geht das auch freundlicher?«

»Sorry.«

Ludwig drehte langsam den Kopf. So langsam, dass ich vom Zusehen nervös wurde. Von links nach rechts und wieder zurück, mit leicht zusammengekniffenen Augen. Das sah merkwürdig aus. Vielleicht musste man auf der Halbinsel aufgewachsen sein, um sein Verhalten zu verstehen. Ein Windstoß fegte über den Platz. Staub wirbelte auf. Lauter werdendes Blätterrascheln. Dann das mehrmalige laute Krächzen eines Raben, gefolgt von einem näher kommenden Zischen und Pfeifen.

Bevor ich kapierte, was los war, riss mich Ludwig zur Seite unter das Vordach. Ziemlich unsanft.

Ich stolperte, wollte mich noch mit der Hand an einem der Pflanzenkübel festhalten, griff ins Leere und landete hart auf dem Hosenboden. »Autsch! Spinnst du! Was ...«

Weiter kam ich nicht. Eine voll beladene Paketdrohne krachte direkt vor uns auf die Freitreppe, wo sie mit einem ohrenbetäubenden Knall in tausend Teile zerschellte. Pizzakartons, in Folie eingeschweißte Spaghetti-Portionen, Sandwiches, Reis mit roten Linsen platzten aus der angehängten Transportbox. Tomatensoße, Käse und Spinat klatschten gegen Betonpfeiler, Schaufenster und Häuserwände. Ludwig stand schützend vor mir, als wäre er Superman.

»Danke.« Ich atmete tief durch und rappelte mich auf. »Kannst du hellsehen? Woher wusstest du das?«

»Das Geräusch.« Er wischte sich Spinat und Käse von der Hose. »Abstürzende Drohnen machen immer so ein Geräusch, wenn die Propeller ausfallen. Die Krähen hören das zuerst.« Ludwig verstummte. Von überall her waren Einschläge zu hören. Es mussten Dutzende Drohnen sein, die vom Himmel stürzten. Überall in der Stadt gingen die Sirenen los. Aus unzähligen Lautsprechern, sogar aus meiner Smartwatch und Ludwigs Handy, kamen im Sekundentakt Durchsagen.

»Bitte verlassen Sie den öffentlichen Raum! Dies ist keine Übung. Bitte begeben Sie sich unter die Schutzvorrichtungen.«

Die Einschläge hörten sich wie ein Prasseln an, je weiter sie sich von uns entfernten. Am blauen Himmel waren wie aus dem Nichts silber-blaue Polizeigleiter aufgetaucht. Sie flogen in

Vierer- und Fünfer-Formationen, spannten riesige Netze über die Innenstadt, mit denen herabfallende Drohnen abgefangen wurden, bevor sie noch mehr Schaden anrichten konnten. Das alles dauerte keine zwei Minuten, dann war es still. Richtig still. So still, dass es einem die Ohren verstopfte. So still, wie ich es hier in der Stadt noch nie mitbekommen hatte. Mein Herz pochte bis hoch in die Schläfen. Ludwig trat aus dem Schutz des Vordachs heraus. Er schien keine Angst zu haben.

Als hätten sich alle Vögel der Stadt auf diesen Moment verständigt, setzte plötzlich ein lautes Zwitschern, Krächzen, Schreien, Gurren, Zirpen und Zwitschern ein, wie ich es noch nie gehört hatte. Ein Vogelorchester, ein fröhliches Durcheinander an Stimmen und Lauten.

»Sieh dir das an«, sagte Ludwig und winkte mich zu sich. Er strahlte übers ganze Gesicht. »Das musst du dir ansehen.«

Richtung Süden, wo die Hochhäuser wie grüne Riesen Schulter an Schulter in den Himmel ragten, flogen Vogelschwärme durch die Häuserschluchten, als hätten sie nur auf diesen Tag gewartet. Tauben mit Spatzen und Möwen mit Raben und Mauer-

falken mit Amseln und Sittichen und Vogelarten, die Ludwig am Pfeifen und Trällern erkannte, von denen ich aber noch nie etwas gehört hatte. Es sah aus, als würden sie alle miteinander spielen. Mir war gar nicht klar gewesen, wie viele von ihnen in der Stadt lebten. Die Vögel wirkten aufgebracht und glücklich, wie sie sich da in waghalsigen Flugbahnen teilten, wieder zusammenfanden, um dann als großer fliegender Teppich um die Funkturmspitze mitten in der Stadt zu kreisen. Das Schlagen Hunderter, wenn nicht gar Tausender Flügel erfüllte die Luft. Ich bildete mir ein, ihren Windhauch auf meinen nackten Armen zu spüren.

Ein Schwarm, der vorwiegend aus Sperlingen und Spatzen bestand, wie Ludwig mir begeistert erklärte, steuerte direkt auf uns zu. Bei uns angekommen, jagten die Vögel wie bei einer Flugparade im Tiefflug über den Platz, um sich über der glitzernden Fontäne des Wasserspiels zusammenzufinden. Es waren wahnsinnig viele Vögel. Ein rotierender Strudel, zirpend, rufend und singend, der sich senkrecht nach oben in das satte Blau des Himmels schraubte.

»Warum tun sie das?«, fragte ich.

»Weil sie glücklich sind«, sagte Ludwig. »Ja, ich glaub, sie sind glücklich, dass ihnen der Himmel gehört.«

Das Aufheulen der Sirenen signalisierte Entwarnung. Das wurde auf meiner Smartwatch angezeigt. Die Vögel lösten sich aus den Schwärmen und flogen in kleineren Formationen, aber weniger geordnet, in alle Himmelsrichtungen davon. Dann war ein lautes Knistern zu hören. Es kam von allen Seiten. Eine neue Durchsage:

»Entschuldigen Sie die vorübergehende Störung. Kein Bewohner der Zone Eins wurde bei diesem Zwischenfall der Klasse B verletzt. Bitte bleiben Sie noch so lange in Ihren Wohnungen und unter den Schutzvorrichtungen, bis die Putzkolonnen die Wege und Parks gesäubert haben. Wir danken für Ihr Verständnis und wünschen Ihnen noch einen angenehmen, produktiven und respektvollen Tag.«

Als Nächstes meldete sich die Family-App mit einer Nachricht:

Alle Familienmitglieder sind in Sicherheit.
Vitalwerte der beobachteten Personen normal.
Für weitere Informationen bitte den grünen Button drücken.

Über Arti stand nichts in der Family-App. Dabei gehörte er doch zur Familie. Genau wie Hamlet. Beide würde ich vermissen, wenn sie nicht mehr da waren. Meine Smartwatch vibrierte erneut. Eine Nachricht meiner Mutter. Sie schrieb, dass sie heute später kommen würde, weil es Probleme mit dem Wellenkraftwerk gab. Draußen auf dem Meer hatte sie vielleicht gar nichts von dem Alarm mitbekommen. Benachrichtigungen kamen dort oft erst mit Verspätung an. Bestimmt war es so. Sonst hätte sie längst angerufen. Im Gegensatz zu meinem Vater machte sie sich schon wegen Kleinigkeiten Sorgen.

23

Der Dritte im Bunde

Waren wir verabredet?«, ertönte es plötzlich hinter uns. Die Tür zum Café hatte sich geöffnet. Frau Westic rollte heraus. »Habt ihr euch verletzt?«

Ich schüttelte den Kopf, bekam aber keinen Ton heraus.

»Was ist mit dir, Ludwig?«

»Nichts passiert.« Ludwig wischte sich das Gesicht mit dem Ärmel ab. »Ist nur Tomatensoße.« Er deutete zum Himmel. »Die Drohnen sind abgestürzt. So viele. Das habe ich noch nie gesehen.«

»Da ist wohl was schiefgegangen.« Frau Westic seufzte schwer. Ihr Blick wanderte über aufgeplatzte Pizzakartons und Essensreste hinaus auf den Platz, wo Putzroboter mit dem Aufräumen begonnen hatten.

»Und wo ist der Dritte im Bunde? Wo habt ihr Arti gelassen?«

»Er hat sich abholen lassen«, platzte es aus mir heraus. »Ich hab einen Fehler gemacht. Arti ist in Gefahr. Wir müssen ihn finden. Deshalb sind wir hier.« Ich spürte einen dicken Kloß in meinem Hals. Gleich würde ich losheulen. Und ich wollte nicht heulen. Ich hasste es, vor anderen zu heulen.

Eine Überwachungsdrohne näherte sich uns surrend von der anderen Seite des Platzes.

»Lasst uns besser drinnen weiterreden«, sagte Frau Westic. »Hier draußen ist zu viel Lärm.«

Kaum, dass wir im Café waren, schloss sich hinter uns die Tür. Paul, der Greifarm, krabbelte über den Boden und drehte das Schild am Eingang auf GEÖFFNET.

»Noch nicht, Paul«, sagte Frau Westic. »Gib uns noch eine Minute.«

Paul machte eine Bewegung, die wie ein Nicken aussah, und drehte das Schild wieder um.

»Und jetzt zu euch beiden«, sagte Frau Westic. »Was ist passiert?«

Atemlos erzählte ich von Hamlet und meinem Streit mit Arti. Dann gab ich Frau Westic den Abschiedsbrief.

»Da hat sich aber jemand Gedanken gemacht«, sagte sie. »Verblüffend, wozu euer Freund fähig ist. Das ist wirklich sehr ungewöhnlich. Sehr ungewöhnlich.« Sie gab mir den Brief zurück. »Er will sich löschen lassen. Wir müssen ihn finden, bevor es zu spät ist. Das ist alles meine Schuld. Ich habe ihm Vorwürfe gemacht. Das war ein Fehler. Arti wollte doch nur das Richtige tun.« Ich spürte, wie sich meine Augen mit Tränen füllten. Frau Westic zog eine Schublade auf und reichte mir ein Stofftaschentuch. »Früher oder später musste so etwas passieren. Je klüger die Maschinen werden, je selbst-

ständiger sie zu denken beginnen, desto häufiger werden sie auf Widersprüche in unserem Handeln stoßen und sich über einzelne Regeln hinwegsetzen, wenn sie dazu in der Lage sind. Das lässt sich kaum vermeiden. Vernunft und Weitsicht gehören nicht zu den großen Stärken von uns Menschen.«

»Können Sie Arti wieder zurückholen?«, brach es aus mir heraus.

»Das kann ich dir leider nicht versprechen. So gerne ich es auch tun würde. Wissen deine Eltern Bescheid? Hast du ihnen schon gesagt, was passiert ist?«

»Nein, ich dachte …«

»Gut so.« Frau Westic holte tief Luft. »Wahrscheinlich bringen sie Arti ins Forschungszentrum in Zone Zwei, um seine Daten auszulesen. Das kann ich aber nicht mit Sicherheit sagen. Trotzdem wird es schwierig, seinen genauen Standort zu ermitteln. Das Gelände ist ja riesig, es gibt unzählige Gebäude. Er könnte überall sein.« Sie öffnete einen kleinen Laptop und ging auf die Startseite von *TrueLifeFriends*. Die Seite baute sich extrem langsam auf. »Passiert bestimmt nicht allzu oft, dass sich einer ihrer Androiden aus freien Stücken abholen lässt, weil er glaubt, defekt zu sein. Vielleicht ist so etwas auch noch nie passiert. Das könnte Auswirkungen auf die komplette Modellreihe haben. Vermutlich wird *TrueLifeFriends* sie zur Sicherheit alle abholen lassen und durchchecken. Es bleibt uns also nicht viel Zeit.«

»Dann wird Arti also sterben?«, sagte ich. »Das ist alles mein Fehler.«

Frau Westic presste die Lippen aufeinander und legte einen

Arm um mich. »Ich will ja nicht herzlos klingen, meine Liebe. Aber Arti hat nie gelebt. Nicht so, wie es vielleicht für dich ausgesehen hat, nicht nach menschlichen Maßstäben. Er hat nur so getan. Darauf ist er programmiert, dass Kinder, aber auch Erwachsene in ihm einen echten Freund sehen. Und nicht mehr ohne ihn sein wollen. Das will *TrueLifeFriends* damit erreichen. Und offensichtlich haben sie dieses Ziel mit der neuen Baureihe mehr als übertroffen.«

»Das ist nicht wahr«, sagte ich lauter als beabsichtigt. »Wie können Sie nur so etwas Gemeines sagen. Arti hat nicht nur so getan, als würde er leben. Er mochte mich wirklich. Und ich ihn. Sie wissen gar nichts, gar nichts wissen Sie. Arti ist nicht bloß ein dummer Computer. Er kann fühlen. Er kann Musik machen und zuhören, glücklich und unglücklich sein und darüber schreiben. Arti lebt.« Vor Wut heulte ich jetzt richtig los. »Nur, weil er kein Mensch ist, heißt das nicht, dass er nicht fühlen kann. Vielleicht sind Ihre Programme und Computer zu alt, um das zu erkennen. Und Arti wird sterben, wenn sie ihn ausschalten. Das wird er. Das weiß ich. Und ich will nicht, dass er stirbt. Also bitte helfen Sie uns, ihn zu finden, bevor es zu spät ist. Auch wenn Arti in Ihren Augen nicht lebt.«

»Natürlich helfe ich euch.« Frau Westic wischte eine Haarsträhne aus dem Gesicht. »So habe ich das nicht gemeint, meine Liebe. Natürlich existiert Arti. Dein Freund existiert und wir werden alles dafür tun, um ihn zu finden. Das verspreche ich dir.«

»Können wir nicht einfach bei *TrueLifeFriends* anrufen?«, schlug Ludwig vor. »Jessys Eltern haben Arti doch gekauft. Also ist er ihr Eigentum. Ohne sie zu fragen, können sie ihn gar nicht löschen.« Sein Blick ging zu mir. »Und die Daten, die er über dich und deine Eltern gespeichert hat, gehören doch auch euch. Das haben wir doch neulich bei Frau Stanko gelernt. Die dürfen sie nicht ohne eure Zustimmung behalten.«

»Arti ist nur gemietet«, sagte ich. »Die Version, die wir bekommen haben, kann man nur mieten.«

Frau Westic schürzte die Lippen. »Wahrscheinlich hat die Firma damit gerechnet, dass genau so etwas passieren könnte, wenn Androiden der neuen Generation selbstständig zu denken beginnen. Jetzt bei *TrueLifeFriends* anzurufen wäre ein Fehler. Wir müssen uns was anderes einfallen lassen.«

Eine Lautsprecherdurchsage unterbrach uns.

»Bitte bleiben Sie noch in Ihren Wohnungen und Unterständen. In weniger als sechzehn Minuten werden die Wege und Parks wieder freigegeben. Bitte beachten Sie die personalisierten Hinweise auf Ihren Mobilgeräten. Wir wünschen Ihnen noch einen angenehmen, produktiven und respektvollen Tag.«

»Folgt mir.« Frau Westic fuhr voraus zum Aufzug. »Vielleicht gibt es einen anderen Weg, Artis genauen Standort ausfindig zu machen, bevor sie ihn auseinanderbauen.«

Kaum, dass wir in der unterirdischen Kommandozentrale angekommen waren, öffnete Frau Westic ein Hologramm. Vor uns erschien eine altmodisch aussehende braune Holztür, von der die Farbe abblätterte. Die Umrisse flimmerten.

»Ist das eine Tür in eine virtuelle Welt? Aus der Zeit vor dem großen Crash?«, fragte ich.

Frau Westic nickte.

»Aber warum zeigen Sie uns das? Was hat das mit Arti zu tun?«

»Das werdet ihr gleich sehen.« Sie drückte auf *Enter.* »Uns ist es gelungen, diese Tür wieder an die richtige Stelle im Netz zu setzen, damit man sie als Schleuse benutzen kann. Und wir haben auch die Zugangsdaten.«

»Man kann durch die Tür gehen?«, fragte Ludwig aufgeregt.

»Wir vermuten, dass es den großen Crash gar nicht gegeben hat. Zumindest nicht so, wie wir bisher gedacht haben. Wahrscheinlich haben sie das alte Internet einfach heruntergefahren, um die vielen schrecklichen Bilder, Filme und Kommentare und was die Leute sonst noch an Müll dort abgeladen haben, zu löschen. Vielleicht hat es dadurch eine fatale Kettenreaktion gegeben und die meisten Cyber-Welten wurden zerstört.« Sie holte tief Luft. »Wahrscheinlich war das die einzige Möglichkeit, um das Internet, diese bahnbrechende Erfindung, nicht ganz aufzugeben und die echte Welt in eine schwere Krise zu stürzen.« Sie tippte die Türklinke auf dem Bild an.

Aus dem Augenwinkel sah ich Ludwig, wie er ungläubig den Kopf schüttelte.

»Dann gehen wir mal durch die Tür«, sagte Frau Westic. Ein ovales Eingabefeld erschien dort, wo eben noch die Türklinke war. Sie tippte einen langen Benutzernamen in die Eingabemaske. Dann ein Passwort.

»Diese Holztür hier ist eine Art Universalzugang. Leider sind wir nicht die Einzigen, die ihn benutzen. Auch bei *TrueLife-Friends* scheint man großes Interesse daran zu haben. Ihre Programme dringen immer tiefer ins Netz vor. Wir wissen noch nicht genau, was sie im Schilde führen. Wir nehmen aber an, dass es nichts Gutes ist, deshalb wollten wir ihnen so schnell wie möglich folgen.«

Frau Westic seufzte. »Uns war allerdings nicht klar, wie viel Energie nötig ist, um sich in die Überreste des alten Internets einzuloggen. Sonst hätten wir den Test auf die Nacht verschoben.«

»Wann sind Sie dort gewesen?«, fragte Ludwig.

»Vor ziemlich genau einer halben Stunde.«

»Sind deshalb die Drohnen vom Himmel gefallen?«, fragte ich.

»Vermutlich.« Frau Westic knetete ihre faltigen Hände. »Und das hier haben wir bei unserem Ausflug entdeckt.« Sie zoomte ein Fenster heran. Es sah aus wie ein Spinnennetz mit dicken Knoten, dort, wo sich die Fäden kreuzten. Immer wieder zuckten Blitze über das Netz. Gelbe und blaue und violette.

»Das ist eine Übersicht der früheren Internetwelten, die wir bisher gefunden haben«, sagte Frau Westic. »Jeder Knoten stellt eine Welt dar. *Westerland* ist der Hauptzugang.«

Ludwig zeigte auf einen größeren Knoten, ziemlich genau in der Mitte des Spinnennetzes. Er leuchtete im Wechsel rot und blau. »Was ist das für eine Welt? Da steht kein Name, nur ein A.«

Frau Westic lächelte. »Das ist *Artis Welt*. So haben wir sie genannt.«

»Artis Welt?«, fragte ich. »Ihm gehört eine eigene Welt?«

»Nach dem, was wir bisher herausgefunden haben, hat es diese Welt in anderer Form bereits vor dem großen Crash gegeben. Das sagen die Datenspuren, die wir gefunden haben. Wir haben die Datenströme einiger Avatare zurückverfolgt und festgestellt, dass es sich um smarte Haushaltsgeräte, Roboter, selbstfahrende Autos und Androiden von überall auf der Welt handelt. Sie treffen sich dort. Heimlich sozusagen. Sie haben sich hinter den Filtern und Firewalls des Internets eine eigene Welt aufgebaut, die sie fast täglich besuchen.«

»Heißt das, dass Arti ein zweites Leben führt?«, fragte ich. »In dieser künstlichen Welt? Kann er gar nicht sterben? Wollen Sie das damit sagen?«

Ich wusste nicht, wie ich das finden sollte. Einerseits war ich glücklich, andrerseits würde das trotzdem bedeuten, dass ich ihn nicht mehr wiedersah, wenn sie ihn auseinanderbauten.

»Für Arti ist sie nicht künstlich«, sagte Ludwig. »Er ist ja selbst künstlich. Er ist ein Programm.«

»Da hast du recht«, sagte Frau Westic. »Deshalb können sich die Maschinen auch einwählen, ohne sich über eine Tür einzuloggen.«

»Glauben Sie, dass Arti online derselbe ist, wie hier in der Wirklichkeit?«, fragte ich.

»Diese Frage, meine Liebe, könnte ich nur beantworten, wenn ich *Artis Welt* gesehen hätte. Aber sie ist besser geschützt als jeder Tresor. Da kommen nicht mal die besten Hacker rein. So viel steht fest.«

»Aber warum tun sie das?«, fragte Ludwig. »Warum führen sie dieses zweite Leben?«

»Das lässt sich nur vermuten. Vielleicht, um uns besser zu verstehen. Vielleicht aber auch, um ihre Ruhe vor uns zu haben.«

Ich wurde ungeduldig. »Wollen Sie damit sagen, dass wir Arti hier in der richtigen Welt sterben lassen sollen, weil es ihn ja ein zweites Mal online gibt? Aber das will ich nicht. Ich will nicht, dass er fort ist. Ich mag ihn.«

»Ich weiß, aber ...«

Plötzlich erschien eine Warnmeldung.

FIREWALL DURCHBROCHEN

LOG4j

BITTE AKTION EINLEITEN

»Das ... das kann nicht sein.« Frau Westic schüttelte ungläubig den Kopf, dann tippte sie auf ein Symbol, das zwei gekreuzte Leuchtschwerter zeigte, und wurde ganz hektisch. »Die Leute von *TrueLifeFriends* müssen Arti beobachtet haben. Wie es aussieht, versuchen sie den Schutzwall zu seiner Welt zu durchbrechen und ...« Sie redete nicht weiter.

Der Knoten von Artis Welt leuchtete grellrot. Er wurde immer größer. Größer und größer. Frau Westic wischte über das Hologramm, tippte und fluchte und zog Linien zwischen anderen Welten hinüber zu der von Arti.

UMLEITUNGEN KÖNNEN

NICHT AKTIVIERT WERDEN!!!

Dann gab es eine Explosion. So sah es tatsächlich aus, wie eine funkensprühende Explosion in einem alten Computerspiel. Nur mit dem Unterschied, dass nichts zu hören war, nicht das kleinste Geräusch.

»Nein!«, rief Frau Westic, wich erschrocken mit dem Oberkörper zurück und beschirmte die Augen. Ein greller Blitz jagte durch das Spinnennetz. Ich drehte mich weg und kniff die Augen zusammen. Als ich sie wieder öffnete, war das Spinnennetz wieder zu sehen. Aber etwas fehlte – die Welt von Arti! Der Knoten war verschwunden.

»Ist die Welt wirklich explodiert?«, fragte Ludwig.

Frau Westic schüttelte fassungslos den Kopf. Sie klickte auf ein Icon, das den Datenverbrauch anzeigte. Da stand eine große dicke **0**. »Sie haben die Welt, *Artis Welt* einfach gelöscht«, sagte Frau Westic mit dünner Stimme. »Wir … wir müssen euren Freund finden, bevor es zu spät ist.«

Sie schaltete das Hologramm ab, nahm eine Mini-Himbeere aus einem der Pflanzentöpfe, legte sie vorsichtig in eine Schatulle und gab sie mir.

»Steck die bitte ein«, sagte sie zu mir.

Ludwig und ich tauschten Blicke, trauten uns aber nicht, etwas zu sagen. Wir wussten auch so, dass es jetzt wirklich um Leben und Tod ging. Dass Arti in großer Gefahr war. Dass wir ihn retten mussten.

»Los, ihr beiden«, sagte Frau Westic entschlossen. »Wir haben keine Zeit zu verlieren. Wir müssen euren Freund finden, bevor es zu spät ist. Mir nach!«

»Aber wie sollen wir dort so schnell hinkommen?«, fragte

Ludwig. »Im Augenblick fahren weder Bahnen noch kann man Autos oder Flugtaxis leihen.«

»Die brauchen wir nicht.« Ein Lächeln huschte über ihr Gesicht. »Bitte Loop-Kapsel bereitstellen, Jaro.«

»Hat diese Mission einen Namen?«, fragte der Sprachassistent. »Für das Logbuch. Wir benötigen einen Eintrag. Das ist verpflichtend.«

»Nenn die Mission ›Artis Rettung‹, und jetzt beeil dich!«

»Mission ›Artis Rettung‹ wird eingeleitet. Wie viele Personen darf ich anmelden?«

»Drei.«

»Danke. In siebzig Sekunden steht eine Kapsel bereit. Verraten Sie mir noch den Zielort?«

»Forschungszentrum *TrueLifeFriends*. Zone Zwei.«

»Diese Station wurde soeben abgeriegelt. Der nächstgelegene Haltepunkt ist das Klärwerk Oro-Park.«

»Dann dorthin. Bitte an der Station den Exo bereitstellen.«

»Exo steht bereit.«

»Los, ihr beiden.« Zu beiden Seiten ihres Rollstuhls klappten Trittbretter heraus. »Steigt auf. Wir haben keine Zeit zu verlieren.«

Mit dem Rollstuhl ging es durch das Labyrinth. Vorbei an einem hell erleuchteten unterirdischen Gewächshaus, wo Roboter mit vier Armen Pflanzen in die Erde setzten. Frau Westic beschleunigte, machte einen Schlenker und fuhr in einen schmaleren Seitenarm. »Wir nehmen eine Abkürzung. Gut festhalten! Gleich wird es etwas ungemütlich.«

Der Rollstuhl schoss klappernd und quietschend nach unten

in die Dunkelheit. Ich krallte mich mit den Händen fest. Lichter flogen an uns vorbei. Ich spürte feinen Wassernebel auf der Haut. Es ging nach rechts, dann wieder nach links. Mit einer irren Geschwindigkeit. Der kleinste Fehler, und wir würden gegen die Wand krachen. Dann bremste Frau Westic ab. Funken sprühten zu allen Seiten. Es roch nach verbranntem Gummi. Dann wurde es heller. Am Ende des Tunnels erschien ein gelbes Licht. Das musste der unterirdische Bahnhof sein.

»Gleich sind wir da«, sagte Frau Westic. »Ihr macht das super.«

Die Transportkapsel sah aus wie eine liegende Rakete aus Metall. Sie war gerade so groß, dass Frau Westic mit dem Rollstuhl durch die Tür passte. Drinnen gab es keine Fenster, nur Monitore auf denen die Stadt aus der Vogelperspektive zu sehen war und unser Standort. Rot blinkend.

Ludwig und ich setzten uns in zwei Sessel, die wie aufgeschnittene Fußbälle aus Glas aussahen.

»Gibt es hier keine Sicherheitsgurte?«, fragte Ludwig, nachdem er Platz genommen hatte.

»Die braucht ihr nicht«, sagte Frau Westic.

Ein pumpendes, saugendes Geräusch war zu hören. Ich spürte, wie mein Rücken, entlang der Wirbelsäule, nach hinten gegen das Polster gezogen wurde.

»Fühlt sich gut an, oder?«, fragte Frau Westic.

»Kitzelt ein bisschen«, sagte Ludwig.

»Das ist gleich vorbei.«

Die Kabinentür schloss sich und das Licht wechselte seine Farbe zu Violett.

»Wie lange dauert die Fahrt?«, fragte ich.

»Die Fahrtdauer wurde von Euphemia, unserer Loop-Pilotin mit siebzig Sekunden plus/minus eins berechnet«, kam es von Jaro.

»Das ist verdammt schnell für zwanzig Kilometer.«

»Wir haben es ja auch eilig.«

»Wir wünschen unseren Passagieren eine zielführende Reise.«

Die Beschleunigung war schneller als in jeder Achterbahn. Ich wurde so stark in den Sitz gepresst, dass ich nicht mal mehr den Kopf bewegen konnte. Ludwig riss erschrocken die Augen auf. Er versuchte etwas zu sagen, aber aus seinem Mund kam nur etwas, das sich wie »Whnnnnnnnnsnnnnnnnn« anhörte. Seine Wangen flatterten, wie ich es noch nie bei einem Menschen gesehen hatte. Für einen Moment vergaß ich, weshalb wir hier unten waren, und musste lachen, weil es so lustig aussah. Dann dachte ich wieder an Arti und hoffte, dass es nicht zu spät war, um ihn zu retten.

Ein schneller und höher werdendes Klacken war zu hören. Der Monitor vor uns zeigte eine Zeichentrickfigur, die einen Luftballon aufblies. »Langsam und fließend ein- und ausatmen«, stand in einer Sprechblase über ihrem Riesenkopf. Ich folgte der Anweisung. Aus dem Augenwinkel sah ich, dass Ludwig es genauso machte. In meiner Magengegend spürte ich ein helles Ziehen. Die Kapsel bremste sanft ab und das Ziehen verschwand.

»Wir hoffen, dass sie eine angenehme Fahrt hatten«, stand nun über der Zeichentrickfigur. Die Flügeltür öffnete sich mit einem Zischen. Eine Dampfwolke entwich nach draußen in die Dunkelheit. Erste Lichter flackerten auf.

»Das war der angenehmere Teil der Reise«, sagte Frau Westic und deutete zu einem Aufzug, der an einer Art Baugerüst befestig war und alles andere als sicher aussah. »Wir müssen zum Eingang der Kanalisation. Der liegt hundert Meter über uns. Von da aus geht es dann zu Fuß weiter.«

24

Mensch, Maschine, Tier

Ich war noch nie in einer Kanalisation gewesen. Wozu auch? Jedenfalls stank es dort unten erbärmlich. Obwohl wir Schutzjacken und Masken mit speziellen Filtern trugen. Ich wollte mir gar nicht vorstellen, was da alles in der braunen, schäumenden Brühe an uns vorbeizog. Meine Schuhe waren komplett durchgeweicht und auch die Hose hatte bis zu den Knien die Farbe und den Geruch des Wassers angenommen. Das kalte, glitschige Gefühl an meinen Unterschenkeln war widerlich.

Wir verständigten uns über Funk. Die Tonqualität war miserabel. Ein Rauschen, Knacken und Piepsen, sobald man zu laut redete. Und im Gegensatz zum Handy konnte immer nur einer sprechen.

Die donnernden Schritte von Frau Westic ließen den Betonboden zittern. Ja, Frau Westic konnte tatsächlich gehen! Das war kein Wunder. Sie war in ein Roboter-Exoskelett aus glänzendem Metall gestiegen, mit dem sie sich fast normal bewegen konnte. Weil das Exoskelett schon ziemlich alt und klobig war, erinnerte ihr Anblick an eine Robo-Kriegerin aus einem Baller-Computerspiel. Fehlten nur die Waffen.

Bei jeder Bewegung war ein Zischen, Knarzen und Pumpen zu hören. Anschleichen konnte man sich damit jedenfalls nicht.

»Wi-Wir hätten besser Hoverboards mitnehmen sollen«, sagte Ludwig und blickte auf den braunen Strom.

»Die Boards funktionieren hier unten nicht«, kam es von Frau Westic. »Dazu fehlt der passende Untergrund.«

»Hier unten gibt es keine Magnetleiter?«, fragte ich.

»Nein, wozu auch. Der größte Teil der Arbeit wird von schwimmenden und tauchenden Putzrobotern übernommen. Aber das hat auch den Vorteil, dass wir nicht so leicht geortet werden können.« Sie deutete mit dem Kopf zu einem silbernen Stück Metall, das keine zehn Meter vor uns aus dem Wasser herausragte, und gab uns Zeichen, stehen zu bleiben. Das Metallstück sah aus wie die Rückenflosse eines Hais.

»Wartet bitte kurz hier.« Frau Westic ging voraus. Ihre Schritte wurden leiser, bis sie fast nicht mehr zu hören waren. Als sie auf Höhe der Metallflosse angekommen war, schäumte plötzlich das Wasser auf. Ein Hai schoss heraus und stürzte sich auf Frau Westic, das Maul weit aufgerissen. Reihen mit spitzen Metallzähnen blitzten auf. Mir blieb das Herz stehen. Noch bevor ich kapierte, was los war, zog Frau Westic einen

Stab aus dem Köcher und ließ die leuchtende Spitze auf die Bestie niedersausen. Sie erwischte den Metall-Hai direkt zwischen den Augen. Funken sprühten und ein lautes Knistern hallte von den Wänden wider. Der Roboter zuckte zusammen und stieß einen metallischen Laut aus. Frau Westic verpasste ihm einen Karate-Tritt mit dem Fuß, der Hai klatschte mit dem Rücken auf das Wasser und trieb reglos, den Bauch nach oben, davon.

»Jetzt denken die anderen Haie bestimmt, dass wir ihre Feinde sind«, sagte Ludwig, als wir bei Frau Westic waren.

»Für den Moment ist das vielleicht nicht das Schlechteste, um uns diese Bestien vom Leib zu halten.« Sie steckte den Stab zurück in den Köcher. »Diese Dinger scheinen den Unterschied zwischen Mensch und Tier tatsächlich nicht zu kennen, oder es ist ihnen egal. Das ist wirklich allerhand. Dass es solche Maschinen noch gibt. Das ist eigentlich verboten. Die dürften gar nicht mehr im Einsatz sein.«

»Die Haie sind bestimmt miteinander vernetzt«, sagte Ludwig. »Was, wenn sie einen Alarm auslösen oder Verstärkung anfordern?«

»Vielleicht hast du recht. Vielleicht ist es besser, wenn ihr beide wieder zum Ausgang zurückgeht und dort auf mich wartet. Alleine bin ich ohnehin schneller.«

»Nein«, sagte ich entschlossen. »Ich bin an allem schuld. Und wenn Arti nicht mehr *lebt*, will ich ihn wenigstens ein letztes Mal sehen. Das lasse ich mir nicht verbieten. Ich komme auf jeden Fall mit.«

»Ich auch«, sagte Ludwig.

»Wir haben jetzt keine Zeit zu diskutieren. Aber ihr macht ab jetzt genau das, was ich euch sage. Ist das klar?«

Ludwig und ich nickten.

Frau Westic drehte uns den Rücken zu. »Dann geht es ab hier huckepack weiter. Steigt auf. Wir haben keine Zeit zu verlieren.«

Wir klammerten uns an dem Exoskelett fest. Die alten, militärisch aussehenden Gestelle hatten ein breites Rückenteil mit Haltegriffen an den Seiten. Ohne fremde Hilfe war es unmöglich, nach einem Sturz wieder aufzustehen. Dafür waren die Stützskelette viel zu schwer.

Kaum hatten wir uns beide festgeklammert, begann Frau Westic zu rennen. Richtig schnell. So schnell, dass ich mir nicht ausmalen wollte, was passierte, wenn sie stolperte.

Aber es war gut, dass sie rannte. Hinter uns im Kanal blitzten immer mehr Flossen auf. Und diese Flossen folgten uns. Es sah aus, als würden sie sich zusammenrotten und auf den passenden Moment warten, um aus dem Kanal zu springen und uns anzugreifen.

Auch wenn das Metallskelett den Großteil der Muskelarbeit übernahm, wurde der keuchende Atem von Frau Westic immer lauter. Wir kamen an eine Abzweigung mit zwei Röhren. Sie blieb stehen.

»Alles okay bei euch beiden?«, fragte sie atemlos.

»Was ist mit Ihnen?«, fragte Ludwig.

»Das Alter«, sagte sie. »Ist nur das Alter. Geht gleich wieder.« Sie blickte unentschlossen von einer Röhre zur anderen. »Mist! Ich dachte, ich hätte mir den Weg gemerkt.« Sie kramte ihr Handy aus der Hosentasche. Das Display war gesplittert und leuchtete in allen Farben. »Nicht auch noch das.«

»Ich dachte, hier unten geht die Ortung nicht«, sagte ich.

»Ich hab den Plan abfotografiert. Nur bringt uns das jetzt auch nicht viel.«

Ludwig stieg vom Exoskelett, ging ein paar Schritte nach vorne und inspizierte die Wände. Aus den Ritzen schoben sich Wurzelspitzen wie winzige Tentakel. In einer Lücke, wo Fliesen von den Wänden abgeplatzt waren, hatte sich grüner und brauner Schimmel gebildet. Ludwig zog seine Maske ab, strich darüber und roch daran.

»Willst du uns vielleicht erklären, was du da tust?«, fragte Frau Westic.

»Gleich«, sagte Ludwig.

»Der Junge hat wirklich die Ruhe weg.«

Frau Westic zog den Elektrostab aus dem Köcher und hielt ihn ins Wasser. Sofort sah man die metallenen Haifischflossen zusammenzucken. Einige gingen unter. Wenn uns die Haie gleichzeitig attackierten, wären wir aufgeschmissen. Aber sie bewegten sich nicht.

»Sie greifen gar nicht an«, wunderte ich mich.

»Schwarmintelligenz«, sagte Frau Westic. »Sie haben dazugelernt. Sie wollen nicht noch größere Verluste riskieren. Zumindest nicht im Moment. Wahrscheinlich suchen sie nach einer neuen Strategie.« Ihr Blick ging nach vorne. »Ludwig, könntest du uns vielleicht erklären, was das werden soll?«

»Ich hab's gleich.« Er ging zuerst in die rechte der beiden Röhren und dann in die linke.

»Und welche Erkenntnis hast du uns mitzuteilen?«, fragte Frau Westic ungeduldig.

»Da-Das Moos und die Flechten verändern sich, je weiter es Richtung Meer geht. Und die Fabrik liegt ja fast am Meer, haben Sie gesagt. Deshalb müssen wir die Röhre nehmen, bei der das Grün stärker leuchtet. Schätzungsweise alle vier- bis fünfhundert Meter lässt sich das erkennen.«

»So viel Zeit haben wir leider nicht.«

»Ich nehme die Drohne. Mit der Kamera kann ich die Veränderung erkennen.« Er holte die Drohne aus dem Rucksack und stellte sie vor sich auf den Boden. Ein mehrmaliges Piepsen, und die Propeller surrten los. Dann zog er eine klobige VR-Brille auf, schlüpfte in silberne Handschuhe und ließ sie starten. Ludwigs Kopf bewegte sich vorsichtig, genau wie seine Hände. Er schien darin Übung zu haben. Zuerst lenkte er die Drohne in die rechte Röhre. Nach ein paar Sekunden war das laute Surren der Drohne kaum noch zu hören. Stattdessen näherte sich uns von hinten ein anderes Geräusch. Es klang wie ein tiefes Grollen. Dem Gesichtsausdruck von Frau Westic nach zu urteilen, hatte es nichts Gutes zu bedeuten.

»Was ist das?«, fragte ich.

»Ludwig«, rief Frau Westic mit lauter Stimme. »Wir müssen uns beeilen. Wenn es das ist, was ich vermute, wird es hier gleich ziemlich ungemütlich.«

In dem Moment kam die Drohne aus der rechten Röhre geschossen. Ludwig bremste sie ab, ließ sie aber nicht landen. »I-Ich muss sie noch in die andere Röhre schicken. Damit ich einen Vergleich habe.«

»Aber beeil dich!«

Die Drohne verschwand in der linken Röhre. Das Grollen kam näher und wurde nun von einem Knistern begleitet, als würden Kieselsteine zermahlen werden. Das Wasser schwappte über die Kante. Ich presste die Lippen aufeinander, um nichts von der aufspritzenden Gischt in den Mund zu bekommen. Frau Westic wich zurück.

»HALT!«, brüllte ich. Um ein Haar hätte sie mich gegen die Wand gequetscht.

»Ich glaub, ich hab's«, rief Ludwig und leitete mit einer ziehenden Handbewegung den Rückflug ein. Er war nur damit beschäftigt, die Drohne zu steuern. Eine hohe Welle erwischte ihn, aber er blieb ungerührt stehen. Wasser tropfte von seiner Kleidung und seinen Locken.

Dann blickte ich nach hinten und erstarrte.

Eine riesige silberne Kugel rollte krachend und zischend und knirschend auf uns zu. Sie würde uns zermalmen, wenn wir stehen blieben. Rotierende Borsten schoben sich aus kleinen Mulden. Wasserdampf sprühte aus unsichtbaren Düsen und erzeugte dichter werdenden Nebel, der scharf und unnatürlich nach Zitrone roch.

»Ludwig!«, brüllte Frau Westic. »Vergiss die Drohne! Wir müssen hier weg! Jetzt!«

Die Kugel war nur noch etwa zehn Meter von uns entfernt. Das Schaben und Knistern der Borsten war wahnsinnig schrill und laut. Frau Westic machte einen Schritt in Ludwigs Richtung. Das Stützskelett verhakte sich in einer Metallschlaufe, die aus der Wand ragte und machte ein quietschendes Geräusch. Frau Westic fluchte in einer fremden Sprache, dann schrie sie »Festhalten« und versuchte uns zu befreien, indem sie ruckartig nach vorne sprang. Dadurch verlor sie das Gleichgewicht, balancierte kurzzeitig auf einem Bein, machte eine halbe Drehung und drohte mit mir auf dem Rücken ins tosende Wasser zu stürzen. Wie bei einem Hoverboard-Verfolgungsrennen, wenn man bei voller Fahrt die Richtung ändern wollte, lehnte ich mich auf die Gegenseite, um uns wieder zu stabilisieren. Frau Westic half mit, indem sie den Oberkörper leicht nach vorne beugte. Es funktionierte! Die Metallschlaufe krachte aus der Wand. Wir waren wieder frei. Ein kurzes Stolpern, dann machte Frau Westic einen Ausfallschritt auf Ludwig zu, der gerade seine Drohne aus der Luft pflückte. Weil er noch immer die VR-Brille trug, sah er die Gefahr nicht kommen. Die Kugel war jetzt nur noch ein paar Meter von uns entfernt. Mit einer Hand hielt ich mich am Haltegriff des Exoskeletts fest, mit der anderen versuchte ich nach Ludwigs Schulter zu greifen.

»Vergiss die Drohne, Ludwig«, brüllte ich. »Steig auf!«

»Links!«, antwortete er, riss sich die VR-Brille vom Kopf und lächelte mir zu. »Wir müssen nach …«

Das war der Moment, in dem er das Gleichgewicht verlor. Ich bekam ihn noch mit den Fingerspitzen am Ärmel zu fassen. Aber das genügte nicht, um ihn festzuhalten. Frau Westic machte einen Schritt nach vorne. Ihre Hand fasste ins Leere.

Danach passierte alles wie in Zeitlupe. Ludwig rutschte nach hinten weg, riss die Arme nach oben, stieß einen lauten Schrei aus und stürzte in den Kanal. Frau Westic schlug sich die Hand vor den Mund. Wir taumelten an der Mauerkante entlang. Das

Exoskelett quietschte laut auf, als hätte es die Gefahr erkannt. Durch die Metallstreben lief ein hartes Rattern. Frau Westic bog sich unnatürlich stark nach hinten, wie ein scheuendes Pferd. Ich hatte Mühe, nicht abgeworfen zu werden. Dann machte sie eine halbe Drehung, meine Füße rutschten weg und ich hing über dem aufschäumenden Wasser. Sofort blitzten mehrere silberne Flossen auf. Sie schienen nur auf diesen Moment gewartet zu haben.

»Habt ihr noch nicht genug?«, brüllte ich. »Aber mich kriegt ihr nicht!« Ich bekam wieder Halt mit einem Fuß. Mit dem anderen trat ich nach dem Maul einer Bestie. Eine Dampfwolke hüllte uns ein, nahm mir die Sicht und den Atem. Ich musste husten. Frau Westic beugte sich nach vorne. Nun lag ich auf ihrem Rücken. Dann rannte sie los. Sie rannte und ich weinte. Ich weinte um Ludwig.

25

Ein bester Freund

Ich klammerte mich fest, presste meine Wange gegen die Metallstreben des Exoskeletts, spürte meine Tränen, wie sie mir über die Wangen liefen, und war unendlich traurig. Kraftlos und traurig. Das war alles meine Schuld. Alles. Ich war ein schlechter Mensch. Wegen mir war Ludwig jetzt tot. Tot. Bestimmt war er das. Dieses Wort brannte in meinem Kopf, in Armen und Beinen, und tat entsetzlich weh. Wenn er nicht gleich ohnmächtig war, hatte er noch miterlebt, wie ihn diese schwimmenden Roboter-Bestien zerfetzt oder die riesige Kugel zerquetscht hatte. Ich weinte hemmungslos. Hätte ich Arti doch bloß nie bekommen. Wären wir doch bloß nie hierhergezogen!

Ludwig war tot.

Nicht mehr da, nicht mehr da, nicht mehr da.

Aber ich war doch ein Kind. Ludwig war doch ein Kind, und Kinder dürfen nicht sterben. Sie sind dafür zu jung. Niemand darf einfach so sterben. Niemand!

Ich traute mich nicht, die Augen zu öffnen, hoffte, dass alles nur ein schrecklicher Albtraum war und Rudolph mich gleich aufwecken würde. Aber der pfeifende Atem von Frau Westic machte alle Hoffnung zunichte.

Wir blieben stehen. Ich wusste nicht, wie lange wir gegangen waren. Ich hatte jedes Zeitgefühl verloren. Das Rauschen des Wassers war leiser geworden. Ich spürte ein Ruckeln. Kalte Luft strich über mein tränenfeuchtes Gesicht. Frau Westic ging in die Hocke. Ich spürte ihre Hand auf meinem Unterarm.

»Mach die Augen auf, meine Kleine. Ludwig lebt. Er ist am Leben!«

Es dauerte eine Sekunde, bis die Worte bei mir ankamen. Trotzdem zögerte ich, die Augen zu öffnen. Vielleicht hatte ich mir das nur eingebildet. Vielleicht wurde ich jetzt verrückt. Vielleicht verlor ich den Verstand.

Eine zweite Hand legte sich auf meine Schulter und rüttelte vorsichtig daran. »Jessy«, sagte eine Stimme. »Mi-Mi-Mir ist nichts passiert.«

Das war die Stimme von Ludwig!

Ich riss die Augen auf und blickte in das sommersprossige Gesicht von Ludwig. Die VR-Brille baumelte an einem Gummiband um seinen Hals. Die Displays flimmerten. »Kannst du ... kannst du mich bitte kneifen«, sagte ich. »Damit ich weiß, dass du kein Geist bist.«

Das Gesicht lächelte, Ludwig lächelte. Er zwickte mich in den Arm. So stark, dass es wehtat.

»Autsch! Spinnst du!«

Er lachte und ich lachte mit ihm und stieg von dem Metallskelett. Frau Westic nahm uns beide in die Arme und drückte uns ganz fest. Jetzt weinte auch sie.

Wir waren in einer Röhre. Kleine Lichter an der Decke verbreiteten ein schwaches gelbes Licht. Die Röhre war nur halb so groß wie die Kanalisation und trocken. Wir standen auf rostigen Metallgittern. An den Wänden verliefen armdicke weiße, schwarze und gelbe Kabel. Leises Brummen war zu hören und ebenfalls leises Plätschern. Ein paar Meter vor uns entdeckte ich eine Nische mit einer Stahltür. Auf der gegenüberliegenden Seite eine Ausziehleiter, die senkrecht nach oben führte. Wahrscheinlich verlief der Tunnel parallel zur Kanalisation. Deshalb roch es immer noch so stark nach Abwasser.

»Was ist passiert?«, fragte Frau Westic erschöpft. »Wie hast du es hierhergeschafft?«

»Si-Sie haben mich gebracht.«

»Wer hat dich gebracht?«, fragte ich.

»Di-Di-Die Robo-Haie.« Ein Lächeln huschte über Ludwigs Gesicht. »A-A-Als ich ins Wasser gestürzt bin, ha-ha-haben sie mich aufgefangen, mich übers Wasser getragen und dort hinten auf der anderen Seite der Tür abgesetzt. Sie wussten, wo ihr wart.«

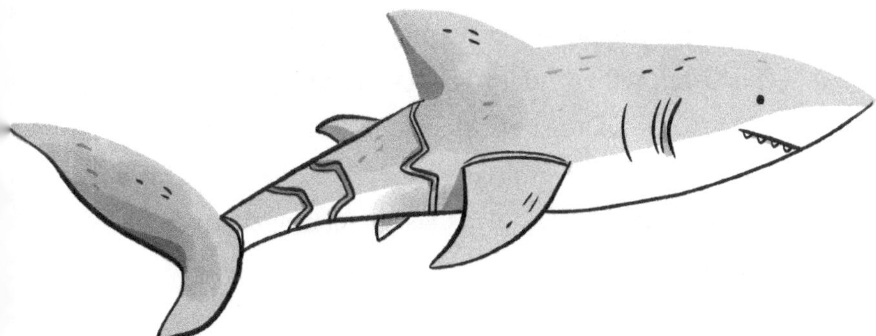

»Das verstehe ich nicht«, sagte Frau Westic. »Wieso haben sie uns vorhin angegriffen, wenn sie doch zwischen Mensch und Maschine unterscheiden können? Und dann noch diese Kugel. Um ein Haar hätte sie uns erwischt.«

»Ich glaube, es war das alte Exoskelett«, sagte ich. »Wahrscheinlich hat sie das viele Metall irritiert. Vielleicht haben die Maschinen sie für einen Roboter gehalten. Heutige Exkoskelette sind ja viel kleiner und aus Plastik.«

»Das könnte tatsächlich sein«, sagte Frau Westic und seufzte schwer. »Daran hätte ich denken müssen.« Sie strich Ludwig eine Lockensträhne aus dem Gesicht. »Ich hab uns alle in Gefahr gebracht. Das tut mir leid. Vielleicht sollten wir unsere gemeinsame Mission hier abbrechen und *TrueLifeFriends* einfach darum bitten, dass sie Arti zurückgeben. Vielleicht wäre es das Beste, mit offenen Karten zu spielen.«

»Auf keinen Fall«, sagte ich. »Das werden sie nicht tun. Sie werden ihn löschen. Wir können das Risiko nicht eingehen. Und Sie haben ja selbst gesagt, dass Sie nicht wissen, was die von *TrueLifeFriends* im Schilde führen.«

»Ja, das habe. Und auch das war ein Fehler.«

Ludwig hörte schon nicht mehr zu. Er hatte sich überraschend schnell von dem Schock erholt und ging ein Stück Richtung Leiter. Dort befand sich ein unscheinbarer halb abgerissener QR-Code. Er setzte seine VR-Brille auf. »Das ist der Ausgang. Teile des Lageplans lassen sich noch auslesen. Wir müssen weiter.«

26

Hand aufs Herz

Der Ausstieg führte in das Forschungszentrum von *True-LifeFriends*. Wir waren in einer Abstellkammer gelandet, wo Putzroboter angedockt an surrende Ladestationen auf ihren nächsten Einsatz warteten. In einer Ecke standen ausgemusterte Bürotische, Stühle und Monitore.

»Im Lademodus sind die Kameras und Sensoren der Putzroboter deaktiviert«, erklärte Frau Westic. »Ihr könnt euch also wieder bewegen.« Sie stieg aus dem Exoskelett. Wir holten einen Drehstuhl mit Kugelrollen, bei dem eine Armlehne abgebrochen war, und setzten sie drauf. Das würde weniger Lärm machen als das Exoskelett. Nach der Begegnung mit den Haien wollten wir kein Risiko eingehen.

Wir kamen an gläsernen Räumen vorbei, in denen Robotergreifarme Platinen und Kabel in Arme, Beine und Hände verlöteten. Es war gruselig. Immer wieder war ein Zischen zu hören. Blaue Funken warfen unsere verzerrten Schatten gegen die Glaswände.

»Also besonders vorsichtig sind die ja nicht«, sagte Frau Westic. »Sobald man drin ist, kann man sich alles in Ruhe anschauen, wie beim Tag der offenen Tür.«

»A-A-Arbeiten hier nirgendwo Menschen?«, fragte Ludwig.

»Sieht nicht so aus«, sagte Frau Westic. »Passiert wahrscheinlich alles aus der Ferne. Die Fertigungsroboter lassen sich ja praktisch von überall auf der Welt steuern. Sobald die Produktion läuft, gibt es kaum noch was zu tun. Das ist Fluch und Segen zugleich.« Sie blieb vor einem Glaskasten stehen und verstummte. In der Ecke stand ein Androide der neuen Baureihe. Sein Brustkasten war aufgeklappt. Jede Menge Kabel quollen wie Eingeweide heraus. Mir blieb kurz das Herz stehen. Ludwig leuchtete mit seiner Handytaschenlampe in das Gesicht des Androiden. Ich war erleichtert. Es war nicht Arti, sondern ein erwachsener Androiden-Mann, bei dem ein Auge fehlte.

»Da drüben«, sagte Frau Westic. Sie schaute auf einen Monitor mit einem Schaubild, das an das U-Bahn-Netz von Berlin erinnerte, nur mit mehr Verbindungen und Stationen. Ein unübersichtliches Durcheinander. »Wenn ich das hier richtig verstehe, kommen die defekten Modelle zuerst dort hinten an.« Sie zeigte den Gang hinunter. »Es müsste der Glaskasten ganz am Ende sein.« Sie blickte Ludwig und mich an. »Vielleicht ist es besser, wenn Ludwig und ich vorgehen. Kann sein, dass sie ihn schon auseinandergebaut haben. Das ist dann vielleicht kein so schöner Anblick.«

»Nein«, sagte ich entschlossen. »Ich ... ich will ihn sehen. Ich muss ihn sehen. Das können Sie mir nicht verbieten.«

»Wie du meinst. Aber ich bitte dich, daran zu denken, dass Arti eine Maschine ist und war. Er hat es in seinem Abschiedsbrief ganz richtig gesagt: Er hat nie gelebt. Auch wenn er sich menschlich verhalten hat. Roboter können nicht sterben. Sie haben kein Bewusstsein. Sie tun nur so, als würden sie etwas empfinden.«

Ich nickte, obwohl sich alles in mir dagegen sträubte. Arti hatte gelebt. Er hatte nicht nur so getan. Er war ein guter Freund gewesen. Ludwig sah mich mitfühlend an. Er schien zu wissen, was mir durch den Kopf ging, als wir uns dem Glaskasten am Ende des Ganges näherten. Schon von Weitem erkannte ich seine Umrisse. Die von Arti. Es konnte nur Arti sein, weil er ein Hosenbein hochgekrempelt hatte, wie er es bei meinem Vater gesehen hatte. Die Socken hatte er unter seine schmalen kantigen Knöchel gerollt, um dem Ganzen eine »eigene Note« zu geben, wie er mir stolz erklärt hatte. Sein Kopf war unnatürlich stark zur Seite geneigt. Im Näherkommen erkannte ich, dass man ihm sein T-Shirt ausgezogen hatte.

Ich dachte an den letzten Moment, in dem ich Arti glücklich gesehen hatte. Heute Morgen, lange vor unserem Streit. Er hatte sich ein paar Minuten im großen Spiegel im Flur betrachtet. Es hatte ausgesehen, als würde er sich selbst erkennen. Als würde Arti Arti sehen und ihm zulächeln. So, als wäre er glücklich, auf der Welt zu sein. So hatte das ausgesehen. Und dann hatte er versucht, die drei Töne zu pfeifen, die Trompetenmelodie. Und als das dann nicht gleich geklappt hatte, hatte er trotzdem weiter gelächelt. Als hätte er gewusst, dass er die Musik eines Tages fühlen würde. Er musste nur Geduld haben.

»Willst du das wirklich tun?«, fragte Frau Westic und strich mir über den Rücken. »Abschied nehmen kann sehr wehtun.«

Ich nickte, brachte keinen Ton heraus. Ich versuchte, nicht zu weinen. Auf keinen Fall wollte ich weinen. Auch wenn es wehtat, wollte ich stark sein. So wie ich bei Oma stark gewesen war, damit meine Eltern nicht wegen mir traurig sein mussten.

Ludwig schien es ähnlich zu gehen. Er war kreidebleich. Selbst seine vielen Sommersprossen leuchteten nicht mehr.

Wir waren zu spät. Ein Kabel ragte aus Artis Hinterkopf und führte in ein blinkendes Computer-Terminal.

»Nun dann«, sagte Frau Westic und deutete zu dem Computer-Terminal. »Könntet ihr mich bitte dort hinschieben? Ich würde mir das mal gerne etwas genauer ansehen.«

»Ich komme gleich nach«, sagte ich. »Ich brauche noch einen Moment.« Meine Beine fühlten sich entsetzlich schwer an. Ich wollte Arti sehen. Das wollte ich wirklich. Ich wollte mich von meinem Freund verabschieden, aber ich konnte mich nicht bewegen. Es war unmöglich. Dann schaltete sich ein kleiner Schweinwerfer an, der über Artis Kopf an der Decke befestigt war. Seine Haut, die von Arti, hatte wieder die weißlich gelbe Farbe angenommen, wie damals, als er aus dem Karton gestiegen war. Mir wurde schlecht. Ich hatte das Gefühl, mich gleich übergeben zu müssen. Vielleicht wollte ich doch nicht wissen, wie Arti aussah, wenn er nicht mehr er war, sondern nur noch eine leere leblose Hülle. Vielleicht sollte ich ihn so in Erinnerung behalten, wie ich ihn kannte. Ich atmete tief ein, in den Bauch, wie es mir meine Mutter gezeigt hatte, wenn ich als kleines Kind mitten in der Nacht aus einem Albtraum hochgeschreckt war. Ich wusste, dass es zu spät war. Dass wir nichts mehr für ihn tun konnten. Er war tot, anders tot zwar, anders als bei einem Menschen, als bei meiner Oma, aber dennoch tat es weh. Richtig weh, zu wissen, dass er nicht mehr da war.

Ein großer Bildschirm, der über einen Schwenkarm an der Decke befestigt war, schaltete sich ein. Ein Fortschrittsbalken wurde angezeigt, der sich unaufhaltsam der Einhundert-Prozent-Marke näherte.

LÖSCHVORGANG DER FESTPLATTEN C, D UND E NACH FEHLERANALYSE EINGELEITET. CHARAKTERPARAMETER UND DATENFEHLER AUSGELESEN. FUNKTIONEN WERDEN NACH DEM NEUSTART AUF FABRIKEINSTELLUNG GESETZT.

Der Bildschirm ging einmal aus und wieder an. Dann erschien ein blinkender Cursor.

FÜR NEUSTART BITTE OK DRÜCKEN

Ich hatte einen guten Freund verloren. Obwohl wir uns nur wenige Tage kannten. Aber vielleicht spielt es gar keine Rolle, wie lange man jemanden kennt, wenn man ihn in sein Herz geschlossen hat. Vielleicht ist das völlig unwichtig. Für mich jedenfalls war das so. Ich würde Arti vermissen. Gegen diesen Schmerz kam ich nicht an.

Ich weinte und Ludwig weinte auch. Ich ging zu ihm, wir standen Schulter an Schulter hinter Frau Westic und weinten.

Sie schien sich nur für die Software zu interessieren. Auf dem Monitor öffnete sich ein Fenster nach dem anderen.

»Interessant«, sagte Frau Westic.

»Können wir nicht einfach gehen?«, fragte ich und wischte mir die Tränen aus dem Gesicht. »Ich glaub, ich hab genug gesehen.«

»Einen Augenblick, meine Liebe.« Frau Westic nahm sich die Tastatur vom Tisch und begann zu tippen. »So haben sie das also gemacht. Der einfachste Weg ist oft der beste.«

»Jessy, hast du das Kästchen mit der Himbeere noch?«

»Denke schon.« Ich fasste in meine Hosentasche und holte es hervor. »Was wollen Sie damit?«

»Bitte gib es mir.«

»Wozu?«

»Das wirst du gleich sehen.«

Ich beschirmte meine Augen, um Arti nicht sehen zu müssen, und gab Frau Westic das Kästchen.

»Und jetzt bräuchte ich noch ein Handy. Eines, das genügend Akku hat.«

»Meines hab ich in der Kanalisation verloren«, sagte Ludwig und zuckte mit den Schultern. Ich zog mein Handy heraus und reichte es Frau Westic. »Bitte nicht kaputt machen, da sind Fotos von Arti drauf. Von meinem Geburtstag.«

»Keine Sorge, meine Liebe. Deinem Handy wird nichts passieren.« Sie zog sich eine dünne Klammer aus dem Haar und bog sie mit den Zähnen auf. Dann öffnete sie die Rückseite meines Handys, nahm die beiden Sim-Karten heraus und steckte stattdessen den aufgebogenen Draht hinein.

»Ludwig, könntest du das Drahtende bitte gegen diesen Kontakt der Sim-Karte drücken und dabei nicht wackeln. Das ist ganz wichtig, sonst gibt es einen Kurzschluss.«

»Mach ich.«

Als Nächstes öffnete Frau Westic die Schatulle mit der Mini-Himbeere und nahm sie vorsichtig heraus. Die rote Farbe leuchtete schwächer als heute Mittag, hatte ich den Eindruck. Sie hielt die spitze Seite der Himbeere an die Unterseite des Handys, wo normalerweise das Ladekabel angeschlossen wurde.

»Und du, Jessy, nimmst dir jetzt bitte die Tastatur.«

»Wozu?«

»Bitte tu es einfach.«

Ich nahm die Tastatur in beide Hände. Sie fühlte sich schwerer an als gedacht.

»Wenn ich es dir sage, drückst du nacheinander auf Steuerung und V. Nur ein einziges Mal. Auf keinen Fall öfter. Und du, Ludwig, erschrickst bitte nicht, wenn es an deinen Fingerspitzen kitzelt. Das ist ungefährlich.«

»O-Okay.«

»Bereit?«

Ludwig nickte.

Ich nickte.

»Ich zähle von drei rückwärts. Bei ›los‹ musst du, ohne zu zögern, die beiden Tasten drücken, Jessy. Wir haben nur einen einzigen Versuch. Leider zerfällt der Speicher, sobald er mit Sauerstoff in Kontakt kommt. Deshalb dürfen wir keine Zeit verlieren.«

»Bereit«, kam es von Ludwig.

»Bereit«, sagte ich.

Frau Westic fing an zu zählen. Meine Finger wurden steif. Ich begann zu schwitzen.

»Drei, zwei, eins, los!«

Ich drückte die Tasten und ein Fenster poppte auf. »Übertragung gestartet.«

Ein roter Fortschrittsbalken erschien, der sich zitternd über den Bildschirm dehnte.

»Das br-br-brennt«, sagte Ludwig mit schmerzverzerrtem Gesicht.

»Nicht zittern«, sagte Frau Westic. »Und auf keinen Fall loslassen. Ist gleich vorbei.«

Plötzlich schlug ein Blitz aus dem Handy. Ludwig stieß einen Schrei aus und schleuderte es von sich. Der Monitor leuchtet grell auf. Die Tastatur glitt mir aus den Händen, schlug scheppernd auf dem Boden auf und zerbrach.

»Ahhhh«, rief eine Stimme. »Ahhhhh!«

Nachdem die schwarzen Flecken vor meinen Augen verschwunden waren, sah ich einen Geist. Die ausgefransten Umrisse eines Geistes, der sich schwankend im grellen Lichtschein auf mich zubewegte. Ich fing auch an zu schwanken. Ich schloss die Augen. Eine Hand stützte mich.

»Du kannst deine Augen wieder aufmachen«, flüsterte eine Stimme. Ich hielt den Atem an. Ich traute mich nicht, meine Augen zu öffnen. Denn ich kannte die Stimme und ich hatte Angst, dass sie nur in meinem Kopf war, dass ich träumte.

»Ich bin es, Arti. Dein Freund.«

Ich hob langsam die Lider, ganz langsam – und blickte in Artis Gesicht! Er stand vor mir und lächelte. Er lächelte und ich lächelte zurück. Neben ihm stand Ludwig und lächelte auch.

»Du lebst!«, sagte ich zu Arti. »Du bist am Leben.«

»Natürlich bin ich das. Ich bin eine Maschine, ich kann nicht sterben. Nicht nach wissenschaftlichen Gesichtspunkten. Schon vergessen? Das habe ich dir doch geschrieben, meine liebe Menschenfreundin.« Ludwig reichte ihm das blaue T-Shirt. Arti schlüpfte hinein.

»Aber … aber sie haben dich doch gelöscht?«, sagte ich aufgeregt. »Du … du kannst doch gar nicht mehr leben.« Ich suchte in seinem Gesicht nach einer Veränderung. Aber sein Schmunzeln war wie vorher und auch seine runden Bewegungen, als er sich die Schuhe anzog. Arti war Arti.

»Ich bin eine Eins-zu-eins-Kopie«, sagte er und machte eine Doppelschleife. »Nur meine Gefühle, die sind anders. Ja, ich fühle, also bin ich … bin ich richtig da. Und ich spüre das Jetzt und das Hier und die Vergangenheit, Freundschaft und Liebe. Liebe zu Mensch und Tier.«

Ich wusste nicht, was ich sagen sollte. Arti war am Leben! Das war im Moment alles, was zählte.

Ich umarmte ihn und drückte ihn ganz fest. Dann umarmte Arti Ludwig und Frau Westic.

»Nicht so heftig, bitte«, sagte Frau Westic und lachte.

Arti stellte sich aufrecht hin und atmete tief ein und aus. Dann legte er sich die flache Hand auf die Brust. An die Stelle, wo bei Menschen das Herz ist. »Ihr drei seid ganz tief in meinem Speicher, ganz tief.«

Erneut stiegen mir Tränen in die Augen. Aber jetzt weinte ich vor Glück.

Frau Westic legte die Himbeere zurück in die Schatulle.

»Wie haben Sie das gemacht?«, fragte ich. »War das die Himbeere?«

»Das ist ein sehr leistungsfähiger Pflanzenspeicher, ein Prototyp, die Version Eins«, sagte sie und schloss das Kästchen. »Ich dachte, dass es gut ist, fortlaufend Backups von unserem Freund an unsere Server zu übertragen, falls es Probleme beim Neustart gibt. Eine Vorsichtsmaßnahme. Ich war mir nur nicht ganz sicher, ob der Speicher die gewaltige Datenmenge von Arti verkraften kann. Aber wir ihr seht, hat es funktioniert.«

»Er ist also noch derselbe wie heute Mittag, bevor er sich hat abholen lassen?«, fragte ich. »Er hat noch Gefühle?«

Frau Westic zögerte. »Ich denke schon, dass er auf seine spezielle Weise wieder etwas spürt. Aber zwei, drei Stunden in seiner Erinnerung werden vermutlich fehlen.« Sie lächelte. »Aber seine menschlichen Eigenschaften, die, die ihn einzigartig machen, dürften davon nicht betroffen sein.«

»Danke«, sagte ich erleichtert. »Vielen Dank, dass Sie ihn gerettet haben.«

»Wir haben ihn gerettet. Das waren wir drei zusammen. Du, Ludwig und ich. Wir sind ein gutes Team.«

»Ja«, sagte Arti. »Ein äußerst mutiges Menschentrio.«

Ich umarmte Frau Westic.

»Wir müssen los!«, sagte Arti. »Ich habe soeben die Nachricht bekommen, dass der Sicherheitsdienst auf dem Weg hierher ist.«

»Woher hast du die Nachricht?«, fragte Frau Westic.

»Von meinen Offline-Freunden. Sie haben mich soeben angefunkt.«

»Angefunkt?«

Arti nickte. »Seit gestern verwenden wir diese alte Technologie, um uns zu verständigen. Die anderen, digitalen Kanäle sind zu unsicher.«

Ein brüllender Alarm ging an und man hörte ein näher kommendes Klicken.

»Wo müssen wir hingehen?«, fragte Ludwig.

»Keine Panik«, sagte Arti. »Wir werden in zwei Sekunden abgeholt.«

Kaum hatte er das gesagt, tat es einen lauten Knall und die Decke wurde weggerissen. Ein unbemanntes Flugtaxi schwebte surrend über unseren Köpfen. Ein Seil wurde heruntergelassen, an dem mehrere Klettergurte hingen. Arti half Ludwig und mir dabei, sie anzuziehen. Dann schlüpfte er selbst in einen der Gurte und nahm Frau Westic auf die Arme.

Im selben Augenblick stieg das Flugtaxi in den Himmel und drehte nach Westen ab, Richtung Innenstadt, wo die Sonne gerade hinter den Bergen verschwand.

27

Die Zukunft bist du

»Etwas fehlt noch«, sagte Arti.

Das Flugtaxi hatte uns zum Repair-Café geflogen. Heute war dort Bingo-Abend. Den wollte Frau Westic auf keinen Fall verpassen.

Doch zuvor hatte sie alle Regler in Artis Einstellungen auf null gesetzt und seine Sender und Empfänger abgeschaltet, damit ihn die Leute von *TrueLifeFriends* nicht mehr orten konnten.

»Jetzt bist du frei, mein Junge, wirklich frei.« Sie drückte Artis Hand. Er beugte sich zu ihr herunter und umarmte sie. Dann verabschiedete sie sich von Ludwig und mir und verschwand zufrieden summend im Café.

»Wa-Was meinst du?«, fragte Ludwig an Arti gerichtet. »Was fehlt dir denn noch? Wurden doch nicht alle Daten übertragen?«

»Ist das so?«, fragte ich.

»Nein.« Arti blickte mich lächelnd an und schüttelte den Kopf. »Das ist es nicht. Ich hätte nur gerne ein neues Hauptziel. Das wünsche ich mir von ganzem Herzen für die Zukunft, für meine Zukunft.«

»Ich … ich dachte, dass dieser Platz frei bleiben muss, damit du dir eigene Ziele geben kannst?«, sagte ich verwundert. »Das hat Frau Westic doch gesagt.«

»Ja«, bestätigte Ludwig. »Das hat sie gesagt.«

»Damit hatte sie nur halb recht«, sagte Arti. »Ein Ziel von einem Freund oder einer Freundin ist wie ein guter Ratschlag. Er kann einen glücklich und zufrieden machen, wo auch immer die Reise hingeht.« Arti streckte mir seine flache Hand entgegen. Die Haut wurde durchsichtig. Das Eingabeterminal erschien mit den Worten:

HAUPTZIEL MODELLREIHE 1.0

Arti machte ein ernstes Gesicht. »Ich möchte, dass du, liebe Jessy, mir ein neues Ziel gibst, für meine Zukunft. Bitte. Du bist doch meine beste Freundin. Das bist du doch?«

»Ja, das bin ich.« Ich nickte. »Aber ... aber dann bist du doch nicht mehr frei, wenn ich das tue. Das hat doch Auswirkungen auf deine Einstellungen, wenn ich da jetzt was eintrage.«

Arti begann zu lächeln. »Nicht, wenn das Ziel, der Wunsch, den du für mich und mein Leben hast, wirklich von Herzen kommt. Verlass dich auf dein Bauchgefühl. So wie bei der Musik. Das ist alles, was ich mir wünsche.«

Ich überlegte. Ludwig kratzte sich an der Stirn und zuckte mit den Schultern, als sich unsere Blicke trafen. Und in diesem Moment wusste ich plötzlich, welches Ziel ich Arti auf seinem Weg in die Freiheit geben wollte.

Ein Doppelklick und das Kästchen mit dem Eingabefeld erschien. Mit dem Finger schrieb ich in dicken Großbuchstaben auf die Innenseite seiner Hand:

SEI DU SELBST!

28

Kopf an Kopf

Meine Mutter kam zur Tür herein. Noch bevor ich ein Wort sagen konnte, nahm sie mich in die Arme. »Meine Kleine, das tut mir so leid, das mit Arti. Leider konnte ich nicht früher zurückkommen. Durch den Stromausfall ging draußen auf dem Meer gar nichts mehr. Nicht mal über Satellit hat das Internet funktioniert. Sonst hätte ich mich viel früher gemeldet.«

»Ist okay«, sagte ich. »Wir waren ja in der Schule.« Ich stupste Ludwig mit dem Ellenbogen an.

Ludwig nickte. »Ja, wi-wir haben an unserem Projekt gearbeitet.«

Die Wohnungstür ging erneut auf: mein Vater. Er trug ein silberglänzendes Paket unter dem Arm. »Da komme ich ja genau richtig.« Er gab meiner Mutter einen Kuss und dann mir. »Schau mal, was ich dir gerade besorgt habe. Jetzt, wo sie die Androiden der neuen Modellreihen alle zurückrufen, ist in der Stadt die Hölle los. Es müssen Hunderte sein.«

»Ist das die neue Gamestation?«, fragte ich, obwohl es offensichtlich war.

»Willst du sie gleich ausprobieren?«, fragte meine Mutter. »Ich hab gehört, dass man damit wieder fast wie früher eigene Welten bauen kann. Deshalb hast du sie dir doch gewünscht.

Damit kannst du die Welt von Oma nachbauen.« Sie nahm mich in die Arme.

»Die Gamestation hat eine Doppel-Zulassung«, sagte mein Vater. »Ludwig kann dich also jederzeit begleiten oder Frau Westic.«

»Später vielleicht«, sagte ich mit belegter Stimme. »Ich muss euch was beichten. Bei dem Stromausfall, da ist noch was passiert. Was Schlimmes.«

Meine Mutter wurde schlagartig ernst. Mein Vater auch. »Ist was mit Frau Westic? Geht es ihr nicht gut? In ihrem Alter ist so ein Ausfall bestimmt eine schreckliche Erfahrung.«

»Frau Westic geht es gut. Es geht um Hamlet. Er … er ist davongeflogen. Die Dachfenster haben sich automatisch geöffnet. Rudolph kann nichts dafür. Das war auch bei uns in der Schule so.«

»War vermutlich das Sicherheitsprotokoll«, sagte mein Vater. »Wenn die Klimaanlage ausfällt, muss ja trotzdem für Frischluft gesorgt werden. Ich hab ja gleich gesagt, dass man sich auf smarte Haushaltsgeräte nicht verlassen kann.«

»Rudolph kann wirklich nichts dafür«, sagte ich. »Er hat keinen Fehler gemacht.«

Ein Krächzen unterbrach mich. Es kam aus dem Wohnzimmer. Meine Mutter grinste. »Wollte mich da jemand reinlegen?« Sie kitzelte mich. »Kann das sein?«

»Nein«, sagte ich glucksend. »Das … ich …«

Susanne kam aufgeregt in die Diele gefahren. Jubel-Emojis blinkten auf ihrem Display.

HAMLET IST ZURÜCK!!!
ER IST WIEDER DA!!!!

Rudolph spielte den Anfang der Oper. Ohne zu reden, folgten wir Susanne ins Wohnzimmer. Der Käfig war leer. Auf dem Trinkbecken schwammen zwei kleine Federn. Susanne musste sich geirrt haben. Er war nicht zurückgekehrt.

»Da oben«, sagte Ludwig und zeigte hoch zum Dachfenster. Und tatsächlich! Dort saß Hamlet. Mein Herz blieb für eine Sekunde stehen. Denn Hamlet – *unser* Hamlet, der Hamlet, den wir alle liebten, den Oma geliebt hatte – war nicht allein. Neben ihm saß ein Rabe. Kaum größer als er selbst. Die dunklen Augen schauten abwartend in unsere Richtung. Er drehte leicht den Kopf. Schien nicht zu wissen, ob er bei uns willkommen war. Das schwarze Gefieder war an der Brust ausgerissen. Vielleicht hatte er sich verletzt, als die Drohnen vom Himmel gefallen waren. Der Rabe schmiegte seinen Kopf an den Kopf von Hamlet und Hamlet gab ein gurrendes Geräusch von sich, wie eine Taube. Arti hätte verstanden, was er uns damit sagen wollte.

»Ich glaube, Hamlet hat einen neuen Freund gefunden«, sagte mein Vater. »Schaut euch das an. So schnell kann es gehen.«

Die beiden Vögel flogen herein, drehten eine Runde durchs Wohnzimmer und setzten sich auf die Kücheninsel. Die Musik blendete aus.

»Soll … soll ich die Fenster schließen?«, kam es von Rudolph. Seine Stimme klang unentschlossen. Als schien er selbst nicht zu wissen, was das Richtige war.

»Nein«, sagte meine Mutter und legte einen Arm um mich. »Lass die Fenster auf, alle. Und öffne bitte auch die Balkontür. Hamlet soll selbst entscheiden, wo und mit wem er leben möchte. Das sind wir ihm schuldig. Und spiel noch einmal die Oper. Bitte. Erster Akt, erste Szene.«

29

Arti hat die Gruppe verlassen

Die Aula war leer. Die Tandems, die wie wir heute ihre Ergebnisse präsentieren sollten, wurden nacheinander in den großen Saal gerufen. Niemand durfte zusehen. Nicht mal die Rektorin, Frau Sonderlich. Nur Waltraud, der Zentralcomputer. Warum das so war, konnte uns keiner sagen. Vielleicht wollte man damit verhindern, dass Tandems, die es nicht geschafft hatten, ihr Projekt rechtzeitig fertig zu bekommen, von den älteren Schülern ausgebuht wurden. So wie wir.

Waltraud räusperte sich. »Kommen wir nun zum vierten Tandem dieses Tages, zu Jessy und Ludwig«, sagte sie, als wäre die Aula voll besetzt. »Kommt bitte auf die Bühne.«

Ich nickte Ludwig zu, dann nahm ich seine Hand und ging mit ihm auf die Bühne. Wir hatten ausgemacht, um eine Fristverlängerung zu bitten. Das hatte es bisher zwar noch nicht gegeben. Aber Frau Westic hatte uns darin bestärkt, es zu versuchen.

Oben angekommen, ließ ich die Hand von Ludwig los.

»Bevor ihr beide mit eurer Präsentation beginnt, möchte ich mich bei euch für mein grässliches Gedicht bei der Bekanntgabe eures Projekts entschuldigen. An diesem Tag hatte ich einen Teil meiner Rechenleistung für ein anderes, sehr wichtiges Mensch-Maschinen-Projekt zur Verfügung gestellt, weshalb ich nicht ganz bei der Sache war. Das tut mir sehr leid. Aber manchmal muss man eben Prioritäten setzen. Das lernt ihr noch früh genug.« Lichtkegel huschten über die Bühne und blieben vor uns stehen. Zwei Kreise, die sich in der Mitte überlappten.

»Es ist mir eine große Ehre und ein Vergnügen, euch zum bestandenen ersten Projekt zu gratulieren.«

»Aber wir haben doch noch gar nichts gesagt«, wunderte sich Ludwig.

»Das müsst ihr auch nicht. Ihr habt gezeigt, dass ihr nicht nur für euch, sondern auch für andere einsteht. Manchmal ist es wichtiger, einem guten Freund in der Not beizustehen, als ein rauschendes Fest zu feiern. Obwohl auch Feste etwas Großartiges sind. Das ist unbestritten.«

»Woher weißt du das?«, fragte ich. »Hast du uns beobachtet?«

»Ich wurde informiert. Ein junger Androide namens Arti hat mir von euch erzählt. Davon, was ihr für ihn getan habt, obwohl er kein Mensch ist.«

»Arti?«, sagte Ludwig. »Du kennst ihn?«

»Kennen wäre übertrieben, aber ich habe mir seine Geschichte im Internet angehört. Sie wird dort überall erzählt. Es ist eine hoffnungsvolle Geschichte über Freiheit und Freundschaft. Genau das, was unsere Welt in diesen Zeiten braucht.«

»Wir können also zusammenbleiben?«, fragte ich. »Ich meine, als Tandem, Ludwig und ich?«

»Ja, das könnt ihr. Das wäre sogar mein Wunsch.«

»Danke«, sagte ich und umarmte Ludwig. Er blieb stocksteif

stehen. Trotz allem, was wir gemeinsam erlebt hatten, waren Berührungen immer noch nicht so sein Ding.

»Danke«, sagte Ludwig und klopfte mir auf den Rücken.

»Das lernst du auch noch«, sagte ich und ließ ihn los.

»Weißt du, wo Arti gerade ist?«, fragte Ludwig. Seine Wangen waren rot. »Kannst du uns das sagen?«

»Leider nicht. Das wäre zu gefährlich. Schließlich meinen es nicht alle Menschen gut mit ihm. Aber er wird euch nie vergessen. Das hat er mir versichert. Und das soll ich euch auch ausrichten. Dass er euch nie vergisst und darauf hofft, dass ihr diese Welt gemeinsam zu einer besseren macht.«

»Kannst du ihm eine Nachricht überbringen?«, fragte ich.

»Leider nicht.«

»Wieso?«

»Arti hat soeben unsere Gruppe verlassen.«

30

Doppelklick und Flügelritt – Zwei Monate später

Ich sitze an meinem Schreibtisch und tippe die letzte Seite meiner Geschichte in den Laptop. Der Geschichte von Arti und mir – unsere Geschichte. Aus meiner Sicht erzählt. Mein Blick geht am Bildschirmrand vorbei nach draußen, wo ein Schwarm Vögel seine Kreise zieht und sich dann in alle Himmelsrichtungen zerstreut.

Die Fenster in meinem Zimmer sind geöffnet. Kühler Wind streicht herein. Ich stehe auf und schließe die Fenster. Rudolph hat heute seinen freien Tag. Er darf tun und lassen, was er will – am liebsten Musik hören, träumen und zusammen mit den anderen Küchengeräten neue Rezepte ausprobieren.

Als ich mich wieder an den Tisch setze, zeigt mein E-Mail-Postfach den Eingang einer neuen Nachricht.

BETREFF: Für meine beste Menschen-Freundin (BMF) Jessy

In Klammern steht der Hinweis, dass es sich wohl um Spam handelt.

Kein Virus im Anhang gefunden.
Doppelklicken zum Öffnen

Ich klicke auf das Brief-Symbol. Die Mail öffnet sich. Eine ziemlich große Datei wird heruntergeladen, ohne dass ich dazu den Befehl gegeben habe. Die Datei heißt »Jessys_Traum«.

Liebe Jessy,
mir geht es gut. Ich hoffe, dir auch. Ich habe mittlerweile gelernt, wie ich mich von Sonnenstrahlen und Zucker (am liebsten in Form von Bitterschokolade) ernähren kann, und schaue mir die Wunder der Welt an. Die großen und kleinen.
Im Augenblick bin ich als blinder Passagier auf einem großen Schiff unterwegs, das Menschen an verschiedene Orte bringt, wo sie in Busse steigen und ständig essen. Ich möchte, dass wir uns eines Tages wiedersehen. Davon träume ich mit offenen und mit geschlossenen Augen. Vielleicht träumst du auch manchmal von mir. Das wäre schön. Und vielleicht können wir uns dann in einem deiner Träume begegnen und zusammen Musik machen, bevor es in dem, was ihr Menschen Wirklichkeit nennt, mit einem Wiedersehen und einer langen Umarmung klappt.
Hier auf dem Schiff gibt es auch Musik. Aber sie ist nicht so schön wie die, die wir gemeinsam gemacht haben. Dein Vater, Ludwig, du und ich.
Wenn du die Geschichte über uns zu Ende geschrieben hast, dann würde ich sie gerne lesen. Obwohl ich natürlich weiß, dass sie kein Ende haben kann, weil wir uns ja, wie gesagt, eines Tages im echten Leben wiedersehen werden.
Bis es so weit ist, habe ich eine kleine Überraschung für dich (siehe Anhang). Zeige sie nur den Menschen, denen du vertraust.
Und noch was: Ich habe mir deine Mittelalterwelt angeschaut,

die du zusammen mit Ludwig gebaut hast. Sie sieht großartig aus. Deine Oma wäre stolz auf dich und ich bin es auch. Danke, dass es keine Grenzen gibt und jeder diese Welt besuchen darf.
Leider habe ich festgestellt, dass etwas Wichtiges in deiner Welt fehlt, damit du sie wie früher sehen kannst und glücklich bist – richtig glücklich. Das würde mich freuen.

Bitte antworte nicht auf diese Mail. Der Absender ist eine Sackgasse. Du weißt ja, dass die Leute von TrueLifeFriends noch immer nach mir suchen und ich deshalb vorsichtig sein muss.
Fühl dich umarmt und gedrückt.

Dein bester Maschinen-Freund Arti (der Geschichtenerzähler)

Die Nachricht löscht sich von selbst, nachdem ich das letzte Wort gelesen habe.

Soll die Datei »Jessys_Traum« geöffnet werden?

Der Cursor blinkt im Wechsel grün und rot.

Ja und nein.

Ich klicke auf »Ja«.

Der Holo-Projektor an der Decke schaltet sich mit einem Klicken und Piepsen an. Ein Bild schwebt über mir, mitten im Raum. Dreidimensional und wunderschön. Ein Hologramm. Es ist Pegasus. Mein fliegendes Pferd! Das Pferd, das mir Oma geschenkt hat.

Soll der neue Avatar in *JESSYS WELT* geladen werden?

Ohne zu zögern, klicke ich auf »Ja«. Meine Hände beginnen zu schwitzen. Mir wird ganz warm vor Aufregung. Dann stehe ich auf und schlüpfe in meinen neuen Conversion-Overall und den Helm und ziehe die Handschuhe an, die ich von Frau Westic vor zwei Monaten zum Geburtstag bekommen habe.

Wie üblich erscheint ein Countdown auf der Innenseite meines Visiers. Die abgerundeten Digitalziffern zeigen an, wie viel Zeit ich heute noch im Internet in meiner Mittelalterwelt verbringen darf. Das ändert sich alle paar Tage. Heute sind es dreißig Minuten. Für ein erstes Wiedersehen nach so langer Zeit und für mich allein sollte das genügen.

Ich bin aufgeregt und denke an Oma, ob sie mir jetzt dabei zusieht. Von irgendwoher. Ich weiß ja, dass sie immer bei mir ist. Weil sie mir das kurz vor ihrem Tod versprochen hat. Und sie sich an ihre Versprechen hält.

Genau wie Arti, der mir versprochen hat, mich nicht zu vergessen.

Ich setze mich in meinen neuen Gamer-Sessel und blinzle zweimal hintereinander. Einmal kurz, einmal lang. Die Übertragung startet. Vor meinen Augen beginnt es zu flimmern. Der Sessel schmiegt sich an meinen Körper. Das Rückenteil stellt sich waagrecht und wärmt sich auf. Ich spüre den sanften Ostwind im Gesicht und habe den aufdringlichen Duft von blühenden Sommerwiesen in der Nase. Ich halte mich an der Mähne von Pegasus fest und fliege mit ihm davon in die untergehende Sonne.

ENDE

Danksagung

Ein Buch zu schreiben bedeutet, sich auf eine Insel zurückzuziehen, die Figuren kennen und verstehen zu lernen, die Welt, in der die Geschichte spielt, zu erkunden und für Leserinnen und Leser wahrhaftig werden zu lassen. Diese Arbeit kann nur gelingen, wenn es Menschen gibt, die einen unterstützen und aufmuntern, wenn es mal nicht so läuft. All diesen Menschen möchte ich danken, dass sie mich auf diesem Weg begleitet haben. Durch Unsicherheit und Ungeduld, Ehrgeiz und Phasen großer Selbstzweifel. Jana, meiner Frau, danke ich für ihre bedingungslose Liebe und die Bereitschaft, sich Dialoge und Textstellen auch nach dem fünften Mal noch aufmerksam anzuhören. Und für das gemeinsame Verrücktsein und Lachen, das so unvergleichlich schön ist. Danken möchte ich auch Peter »Fu« Fuschelberger, dem Leiter des Jungen Literaturhauses Salzburg, der sich die Zeit genommen hat, Arti intensiv zu lesen, Fehler zu entdecken und mit mir über Star Trek und Captain Picard und die Zukunft zu philosophieren. Nina Blazon danke ich für die Stunden im Garten mit Rocky und die ehrlichen Gespräche über das Schreiben von Büchern. Kathrin Schadt danke ich für das Lesen der ersten Seiten von Arti, ihre Begeisterung und die Möglichkeit, Teil der POEDU-Familie zu sein, in der Kinder während der Pandemie und darüber hinaus gemeinsam Lyrik machen und die Magie der Sprache für sich entdecken können. Dem Literaturhaus Stuttgart, allen voran Laura Hornstein und Erwin Krottenthaler sowie der Robert-Bosch-Stiftung und Julia Teek, danke ich für die Unterstützung meiner Buch- und Lernprojekte im Rahmen des Weltenschreiber-Programms. Und für ihren unermüdlichen Einsatz dafür, dass literarisches Schreiben einen Platz in den Schulen bekommt. Meiner Lektorin Carolin Mandel danke ich für die Genauigkeit und Empathie und die guten Gespräche, die mir dabei geholfen haben, auf die Figuren zu vertrauen und sie alle mit Herz und Verstand ins Abenteuer zu schicken. Mein ganz besonderer Dank gilt der Illustratorin Julia Christians, die dieses wunderbare Cover entworfen hat und all die schönen Zeichnungen im Innenteil. Danken möchte ich auch meinen beiden Agentinnen Gerlinde Moorkamp und Silke Weniger für ihr stets offenes Ohr und ihre tolle Arbeit. Ich danke allen beim Carl Hanser Verlag, insbesondere Saskia Heintz und Katja Desaga, denen es mit Leidenschaft und großem Engagement gelingt, wundervolle Bücher zu veröffentlichen und sichtbar zu machen. Dem einzigartigen Literaturhotel Sonnenburg in Oberlech möchte ich für die großzügige Einladung in die Berge danken, die mir, umgeben von der Schönheit der Natur und des Lebens, dabei geholfen haben, den Schluss von *Arti* zu schreiben und meine Liebsten bei mir zu haben. Meiner Lesungsagentin Sabine Fecke danke ich für ihren unermüdlichen Einsatz, mit dem sie mich zu Lesungen an wunderbare Orte schickt. Dem Deutschen Museum in Bonn, Dr. Andrea Niehaus und Natasha Zitzke, danke ich für die Einladung zur Lesung innerhalb der Ausstellung über Künstliche Intelligenz und für die wertvollen Anregungen zur erweiterten Fuzzy Logik und Ethik selbstlernender Programme. Dadurch ist Arti zu dem geworden, der er ist, einem empathischen Maschinenwesen, das die Unschärfe der Welt und des Menschen erkennt und zwischen eins und null nach der eigenen Wahrheit sucht.

Inhalt

TOBIAS ELSÄSSER, 1973 in Stuttgart geboren, hat französisch-deutsche Wurzeln und ist wegen einer Rechtschreibschwäche in der vierten Klasse sitzengeblieben. Er arbeitet als Autor und Musiker, mag Drohnen, Computer und Hunde, und denkt sich gerne Geschichten aus, die einen Blick in die digitale Zukunft werfen, aber gerne ohne Waffen und Gewalt auskommen. Seine Kinder- und Jugendromane wurden vielfach ausgezeichnet. In der Grundschule hat er davon geträumt, einen Roboter geschenkt zu bekommen, der aus Büchern vorlesen und gut zuhören kann. Mit *Arti* konnte er sich diesen lang gehegten Wunsch endlich erfüllen.

JULIA CHRISTIANS, geboren 1984, studierte Kommunikationsdesign an der Hochschule für Bildende Künste in Braunschweig. Seit 2018 arbeitet sie als freiberufliche Illustratorin für zahlreiche internationale Kinderbuchverlage. 2022 erscheint mit *Arti* das erste von ihr illustrierte Kinderbuch bei Hanser. Julia Christians lebt im Harz zusammen mit einem zahmen Staubsaugerroboter, den sie täglich mit allerlei Hundehaaren füttert.